Ava Reed

ASHES and SOULS

SCHWINGEN AUS RAUCH UND GOLD

Loewe

Für jeden, der sich seine Fantasie, seine Träume
und seine Hoffnungen bewahrt.
An hellen und an dunklen Tagen.
Für meine Leser.

FSC
www.fsc.org
MIX
Papier aus verantwortungsvollen Quellen
FSC® C014496

ISBN 978-3-7432-0251-1
1. Auflage 2019

Umschlaggestaltung: Alexander Kopainski
Redaktion: Sarah Braun
Printed in the EU

www.loewe-verlag.de

»Dieses Universum wird getragen von Gleichgewicht.
Jede Anomalie muss verschwinden.
Aber was passiert, wenn man lieber
die ganze Welt in Asche legen würde,
als diesen Fehler zu zerstören?
Was wäre, wenn man beginnt, ihn zu lieben?«

Am Anfang stand das Gleichgewicht.
Der Dunkelheit folgte das Licht.
Die Ewigkeit traf auf den Tod.

Prolog

Tariel

Die Welt stand still. Für einen kurzen Augenblick hielt sie den Atem an und mit ihr jedes Geschöpf, das mehr Ewigkeit als Endlichkeit in sich trug. Dessen war Tariel sich sicher. Er konnte die aus dem Takt geratene Balance ganz genau spüren. Der Fehler war da, begann wie ein zweites Herz in ihm zu pochen. Von einem Moment auf den anderen hatte sich etwas verändert. Etwas, das über die Grenzen des Menschlichen hinausging und nun sie betraf, ob sie wollten oder nicht. Denn dieses Universum war nicht geschaffen für Ungleichgewicht. Alles brauchte ein Gegenstück.

Tariels Hand krallte sich in seinem hellen Hemd über seiner Brust fest. Er biss die Zähne zusammen, während er seinen Blick über die Stadt unter sich gleiten ließ. Über ihre Lichter,

Brücken und die roten Dächer. Die untergehende Sonne tauchte alles in Orange, Schatten tanzten umher, der kühle Wind fegte über Tariels Gesicht. Noch immer wartete er darauf, dass der Schmerz abklang.

Diese Veränderung war anders als jene der letzten Jahrhunderte. Solche, die immer wieder entstanden. Kleinere Probleme oder Anomalien, Abweichungen, teils geführt durch Zufall, teils durch Schicksal. Fehler, die sich von selbst erledigten, die nicht nennenswert waren oder sich leicht beheben ließen.

Aber diese … diese Veränderung brachte das Gleichgewicht nicht nur in Bewegung, sie zerrte daran, begann, es zu verziehen und zu zerrütten.

Tariel fluchte ausgiebig, bevor er für wenige Sekunden die Augen schloss, versuchte, sich zu beruhigen, und atmete mehrmals tief ein und aus. Er konnte nicht glauben, dass sie es nach dieser Ewigkeit nicht besser wussten.

Ein kurzes und hartes Lachen brach unerwartet aus ihm hervor. Tariel schüttelte den Kopf und reckte das Kinn, als der Schmerz schließlich langsam verblasste. Am Ende blieb er als dumpfes, kaum wahrnehmbares Pochen in ihm zurück, wurde zu einem unguten Gefühl in den hintersten Winkeln seiner selbst. Er würde erst ganz verschwinden, wenn das Problem gefunden und das Gleichgewicht vollkommen wiederhergestellt war.

Es war unbestreitbar und konnte nur eines bedeuten: Jemand hatte sich eingemischt.

1

Mila

Zwölf Jahre später

Milas Versprechen war gebrochen, lange bevor sie einen Fuß in ihre Heimatstadt gesetzt hatte. Voller Aufregung und Nervosität atmete sie die frische Frühlingsluft ein und genoss die zarte Gänsehaut, die sich kurz darauf auf ihren Armen bildete. Sie beobachtete den Nebel, der zwischen den Gebäuden entlangwaberte, durch die Gassen, über das Kopfsteinpflaster bis hin zur anderen Seite des Flusses. Die ersten Strahlen der Sonne brachen sich darin, erweckten die Stadt langsam zum Leben und zwangen die Schatten zurück in ihre Ecken. Die Häuser und Mauern waren aus längst vergangenen Zeiten. Jeder einzelne Stein, mit dem diese Stadt erbaut worden war, schien

Mila eine Geschichte erzählen zu wollen. Es sah aus, als haftete ihnen etwas Lebendiges an, das stetig vor sich hin pulsierte und ihr zuwisperte. Etwas, das Dunkelheit und Licht verband und so viel zu zeigen hatte, wie es zu verbergen wusste: Geheimnisse, Fragen, Antworten. Diese besondere Atmosphäre konnten nur wenige Plätze dieser Welt für sich beanspruchen.

Orte wie dieser besaßen eine Seele.

Mila zog die Jacke fester um sich, schloss sie am Kragen und ließ ihren Blick ein weiteres Mal umherschweifen. Etwas in ihr erkannte diesen Ort wieder, fühlte sich ihm verbunden. Aber sosehr sie sich auch bemühte, die Erinnerungen und Bilder zeigten sich nicht, sondern hielten sich versteckt. Als stattdessen plötzlich die Stimme ihrer Mutter in ihrem Kopf erklang, schluckte Mila schwer und presste die Lippen aufeinander.

Versprich es mir, Milena, hatte sie gefleht. *Geh nicht zurück!*

Nickend hatte sie die Hand ihrer Mutter noch ein wenig fester gedrückt und bereits da gewusst, dass es falsch war. Man versprach nichts, von dem man nicht wusste, ob man es halten konnte. Aber ebenso falsch war es ihr vorgekommen, ihre Mutter mit zu vielen Sorgen gehen zu lassen.

Und Mila hatte geahnt, dass es bald so weit sein würde. Sie war aus dem Schlafzimmer gegangen, durch den langen und schmalen Flur ihrer Wohnung nach hinten in die winzige Küche mit dem giftgrünen Vorhang am Fenster. Nachdem sie sich einen Tee gemacht hatte, holte sie ihrer Mutter ein Glas Wasser. Mit den Getränken in den Händen war sie zurückgegangen und noch ehe sie am Schlafzimmer angelangt war, hatte sie es gewusst. Lange bevor sie ihre leblose Mutter und deren schönes, aber eingefallenes Gesicht erblickte, hatte sie es gespürt. Hatte es gesehen. Mila war näher getreten, hatte ihre Mutter gerufen, aber sie war für immer fort. Die Leere und all die Fragen, die sie hinterließ, waren so schmerzhaft, dass Mila das Glas auf den Boden fallen lassen hatte – und sich selbst hinterher. Ihre Mutter hatte dagelegen, friedlich und grau. So unendlich grau …

Diesen Anblick würde Mila nie vergessen.

Sie brach zusammen, brach auseinander. Bis heute.

Ihre Lippen bebten, ihr Mund war trocken, ihr Herz raste. Nun würde sie selbst herausfinden, ob es stimmte, was man sich erzählte. Dass Zeit alle Wunden heilte.

Kurz nach der Beerdigung hatte Mila ihre Sachen zusammengesucht und in der überschaubaren Wohnung Ordnung geschaffen. Das meiste hatte sie verkauft oder weggeworfen, eigentlich alles bis auf ihre Lieblingskleidungsstücke und die wichtigsten Andenken. Die Erbangelegenheiten wurden geregelt, ihre Jobs in der Bücherei und dem kleinen Café hatte sie gekündigt und die Schule abgebrochen. Das Abitur musste warten.

Sie hatte keine Familie mehr, zumindest keine, von der sie wusste. Richtige Freunde gab es auch nicht. Ein paar Bekannte, Nachbarn. Zwar hatte sie immer Freunde gewollt, aber letztlich hatte Mila nie lange verheimlichen können, was sie sah. Was sie belastete. Das hatte aus Freunden schnell wieder Fremde gemacht. Weil Mila ihnen zu seltsam war, sie ihr nicht glauben wollten oder sie schlicht Angst hatten.

Deshalb hatte sie Berlin verlassen. Sie war einfach losgezogen, hatte ihre Mutter in Gedanken immer wieder dafür um Verzeihung gebeten, und jetzt stand sie hier mit ihrem letzten ersparten Geld. Nur, um einem Gefühl hinterherzujagen, von dem sie nicht genau wusste, was es bedeutete. Ohne einen konkreten Plan, ohne Zukunft. Aber Mila wollte Antworten, sie brauchte sie wie die Luft zum Atmen. Weil sie das Gefühl hatte, ohne sie nicht vollständig zu sein. Nicht ganz sie selbst. Und wenn sie ehrlich war, war es mehr als nur ein Gefühl.

Ihr Fluch musste gebrochen werden. Er musste verschwinden. Vielleicht war diese Stadt der Ort, an dem es endlich gelingen würde.

Ihre Mutter hatte nie über ihre Heimat gesprochen, warum sie aus *Praha* fortgegangen waren oder weshalb sie daraufhin in Amsterdam, dann in London und letztlich in Berlin gelebt hatten. Wieso sie trotzdem regelmäßig auf Tschechisch mit ihr gesprochen und was diese Stadt ihr angetan hatte, dass sie so große Ehrfurcht, beinahe Angst, vor ihr gehabt hatte. Das war die Spitze eines Eisbergs von Fragen. Denn es gab nur eines, das Mila mit Sicherheit wusste: dass sie weit davon entfernt war, ein normales Mädchen zu sein.

Sehr früh hatte sie gelernt, dass *normal sein* eine Voraussetzung war, um wirklich akzeptiert zu werden. Auch wenn ihr niemand erklären konnte, was *normal* eigentlich genau bedeutete. Mila war anders, das war unbestreitbar. Und das Gefühl, dass dieses Anderssein, diese Stadt und die Verschwiegenheit ihrer Mutter irgendwo in losen Fäden zusammenhingen, ließ sie nicht los, trieb sie an und schürte ihre Neugier. Gab es andere wie sie?

Die Uhr an ihrem Handgelenk stand auf kurz vor sechs in der Früh und die Müdigkeit, die Mila all die Stunden in Schach gehalten hatte, begann, sich in ihren Gelenken niederzulassen. Ihre Augen wurden schwer, sie unterdrückte ein Gähnen. Die Busfahrt über Nacht war weder schlimm noch ungemütlich gewesen, trotzdem hatte Mila keinen Schlaf gefunden. Doch da sie erst später in ihrer Unterkunft einchecken konnte, hatte ihr Weg sie gleich hierhergeführt.

Mila schob den Schmerz, die Gedanken an ihre Mutter mit aller Kraft beiseite, legte ihre Finger um den Griff des Koffers und setzte einen Fuß vor den anderen. Sie zog ihn hinter sich her, den Koffer, in dem ihr ganzes Leben war.

Während Mila weiterlief und ihren Gedanken nachhing, zogen Menschen an ihr vorbei, gingen zur Arbeit, begannen ihren Alltag oder den Urlaub. Die Geräusche nahmen mehr und mehr zu, vermischten sich, aber das war ihr gleich, sie blendete sie aus.

Denn sie war am Ziel.

Mila blieb stehen, blickte hinauf zu dem Brückenturm, der über ihr aufragte, massiv und standhaft, aus altem Stein, mit gotischen Zügen und spitzem Dach. Einnehmend, beschützend und einschüchternd zugleich. Einzelne Wappen, Statuen von Königen und Symbole prangten auf der Vorderseite. Der Eingang zur *Karlův most*, der Karlsbrücke, die die Altstadt mit der Kleinseite verband. Mila wusste, sie war nicht zum ersten Mal hier. Wenn ihr nur die Erinnerung daran nicht fehlen würde ...

Der Beweis dafür war eines der beiden kleinen Polaroids, die sie gefunden hatte. Dieses winzige Ding, das sie nun mit Bedacht aus ihrer Tasche zog.

Ihr Blick wanderte von dem in den Himmel ragenden Turm zu dem schwarz-weißen Foto in ihrer Hand. Das Polaroid, das alle verbliebenen Zweifel darüber, ob ihre Entscheidung hierherzukommen richtig war, mit einem Schlag wegwischte. Nur zwei Fotos hatten in dieser alten verstaubten Kiste gelegen, die ihre Mutter in der hintersten Ecke ihres hässlichen Schranks versteckt hatte. Auf der Rückseite war auf diesem Polaroid mit feiner, filigraner Schrift *Praha* notiert. Die Hand ihrer Mutter musste gebebt haben, hier und da waren die Linien nicht so schwungvoll und glatt wie sonst. Die Vorderseite zeigte ein kleines Mädchen, das lachend über eine Brücke lief, mit ausgestreckten Armen, wehendem Haar und unschuldiger Miene. *Milena* stand darunter.

Das andere Polaroid befand sich gut verstaut in ihrer Tasche. Es war komplett vergilbt und beinahe verblasst, man konnte nichts mehr erkennen außer dem Gesicht ihrer Mutter, das ihr entgegenblickte – jung und glücklich. Mila konnte kaum glauben, wie ähnlich sie ihr sah. Auf der Rückseite stand *Praha, Jílovská*. Ein Straßenname, den sie noch nicht hatte zuordnen können. Das waren die einzigen Fotos aus Prag, die ihre Mutter behalten hatte. Sosehr sie all dem hier den Rücken gekehrt und Mila auf dem Sterbebett dieses Versprechen abgenommen hatte, so wenig hatte sie diese Aufnahmen aus ihrer Heimat aus ihrem Leben verbannen können.

»Was ist nur passiert?«, flüsterte Mila leise zu sich selbst, bevor sie sich wieder in Bewegung setzte.

Während der Koffer hinter ihr her über die Steine holperte und ihr ganzer Halt war, schritt sie durch das hohe und breite Tor. Sie trat auf die Brücke, das Polaroid in ihrer zitternden linken Hand, die von der morgendlichen Kälte gerötet war. Die Brücke lag nahezu vollständig im Schatten. Der Nebel zog sich nur widerwillig zurück, glich einer Mischung aus Watte und Rauch. Die Feuer in den Lampen tanzten einen trägen Tanz, glitten an ihr vorüber und mit ihnen die Statuen der Schutzpatrone, die beide Seiten der Brücke säumten.

Schritt für Schritt fiel Mila das Gehen schwerer. Die Aussicht, besonders über die Moldau, war beeindruckend und einnehmend. Der Nebel bedeckte das Wasser, nur hier und da glitzerte und glänzte es auf, dort, wo die Sonne es schon erreichte.

Ich bin endlich da, schoss es Mila durch den Kopf. Sie kam samt Koffer zum Stehen und legte das Polaroid über das Bild, das sich ihr bot.

Hier war es.

Mila ging in die Hocke, steckte das Foto eilig zurück in die Tasche, um ihre Hand nach dem Boden auszustrecken. Bebend, langsam, schwer atmend. Es war ein alberner Drang, doch sie konnte ihm nicht widerstehen. Sie wollte die Stelle berühren, auf der sie als Kind gestanden hatte. Also ließ sie ihre Fingerspitzen über die kalten Steine fahren, über die glatten Stellen, über die Risse und Unebenheiten, über den Dreck. Es fühlte sich richtig an. Mila betete stumm, die Stadt möge ihr ihre Geschichte erzählen und ihr anvertrauen, was sie selbst vergessen hatte. Sie schloss die Augen, gestattete sich zu träumen. Ihr Kopf fiel leicht nach vorne, ebenso ihr dickes Haar, und der Wind strich über ihren Nacken.

Ich bin zu Hause.

»Jsou v pořádku?«

Jemand berührte Mila so unerwartet an der Schulter, dass sie vor Schreck beinahe ihren kompletten Halt verlor. Gerade rechtzeitig riss sie die Augen auf, verlagerte ihr Gewicht und stützte sich kräftig mit der Hand auf dem Boden ab. Ein Mann mittleren Alters hatte sich zu ihr hinuntergebeugt, steckte seine Hände in die Taschen des abgetragenen Mantels und sah sie durch seine große, eckige Brille durchdringend an.

Geht es Ihnen gut?, hatte er gefragt.

Das Blut rauschte in Milas Ohren. Sie war so gefangen gewesen in ihren Wünschen und Gedanken, dass sie alles andere ausgeblendet hatte. Es war aufmerksam von ihm, zu ihr zu kommen, denn sie kniete mitten auf einer Brücke zu frühester Stunde. Sie zwang sich, langsamer zu atmen, sich zu beruhigen und ein freundliches Lächeln aufzusetzen. Nicht nur aufgrund seiner Frage.

»Ano, děkuji«, erwiderte sie mit belegter, aber fester Stimme und geröteten Wangen. *Es geht mir gut, danke.*

Der Mann nickte knapp, ging weiter seines Weges und Mila schluckte schwer. Ein Grauer. Er war ein Grauer.

Mit wild klopfendem Herzen ermahnte sie sich selbst. Sie durfte es nicht an sich heranlassen. Immer wieder rief sie sich das ins Gedächtnis. Mitleid machte sie nur traurig, Wut lähmte sie. Und beides würde dem Grauen nicht helfen. Nichts und niemand konnte das noch. Also ließ sie ihn ziehen, sah ihm nicht länger nach und bemühte sich, ihn aus ihren Gedanken zu verbannen.

Zu oft verfolgte sie dieser Fluch.

Die Brücke war nun weitaus belebter, die Sonne schien heller und die Laternen brannten nicht mehr. Wie lange hatte sie dort verweilt, ohne es gemerkt zu haben?

Es wurde Zeit.

Mila stand auf, klopfte sich den Dreck von den Händen und seufzte leise. Ihre Finger versicherten sich, dass beide Polaroids in der Tasche und nicht aus Versehen hinausgefallen waren, bevor sie kehrtmachte und zurück Richtung Altstadt ging. Sie würde wiederkommen.

In der Nähe des Rathauses wollte sie einen Kaffee trinken

oder eine heiße Schokolade, um wach zu werden und sich zu stärken, bevor sie das Hotelzimmer aufsuchte. Sie musste sich ausruhen, sie brauchte Schlaf. Anschließend würde sie die Stadt erkunden.

Irgendwo hier warteten Antworten auf sie. Alles, wonach sie suchte. Das wollte sie glauben, nein, darauf hoffte sie.

Doch sie hatte nur eine Idee, nur eine Möglichkeit, die sie wirklich weiterbringen konnte. Und die war es, herauszufinden, warum ihre Mutter einen Straßennamen auf ein Polaroid geschrieben hatte, das in einer geheimen Kiste versteckt gewesen war und aus einer Zeit, aus einer Stadt stammte, die sie vergessen wollte. *Jílovská.* Vielleicht gab es dort Menschen, die ihr helfen konnten.

Es war ein Strohhalm, nach dem sie griff, das war ihr klar, aber sie hoffte, er würde genügen, um sie ans Ziel zu führen. Prag war ihr einziger Anhaltspunkt.

Milas Wurzeln waren hier und sie wollte sie erforschen. Wenn alles klappte, konnte sie sogar diesen Fluch loswerden. Oder zumindest endlich verstehen, woher er kam und warum er auf ihr lag.

Bald, sagte sie sich. *Bald wird alles anders sein.*

Tief einatmend umklammerte sie innerlich den letzten Funken Hoffnung, den sie sich bewahrt hatte.

Die Sonnenstrahlen begannen, Mila zu wärmen, und während sie zu einem der Cafés in der Nähe des Rathausplatzes schlenderte, öffnete sie den Reißverschluss ihrer Jacke ein

Stück. Die Altstadt war wunderschön, verströmte einen einzigartigen Charme. Besonders die Rathausuhr, vor der sie stehen blieb, zeugte von purer Handwerkskunst und Schönheit.

Vor ihrer Abreise hatte sich Mila vor allem über einzelne Gebäude und die Kultur ihrer Heimat erkundigt. Sie wusste, dass diese astronomische Uhr ein wertvolles Denkmal und bereits im Jahre 1410 erbaut worden war. Lange Zeit fand man darauf keine unnötige Schnörkelei oder Figuren, sondern lediglich reine astronomische Kunst. Erst später wurde ein Kalendarium darunter hinzugefügt, Kreis an Kreis. Die Uhr selbst besaß drei Zeiger. Einen für die zwölf Sternzeichen, einen für die Sonne und einen für den Mond. Die Apostel und andere Figuren setzten sich zu jeder vollen Stunde zwischen neun Uhr morgens und abends in Bewegung. Es war ein Kunstwerk, das Mila den Atem raubte. Legenden, historische Orte und Gebäude – Geschichte im Allgemeinen – faszinierten sie.

Nur widerwillig löste sie den Blick von der Uhr und setzte ihren Weg fort. Ihr laut knurrender Magen und ihre müden Augen ließen ihr kaum eine andere Wahl. Direkt um die Ecke fand sie ein kleines, charmant wirkendes Café und ließ sich dort auf einem der beigefarbenen Stühle draußen auf der Terrasse nieder.

Kaffee bekam ihr auf leeren Magen nicht besonders gut, daher widerstand sie dem Verlangen danach und bestellte stattdessen eine heiße Schokolade mit viel Sahne. Sie umfasste die Tasse, die die Kälte in ihren Fingern vertrieb, und bemühte sich, den Kakao mit leichtem Pusten abzukühlen.

Die Schokolade wärmte sie von innen, und als Mila langsam anfing, sich zu entspannen, schenkte sie ihrer Umgebung wieder mehr Aufmerksamkeit. Der Trubel hatte seinen Weg hierhergefunden. Menschen schlenderten oder hetzten die Straßen entlang, bogen ab und verschwanden, bevor kurz darauf weitere um die Ecke kamen. So viele verschiedene Gesichter und Geschichten. Nicht eines oder eine davon kannte Mila. So viel Farbe und so viel Grau. Wenn sie ehrlich war, hatte sie sich fast daran gewöhnt, bis ihre Mutter …

Seit sie fort war, wurde die Last zu schwer. Nur sie hatte Mila geglaubt, hatte von ihrem Fluch gewusst, ihn ernst genommen – und war trotzdem bei ihr geblieben. Niemand sonst. Niemand.

Wie konnte man das, was einem auf der Brust saß und niederdrückte, das, was einem den Atem raubte und Albträume bescherte, das, was der Welt die Farbe nahm, nicht verabscheuen? Und wie sollte nicht etwas in ihr zerbrechen, nun, da der einzige Mensch, der sie geliebt hatte, nicht mehr da war?

Wenn es um die Menschen und Dinge ging, die man liebte, war es immer etwas anderes. Es war tiefer, heftiger und schmerzhafter. Wenn man liebte, wurde alles intensiver. Milas Fluch war stets schlimm gewesen, doch als er ihre Mutter vor ihren Augen grau werden ließ, hatte sie das Gefühl gehabt zu fallen. Bis jetzt hatte sie Angst davor, niemals damit aufhören zu können.

Du bist, wer du bist, Milena. Aber die Welt sieht das vielleicht anders. Manche Geheimnisse sollte man bewahren.

Die Stimme ihrer Mutter hallte in ihr wider, so laut und klar, als würde sie neben ihr stehen, sie in den Arm nehmen und ihr die Worte direkt ins Ohr flüstern. Mila hatte diesen Rat nicht nur irgendwann verstanden, sondern begonnen, ihn zu beherzigen. Immer. Egal, wie weh es getan hatte. Wie weh es auch jetzt tat.

Geheimnisse waren nichts Gutes. Geheimnisse machten einsam. Das war etwas, das ihre Mutter ihr vorenthalten hatte. Aber Mila wusste, dass es genauso einsam machte, sie zu verraten. Manche Geheimnisse waren ein Fluch. Ihres war einer. Auch mit Flüchen konnte man überleben. Mila war der beste Beweis dafür.

Doch sie wollte mehr als das. Sie wollte leben.

2

Tariel

Bis heute behaupteten sie, diese Welt wäre das perfekte Beispiel für Balance. Heute, nach diesem Moment des Stillstands vor all den Jahren. Nach diesem unerträglichen Schmerz.

Dennoch war der Fehler weiterhin da, er hatte sich nicht von selbst erledigt und keiner hatte ihn finden können. Er hatte das Gleichgewicht nicht zerrissen oder gekippt – noch nicht. Das bedeutete nicht, dass er aufhörte, daran zu ziehen. Wer wagte es schon, von Gleichgewicht zu sprechen, wenn es mit jedem Tag in Gefahr war?

Sollten sie sich ruhig selbst belügen. Sollten sie sich ruhig einreden, dass diese Anomalie kaum der Rede wert war. Dabei konnte es jeder von ihnen spüren, wenn er sich nur stark genug konzentrierte. Jeder, der das Wort *Balance* in den Mund nahm, solange das Problem nicht behoben worden war, sollte sich von Tariel fernhalten.

Nicht, dass Tariel es besser wusste. Er hatte keinerlei Anhaltspunkte oder gar Informationen. Aber sein Instinkt hatte seit diesem Vorfall vor zwölf Jahren nicht aufgehört, ihn anzuflehen, es ernst zu nehmen. Wenn er seinem Ziel oder wenigstens den Antworten zu seinen Fragen näher gekommen wäre. Doch er hatte den Makel nicht ausfindig machen können, geschweige denn denjenigen, der ihn verursacht hatte. Frustration und Ratlosigkeit breiteten sich mehr und mehr in ihm aus – und nach all der Zeit auch der Wunsch nach Ruhe. Tariel lebte schon so lange, dass er sich kaum mehr an jedes seiner Lebensjahre erinnern konnte. Ja, er sehnte sich nach Ruhe, dennoch konnte er nicht aufgeben.

Grob und schnell fuhr er sich durch sein kurzes Haar und schob all die Gedanken beiseite. Lange würde er sie nicht zurückdrängen können, das wusste er, aber wenigstens für einen kurzen Augenblick würde es ihm gelingen. Denn dieser Platz gab ihm das Gefühl, über den Dingen zu stehen, die ihn beschäftigten. Die Sphäre des Lichts.

Die Menschen nannten diesen Ort *Himmel*, Tariel nannte ihn *Zuhause*. Er war Teil der Erde und doch wieder nicht, denn er befand sich in einer Sphäre zwischen der Welt und dem Rest des Universums, an der Schwelle von Hier und Dort. Dieser Ort war Teil der Unendlichkeit, sowohl in Zeit als auch in Raum.

Es war kein Geheimnis, dass die Sterblichen seit Ewigkeiten

an viele Götter und den Himmel glaubten. Wenn sie wüssten, dass sie letztendlich alle dasselbe meinten und trotzdem keinen blassen Schimmer davon hatten. Wenn sie wüssten, wie weit entfernt sie von der Wahrheit waren. Wie weit sie davon entfernt waren zu verstehen, wer Tariel wirklich war.

Engel. So bezeichnete man sie. Und irgendwie hatte der Name, den man ihnen gegeben hatten, sich gefestigt. Obwohl sie sich selbst lieber als Ewige oder Hüter betrachteten, übernahmen sie ihn teilweise. Aber sie waren keinesfalls das, was die Menschen in ihnen sahen. Gesandte Gottes. Darüber konnte Tariel nur lachen. Die Tatsache allerdings, dass die Menschen überhaupt von geflügelten Wesen wussten und sich ihre eigenen Wahrheiten zusammenreimten, war ihre eigene Schuld.

Tariel schüttelte den Kopf, bevor er seufzend seinen Blick schweifen und die Umgebung auf sich wirken ließ.

Vollkommene Stille umfing ihn hier. Er genoss sie, atmete tief ein und aus, während er das Energiefeld hinter sich ließ, durch das er hergekommen war. In all der Zeit hatte er sich nicht an diese Art zu reisen gewöhnen können. Dieses Gefühl, die fremde Energie, die auf ihn einwirkte und ihn durchdrang, mochte er nicht besonders. Nein, er hasste es sogar. Danach überkam ihn stets das Bedürfnis, seine Flügel zu rufen, sie auszubreiten und zu strecken. So wie jetzt. Tariel war sich Feder um Feder bewusst, fühlte ihre Bewegungen ganz genau, obwohl kein Windhauch zu spüren war, keine Kälte oder Hitze.

In dieser Sphäre existierte die Dunkelheit nicht, es gab keine Nacht, und wenn man um sich blickte, entdeckte man nichts als Licht. Eine Helligkeit, die nicht blendete, sondern angenehm war. Die dafür sorgte, dass niemand erahnen konnte, wie weit sich dieser Ort und der Horizont erstreckten.

Tariel konnte ein wohliges Seufzen nicht unterdrücken, bevor die großen weißen Flügel auf seinem Rücken wieder verschwanden, sich in ihre kleinsten Partikel auflösten und davonstoben. Sie waren längst fort, als er die schmalen, eleganten Stufen vor sich hinaufging, von denen jede unter seinen Schritten golden aufleuchtete.

Das typische Kribbeln, das einer statischen Aufladung glich, überzog Tariels Haut, kurz bevor er das Gebäude vor sich betrat. Gleich würde die Ruhe vorbei sein. Er konnte die Gegenwart der anderen bereits spüren. Wenn er sich anstrengte und seine Schutzmauern vollkommen niederriss, würde er sogar jeden einzelnen Ewigen des Lichts fühlen. Ihre Macht und ihre Gedanken würden in ihm wie ein Echo pulsieren, sich mit seinen vermischen, ein Chaos bilden und jeglichen Sinn verlieren. Das war etwas, das jeder Ewige zu vermeiden versuchte, weil es Schmerzen verursachte und auf Dauer vollkommen auslaugte. Diese Macht unter Kontrolle zu halten war anstrengender, als die anderen auszuschließen und seinen eigenen Geist zu schützen.

Tariel hob seine rechte Hand, legte sie auf die große Flügeltür vor sich und spreizte die Finger. Dann ließ er einen Teil seiner ureigenen Kraft durch seinen Körper fließen, konnte fühlen, wie sie seine Handfläche durchströmte und auf die Tür übersprang. Das Licht in ihm trug eine Signatur, die von der Tür erkannt wurde, und nach einem Augenblick schwang diese mit einem leisen Klicken auf.

Sobald man einen der äußeren Eingänge passiert hatte, wurde man automatisch in das Zentrum des Gebäudes teleportiert. Von hier aus konnte man ohne Probleme oder Anstrengungen in jede Ecke dieser Sphäre gelangen. Vorausgesetzt, man hatte die Genehmigung für gewisse Bereiche.

Tariel stand nun fernab von dem Platz, an dem er die Flügeltür durchschritten hatte.

Dieser zentrale Punkt war eine erste Anlaufstelle und ein Ort, der gewissen ungeschriebenen Gesetzen unterlag. Man war seit jeher bemüht, jeglichen Ärger aus dieser Sphäre fernzuhalten – besonders hier. Laster und Spaß waren etwas für die dunkle Seite.

Tariel sah sich um und vernahm das übliche und vertraute geschäftige Treiben. Unzählige Ewige kamen und gingen, wandten sich an den Informationsschalter, hetzten vorbei oder unterhielten sich angeregt. Die meisten hier trugen helle Kleidung, denn sie waren der Meinung, dass das Licht sich zu jeder Zeit in allem widerspiegeln sollte. Ein weiteres ungeschriebenes Gesetz. Manchmal kam Tariel nicht umhin, sich zu fragen, warum sie so große Anstrengungen für ein äußeres Bild unternahmen, das niemanden interessierte außer sie selbst. Es war eine Verschwendung von Zeit, Gedanken und Ressourcen und dennoch etwas, dem sich Tariel nicht entziehen wollte oder konnte. Sosehr er es infrage stellte, so wenig wollte er etwas daran ändern. Es würde schon seine Richtigkeit haben. Daran glaubte er.

Das Gebäude, in dem er sich befand, war eine Mischung von Epochen. Weißer Kalkstein und Marmor, große Säulen in der Halle, kunstvolle Verzierungen an den Decken verbunden mit Metall und Eisen. Alle paar Hundert Jahre passte man das Aussehen an aktuelle Befindlichkeiten oder Notwendigkeiten an – bis auf wenige Ausnahmen. Der Rat entschied in gewissen Abständen über ein neues Design. Sosehr man an Routine, Regeln und alten Gewohnheiten hing, so sehr sehnte man sich auch irgendwann nach kleinen, unbedeutenden Veränderungen. Jene, die etwas veränderten und doch nichts. Die keinen direkten Einfluss hatten. Besonders dann nicht, wenn man ewig lebte.

Dieses Gebäude war das Konstrukt einer Idee, eine Zusammenstellung aus kleinsten Teilen, ein Stück Universum. So wie alles andere. Wenn die wenigen Architekten unter den Ewigen ihre Macht konzentrierten, konnten sie nur mit ihren Gedanken Stein um Stein gestalten, die Materie formen und nach ihren Wünschen zusammenfügen. Den anderen Ewigen war dies nur begrenzt möglich, erst recht nicht mit großen Sphären. Architekten waren weder Krieger noch große Denker. Sie verwendeten ihre Energie allein für diese eine Aufgabe, sodass ihre restlichen Fähigkeiten beinahe verkümmerten. Diese Art der Magie erforderte große Konzentration und machte angreifbar. Noch einige Zeit nach einer solchen Anstrengung war bereits die schwächste Form der Magie schon zu stark. Auch eines der Dinge, die man zu vermeiden versuchte.

»Tariel, du Schwerenöter!«, dröhnte plötzlich eine Stimme hinter ihm und kurz darauf stellte sich Micael direkt vor ihn. Wie eh und je mit einem lässigen, überaus frechen Grinsen im Gesicht und hoffnungslos zerzausten Haaren.

»Du redest wohl von dir«, erwiderte Tariel, während Micaels Grinsen breiter wurde.

»Meistens«, gab er lachend zu und klopfte Tariel freudig und kräftig auf die Schulter. Es war ungewöhnlich, Micael zu dieser Zeit hier anzutreffen.

»Hast du heute keinen Außendienst? Sag nicht, du hast erneut eine Abmahnung erhalten. Wie viele Ordner stehen mittlerweile bei dir herum? Haben sie inzwischen ihr eigenes Zimmer bekommen?«

»Also, *Abmahnung* klingt so negativ. Ich sehe das Ganze mehr als nettes und unterhaltsames Geplänkel, das mich bei Laune hält.« Micaels Augen funkelten vergnügt und er verschränkte die Arme vor der Brust. Er trieb mal wieder seine Spielchen mit den Ewigen der Rechtsabteilung.

»Dir ist schon bewusst, dass sie irgendwann einen Weg finden werden, das Ganze zu beenden und dich in helle, schlichte Kleidung zu stecken, oder?«

»Bestimmt! Und ich freue mich, wenn der Tag kommt. Schließlich dauert der Spaß bereits Jahrhunderte und irgendwann sollten wir doch mal ein neues Spiel wagen.«

Tariel konnte nicht anders, als missmutig den Kopf zu schütteln. Langeweile hin oder her, Micael musste aufpassen. Vor allen Dingen sollte er aufhören, ständig in Jeans mit unzähligen Löchern, auffälligen dunklen Boots und schwarzem Hemd, das stets aufgeknöpft war, hier aufzutauchen. Wenigstens trug er heute nicht diese hässliche Lederjacke. Nicht, dass das verboten wäre. Nichts war wirklich verboten. Die Rechtsabteilung war letztlich eine Art Scheininstitution, die gewisse Dinge in der Spur halten sollte und unwichtigen Papierkram erledigte. Wo keine Regeln waren, konnte man schließlich keine brechen. Dennoch sorgte die Abteilung dafür, dass bestimmte Vorstellungen eingehalten wurden. Sie war die helfende Hand der ersten Ewigen. Des Rates. Wer wusste schon, wie lange sie Micael seine Spielchen durchgehen lassen würde?

Die Regeln, die keine waren, mussten nicht schriftlich festgehalten werden, weil klar war, dass ihnen manches schlicht nicht zustand. Sie waren das Licht. Sie trugen kein Schwarz. Jeder kannte diese unsichtbaren Grenzen ihrer Existenz, jeder spürte sie und besaß so etwas wie einen moralischen Kompass. Auch Micael. Allerdings war er zu dem Schluss gekommen, dass die Ewigkeit mehr Abwechslung brauchte und sein lichter moralischer Kompass ihn in dieser Sache mal kreuzweise konnte. Aus diesem Grund stapelten sich in seinem Zimmer die

Ordner mit Abmahnungen, in denen er wieder und wieder dazu aufgefordert wurde, diesen Unfug zu unterlassen.

Tariel kniff die Lippen zusammen und musterte Micael von oben bis unten.

»Was genau erhoffst du dir eigentlich von alldem? Ist das eine Art Rebellion? Oder gefallen dir die Sachen einfach? Ich verstehe es nicht.«

Nur für einen kurzen Moment entglitt Micael das Grinsen und sein Gesichtsausdruck wurde ernst. So kurz, dass Tariel daran zweifelte, dass es gerade wirklich passiert war. Wahrscheinlich hatte er einen wunden Punkt getroffen. Dabei interessierte er sich schlicht dafür, warum sein alter Freund so fasziniert, ja nahezu besessen war von dieser kleinen Trotzaktion, die letztlich zu nichts führte.

Doch bevor er sich weiter Gedanken machen und mehr hineininterpretieren konnte, als vielleicht da war, ertönte Micaels schallendes Lachen.

»Ich nenne es Forschung. Wir sind das Licht, wir alle hier. Ich kenne meinen Platz genauso gut wie du. Es ist ein kleiner Zeitvertreib nebenbei. Nicht mehr. Ich sehe es nur zu gern, wenn die Rechtsabteilung ins Schwitzen gerät und tatsächlich einmal etwas zu tun bekommt. Etwas Richtiges.«

»Du bist der Einzige, mit dem sie sich seit Jahrhunderten beschäftigen.«

»Der Einzige, von dem wir wissen«, konterte Micael frech, während er Tariel freundschaftlich gegen den Arm boxte und ihm zuzwinkerte, was diesem sogar ein leichtes Lächeln entlockte.

»Du genießt das Ganze. Pass nur auf, mehr verlange ich gar nicht. Man kann auch unsichtbare Grenzen überschreiten.«

»Wow!« Micael riss den Mund gespielt entsetzt auf und seine Hand kam auf der Brust direkt über seinem Herzen zum Stillstand. »Das überrascht mich jetzt wirklich! Sind wir heute Morgen in den Kummertopf gefallen? Seit wann bist du so ein Griesgram? Okay, das war die falsche Frage. Seit wann bist du noch griesgrämiger und ernster als sonst?«

Tariel wich Micaels Blick aus und schwieg.

Mehr und mehr Ewige zogen an ihnen vorbei, geschäftig, dennoch freundlich. Einige grüßten. Viele von ihnen kannten sich seit Anbeginn der Zeit. So auch Tariel und Micael, sie waren mit die Ersten aufseiten des Lichts gewesen.

»Spuck es aus. Was ist los?«

»Nichts, verdammt!«, grummelte Tariel mit zusammengebissenen Zähnen.

»Ah, ich sehe das Problem.« Micael nickte mitfühlend – und Tariel sah den Schalk in seinen Augen aufblitzen. Er wusste, was jetzt kam.

»Auf keinen Fall«, begann er zu protestieren, aber dafür war es bereits zu spät.

»Poker! Heute Abend! Es wird Zeit. Zu viele Jahre sind vergangen. Da kann man schon mal schlechte Laune bekommen.«

»Ich will nicht …«

Noch ehe Tariel weiterreden konnte, dröhnte eine viel zu laute Durchsage durch das Foyer und ließ den Boden erbeben.

»Micael, du alter Haudegen! Zieh dich gefälligst mal ordentlich an. Die schreiben dir hier gerade wieder ein Mahnschreiben.«

Tariel entwich beinahe ein verzweifeltes und zugleich angespanntes Stöhnen, als er erkannte, wer an der Sprechanlage saß.

»Entschuldigung?« Ein Aufseher der Ewigen fuhr dazwischen. In so hoher Tonlage, dass es beinahe in den Ohren wehtat.

»Oh, und beim Poker bin ich dabei!«

»Entschuldigung! Was tun Sie da? Finger weg!« Die Stimme des Aufsehers überschlug sich fast, wurde lauter, bevor ein kurzes Rauschen ertönte.

»Hey, was soll das? Gehört das Mikro etwa nur euch? Das macht echt Spaß ...«

Es krachte und knarzte. Danach erklang ein Gänsehaut erzeugender Ton, der jeden zusammenfahren ließ und die Mikrofonanlage einen Moment später ganz zum Erliegen brachte. Entweder war dieser Ton schuld oder Ezechiel. Tariel tippte auf Letzteren.

»Ach, Zech«, jubelte Micael und hob beide Daumen grinsend nach oben, weil er wusste, ihr Freund würde es durch die Kameras bestimmt sehen können. Eine der kompakten Kamerawolken flog direkt über ihnen hinweg. Sie wirkte wie Zuckerwatte.

Währenddessen musterten ein paar andere Ewige sie schräg von der Seite. Tariel drehte sich in einer Mischung aus Belustigung und Genervtsein um und lief in Richtung Ratssaal. Nur mit Mühe gelang es ihm, nicht die Augen zu verdrehen.

»Ey, Ty! Heute Abend. Gleiche Zeit, gleicher Ort!«, rief Micael ihm hinterher. Er war der Einzige, der ihn so nannte, und der Einzige, den er nicht davon abbringen konnte. Spitznamen waren eine lächerliche Erfindung, der er nichts abgewinnen konnte.

Tariel winkte ab und bahnte sich seinen Weg durch die Menge, ohne zurückzublicken.

3

Tariel

Lautlos glitt Tariel über den makellosen Boden. Über ihm flogen metallische weißgoldene Glühwürmchen, so groß wie Stare, und erweckten den Raum unterhalb der hohen Decken zum Leben. Sie waren kreiert worden, um Nachrichten von einem Ort zum anderen zu bringen. Jeder leuchtende Glühwurm trug gerade eine Botschaft an einen Ewigen in sich. Doch wie immer war das Micael nicht schnell genug, weshalb er allen damit in den Ohren lag, sie durch E-Mails und Computer zu ersetzen, um effektiver arbeiten zu können. Schließlich habe man auch den ganzen anderen *Schnickschnack*, wie er es nannte, übernommen.

Man hatte ihn übernommen und stets wieder verworfen. Das schien Micael zu vergessen. Wie die Faxgeräte, die vor ein paar Jahren beinahe Gebäude B1 komplett ausgeräuchert hatten, als sie alle in Flammen aufgegangen waren. Oder die Kopierer, die am Ende einfach nur das Papier gefressen hatten. Es war nicht überraschend, dass Micael immer dabei war, wenn etwas schiefging. Das war einer der Gründe, warum niemand einen Toaster in der Kantine wollte oder einen Grill. Und niemand verstand, was Micael an diesen menschlichen Dingen fand. Er hatte eine Schwäche für die Menschen und ihre Welt.

Tariel ging weiter durch die breiten Gänge, die an manchen Stellen von antiken Statuen oder von farbenfrohen Gemälden an den Wänden geziert wurden.

Die Größe dieses Gebäudes war unendlich. An den wichtigsten zentralen Stellen befanden sich Knotenpunkte. Der Fluss, der diese Welt, die Sphären und alles, was sie ausmachte, mit Energie versorgte und sie zusammenhielt, wurde dort verbunden. Dadurch konnten Teleportfelder oder ganze Portale geformt werden. Sie leuchteten in hellen, goldroten Farben mit silbrigem Schimmer und dienten dazu, bestimmte Ziele schneller und leichter ohne zu großen Energieverlust zu erreichen.

Tariel steuerte einen dieser Knotenpunkte an, um sich direkt zur Hauptzentrale, zu einem ganz bestimmten Raum, befördern zu lassen. Er befand sich im exakten Mittelpunkt der Sphäre. Seine Beine trugen Tariel immer weiter, bis seine Füße auf der vorgegebenen Markierung angelangt waren und er seine Macht mit der des Knotenpunktes verband. Die Gedanken auf sein

Ziel konzentriert, verschwand Tariel. Er wurde Teilchen um Teilchen davongetragen.

Wenige Sekunden später materialisierte er sich genau vor dem Zimmer, zu dem er wollte. Tariel verließ die Kraftquelle, streckte sich unauffällig und konnte dabei nur mit Mühe ein Schaudern unterdrücken. Er zog das Fliegen vor, verließ sich lieber auf seine eigenen Kräfte, aber innerhalb dieser Räumlichkeiten war dies eine der Regeln, die nicht existierten: keine Flügel.

Hier war es ruhiger als im Rest des Gebäudes, wahrscheinlich, weil sich außerhalb des Raumes, vor dem er nun stand, selten jemand herumtrieb. Auf dieser Ebene gab es nur dieses eine Zimmer. Nicht einmal die sirrenden Glühwürmchen flogen umher. Er genoss die Stille sonst, doch diese hier war unangenehm und erdrückend. Die Luft war wie aufgeladen, glich der Ruhe vor einem Sturm.

Tariel räusperte sich leise, seine Unentschlossenheit dauerte nur einen Wimpernschlag an, war nahezu unmerklich, aber dennoch war sie da gewesen. Und er hasste es. Sein Zögern, *dieses* Teleportfeld, *diesen* Raum, den er im nächsten Moment betreten musste, und die immer gleichen Berichte.

Bevor Tariel den Kopf hob, das Kinn reckte und die breiten Schultern durchdrückte, sammelte er sich. Er überprüfte seine Kleidung, sorgte dafür, dass sein Hemd korrekt saß und jeder Zentimeter von ihm Kontrolle ausstrahlte.

Alles sah perfekt aus. Gespielt sicheren Schrittes steuerte er auf die gigantische mahagonifarbene Flügeltür zu, auf deren Mitte zwei helle Handabdrücke prangten. Tief eingebrannt stachen sie einem Mahnmal gleich aus dem Holz hervor. Je nach Lichteinfall schimmerten sie schwach grau oder silbern und bildeten die einzige Unebenheit darin. Man könnte sie für einen Makel halten, wenn man es nicht besser wusste. Sie waren eine Warnung und eine Demonstration von Macht, die niemand aussprach. Die Energie, die von ihnen ausging, war so groß, dass Tariel stets ein Keuchen unterdrücken musste, wenn er sich ihnen näherte. Die Abdrücke umgab ein Zauber, man hatte ihnen so etwas wie Leben eingehaucht, und jedes Mal wenn er hindurchtreten musste, kam ihm der Gedanke, dass sich so Katzen fühlen mussten, die man gegen die Fellrichtung kämmte. Alles in ihm sträubte sich.

Je näher Tariel der Tür kam, umso stärker wurde dieses Gefühl, und wenn die Tür bereits auf ihn diesen Effekt hatte, es ihm als Ewigem der zweiten Ordnung so ging, wollte er gar nicht wissen, wie sich die jüngeren fühlen mussten. Die, die noch nicht so lange lebten und diese Macht schlechter ertragen konnten.

Schwäche hatte hier nichts zu suchen. Tariel verachtete sie. Genauso sehr wie diese Machtspiele.

Diese Tür war unnötig, man brauchte sie nicht. Nein, nicht wirklich.

Niemals würde er diesen Gedanken laut aussprechen, aber er überkam ihn schon, seit er denken konnte. Die Tür war nur eine weitere unausgesprochene Regel, eine weitere unsichtbare Grenze, und sie gehörte zu den Dingen, die man instinktiv verstand, ohne dass sie gesagt werden mussten. Es gab eine Rangordnung und Details wie diese hier erinnerten daran. Denn es kostete Kraft, diesen Zugang zu öffnen, ohne daran zugrunde zu gehen – ganz zu schweigen davon, dass nicht jeder die nötigen Fähigkeiten dazu besaß.

Es gab genau drei Engel, die vor Tariel existiert hatten – und somit vor allen anderen –, und die seit jeher den Rat bildeten. Niemand stellte das infrage. Nicht damals, nicht heute. Nicht an diesem Ort.

Tariel hasste diese Türen. Trotzdem würde er niemals am Rat und an seinen Absichten zweifeln.

Schließlich hob er die Hände und spreizte seine Finger. Er biss die Zähne zusammen, sein Kiefer mahlte. Dann trafen seine Hände auf das glatte Holz, fügten sich in die Abdrücke ein und seine Finger folgten den Konturen, bis sie sich vollständig angeschmiegt hatten. Sofort erhitzten sich die Abdrücke, das Holz unter seinen Handflächen glomm, wurde glutrot und golden und von Licht durchflutet. Äußerlich wirkte er ruhig, distanziert. Innerlich schrie Tariel auf, als eine Welle der Energie durch ihn floss, die nicht die seine war und ihm Schmerz bereitete. Seine Hände begannen zu verbrennen, verschmolzen mit den Abdrücken auf der Tür, der Energiestoß hatte jeden Zentimeter seines Körpers erreicht, und obwohl der Schmerz nur wenige Augenblicke andauerte, kam es ihm wie eine Ewigkeit vor. Das Gefühl war ekelhaft, intensiv und auf gewisse Weise intim. Es war, als würde die Energie der Türen ihn durchleuchten, ihn und alles, was ihn ausmachte, blank legen, jeden Gedanken erraten und jede Erinnerung einsehen. Als würde sie ihm jedes Mal einen kleinen Teil von ihm stehlen.

Wie von selbst öffnete sich die Flügeltür, glitt ohne Vorwarnung nach innen und gab Tariels verwundete Hände frei. Gleich würden sie wieder heilen.

Der Raum dahinter wirkte nahezu steril. Großzügig bemessen, beinahe gigantisch in Höhe und Breite, aber nur spärlich eingerichtet. Er war ein Abbild purer Ordnung. Raquel, Ahru und Artas saßen darin auf den großen ledernen Sesseln mitten im Raum, sichteten Akten, tranken und unterhielten sich dabei. Dicke weiße Teppiche bedeckten den ganzen Boden, das Leder der Sessel war der einzige Farbton im Raum, ein schönes dunkles Grün, leicht abgewetzt, aber dennoch stilvoll. In der Mitte stand ein einzigartiger Tisch in ovaler Form, dessen Glasplatte sich hob und senkte wie die Wellen des Meeres mit einzelnen Einkerbungen zum Abstellen von Gläsern. An den Wänden stauten sich Schränke mit Akten, Briefen, Notizen, wichtigen Überlieferungen und Berichten.

»Tariel, schön, dich zu sehen«, erklang Raquels Stimme als erste im Raum und schallte als leises, sanftes Echo von den Wänden wider. Leicht sarkastisch, provokant und im Gegensatz dazu doch weich und lieblich klingend. So doppeldeutig und gefährlich wie die Ewige, zu der sie gehörte.

Die anderen Ratsmitglieder wandten sich nun ebenso Tariel zu, der sich zu ihnen auf einen der freien Sessel setzte und leicht zurücklehnte. Nicht zu sehr, nicht zu entspannt, aber auch nicht zu verkrampft. Seine Beine überschlug er, seine Arme kamen auf den Lehnen zum Stillstand und er erwiderte freundlich Raquels falsches Grinsen.

»Das kann ich nur zurückgeben«, brachte er hervor, was Raquel leicht den Kopf neigen ließ.

Sie liebte diese Spielchen, Neckereien. Kleine und große. Tariel war in ihrer Gegenwart stets auf der Hut, denn sie war eines jener Wesen, das glaubwürdig versicherte, dass man ihm vertrauen konnte, nur, um im nächsten Moment einen Dolch in den Rücken seines Gegenübers zu stoßen.

Unberechenbar. Gefährlich. Mächtig.

»Tariel, welche Ehre.«

Artas fixierte ihn, Ahru hingegen widmete sich wieder seinen Papieren und sah nicht mehr auf. Natürlich war Artas' Begrüßung eine Zurechtweisung, denn er hätte bereits letzte Woche Bericht erstatten sollen. Tariel verkniff sich eine Reaktion, während er seinem Blick unverwandt standhielt. Er war alt genug, um sich das erlauben zu können.

Tariel war kein Sklave.

Und da er weder Reue zeigte noch bemüht war zu antworten, begann Artas, ein freudloses Lächeln aufzusetzen und sich in seinem Sessel aufzurichten.

»Da du uns nun mit deiner Anwesenheit beehrst, erzähle

uns: Gibt es Neuigkeiten?« Langsam und bedacht faltete er die Hände über seinem Schoß zusammen.

Tariel entging der Unterton in seiner Stimme nicht. Er wusste genau, worauf Artas anspielte. Dieses Gespräch hatte seit Jahren denselben Anfang und dasselbe Ende.

»Es gab einen Vorfall in der Nähe von New York, dem ich nachgegangen bin.« *Der gleiche Fall, nur eine andere Stadt*, fügte Tariel in Gedanken hinzu.

»Du weißt, dass dieser Bereich nicht unter deiner Obhut steht«, wandte Raquel mit zuckersüßer Stimme ein.

Tariel erwiderte nichts.

»Hat sich etwas daraus ergeben?«, fragte Artas weiter.

»Nein.« Tariel reckte das Kinn, nur leicht, aber es entging keinem von ihnen.

Artas schürzte die Lippen, für einen Moment wanderte sein Blick zu Raquel. Es blieb still und diese Stille fraß sich in Tariel wie zuvor die Energie der Tür. Kraftvoll und ekelhaft.

»Ich werde morgen noch einmal in Europa weitersuchen.«

»Nein.«

»Nein?«

Tariel konnte sich kaum zügeln, so unerwartet kam diese Antwort. Seit Jahren war es an Artas, ihn an diesem Punkt des Gesprächs schlicht aufzufordern, in wenigen Monaten erneut Bericht zu erstatten.

»Du jagst dieser Anomalie zu verbissen hinterher. Wir machen uns Sorgen um dich.«

Sorgen. Wenn Tariel das nur glauben könnte. Beinahe hätte er laut aufgelacht und gefragt, ob das ein schlechter Scherz sein sollte. Stattdessen schnaubte er, suchte in Artas' Gesicht nach Antworten, bis sich Ahru zu Wort meldete und endlich aufsah.

»Mir ist es gleich, Tariel. Doch Dinge, die zu nichts führen, sollte man loslassen.«

»Falls es dich interessiert, ich bin anderer Meinung. Ich habe es genossen, dass du so verzweifelt und hartnäckig durch die Welt gezogen bist wie ein Hund, der seinen Knochen sucht.« Raquels leises Lachen war wie Gift für ihn.

»Ihr klingt, als hätte ich Zeit verschwendet. Als würde es hier um eine Banalität gehen.« Seine Finger hatten sich in das Leder des Sessels gekrallt, seine Beherrschung entglitt ihm, ohne dass er es zu verhindern wusste. Zu groß war die Wut in ihm. Er kam sich lächerlich vor. »Erinnert ihr euch nicht mehr daran, was geschehen ist? Welches Ziel wir alle vor Jahren verfolgt haben?«

»Natürlich«, entgegnete Ahru nahezu gelangweilt.

»Wir spüren den Fehler wahrscheinlich stärker als du, Tariel. Aber er ist nie mehr geworden als ein Fleck, der sich weder verändert noch ausgebreitet hat. Bei seiner Entstehung hat er kräftig am Gleichgewicht gerüttelt, dessen sind wir uns alle bewusst, doch danach ist er verstummt und seither ist er still geblieben. Er schläft. Irgendwann wird er ganz von selbst wieder verschwinden. Deine Energie sollte besser genutzt werden.«

»Das sind reine Spekulationen, Artas.«

»In zwölf Erdenjahren ist uns nicht eine Auffälligkeit untergekommen, die in Verbindung mit der Erscheinung dieses Fehlers stehen könnte. Wir haben keine Anhaltspunkte, wo oder was es ist. Du etwa?«

»Nein«, gab Tariel schweren Herzens zu.

»Und wir wissen nicht, wer diesen Fehler zum Leben erweckt hat. Jeder Ewige könnte der Auslöser gewesen sein, jeder könnte sich eingemischt haben. Es gibt zu viele offene Fragen in dieser Gleichung, zu große Unwissenheit, um eine Antwort zu finden.«

Seine Stimme klang nicht schroff, dafür durchaus direkt, auch wenn sein Ausdruck und seine Körpersprache Tariel weismachen wollten, er würde ihn verstehen.

»Wir sind die Hüter des Lichts und des Gleichgewichts. Habt ihr das vergessen?« Tariel bemerkte nicht, wie sich die Stimmung im Raum veränderte, je mehr er sprach. »Ich soll also aufgeben? Das verlangt ihr von mir?«

»Du bist immer so dramatisch, mein Lieber.« Raquel strich eine Falte in ihrem hautengen silbernen Kleid glatt, das bis auf den Boden und über ihre nackten Füße fiel.

»Wir wollen, dass du die Angelegenheit ruhen lässt. Wir wollen nichts wecken, das höchstwahrscheinlich ruht. Der Fehler ist da, er ist groß, das wissen wir. Aber neben dem Ziel, ihn zu beseitigen, sollte es auch unsere Absicht sein, ihn nicht weiter zu vergrößern. Du hattest zwölf Jahre Zeit. Nun ist es genug.«

Artas' Ton war hart und eindringlich, duldete keinen Widerspruch, doch Tariel konnte seine Anweisung nicht so leicht hinnehmen und befolgen.

»Was, wenn ich dem nicht nachkomme?«

Sofort begann der Raum zu beben, ein tiefes Grollen erklang, obwohl niemand sich rührte. Artas' Haut wurde von Licht durchflutet, das sich ausbreitete und auf Tariel übersprang. Vor Schmerz biss er die Zähne zusammen, konnte dagegenhalten, aber das würde er nicht lange aushalten. Artas wusste das. Er zog seine Macht mit einem schnellen Ruck zurück. Kein Beben, kein Licht, alles war vorbei. Weder Raquel noch Ahru schienen sich daran gestört zu haben.

Die Nachricht war eindeutig. Tariel war zu weit gegangen,

Ahru reichte ihm einige Berichte. »Mach dich nützlich und lies die. Wir müssen prüfen, ob in diesem Jahr in allen anderen Bereichen der Erde das Gleichgewicht gehalten wurde. Und ob uns alle Abweichungen gemeldet wurden.«

Papierkram. Das Gespräch war beendet.

Tariel war soeben degradiert worden.

4

Mila

Besonders war nur ein weiteres Wort für *anders*. Niemand wollte besonders oder anders sein. Jeder wollte einfach nur er selbst sein. Obwohl genau das viel schwerer war, als in eine Schublade gesteckt zu werden, dessen war Mila sich absolut sicher.

Aber sie musste zunächst zu sich selbst finden, bevor sie es sein konnte. Daher fragte sie sich unaufhörlich, wer sie eigentlich war und wie sie herausbekommen konnte, was sie ausmachte, wenn ihr so viele Erinnerungen und Antworten fehlten.

Was machte einen Menschen wirklich aus?

Mila ließ ihre Gedanken weiterschweifen und sah sich dabei um. Das Zimmer, in dem sie saß, war winzig und schmal, mit rotbrauner Tapete, die hier und da ihren Halt verloren hatte. Dicke Vorhänge an den schmalen Fenstern und ein Bett, das knarzte. Die Matratze hatte ihre besten Tage längst hinter sich, trotzdem hatte Mila überraschend gut geschlafen. Denn obwohl das Zimmer eine Renovierung benötigte, war es gemütlich, und, was am wichtigsten war, sauber. Eine Kommode aus Buchenholz mit filigranen Verzierungen stand darin sowie ein Tischchen neben dem Bett. Ein winziges Badezimmer grenzte an den Raum. Alles, was sie brauchte, war da.

Ein günstiges Hotel in der Altstadt mit einem schönen Ausblick über die Dächer Prags. Kein anderes Gebäude versperrte ihr die Sicht.

Vorerst wollte sie zwei Wochen bleiben, vielleicht auch länger. Es war schwierig zu sagen, da sie nicht wusste, wann und ob ihr Vorhaben gelingen würde. Und natürlich kam es auf ihre Ersparnisse an.

Mila drehte sich auf der Matratze zur Seite, ihr Blick glitt zu dem Polaroid auf dem Nachttischchen. Den Ort, den es zeigte, hatte sie gefunden, aber nicht das kleine Mädchen darauf. Nein, diese Erinnerungen waren ferngeblieben.

Bevor sie aus dem Bett stieg, schluckte sie schwer und sprach sich selbst Mut zu. Mut, den sie so dringend brauchte.

Den halben Tag hatte sie bereits verschlafen und die Reise samt der vergangenen Wochen, der Verlust ihrer Mutter und all die schwierigen Entscheidungen saßen ihr weiterhin in den Knochen. Dennoch wollte sie nicht länger liegen bleiben und

Zeit verschwenden. Dafür war sie nicht hierhergekommen. Nein, sie musste endlich anfangen, nach Antworten zu suchen.

Was sie jetzt brauchte, war eine lange, heiße Dusche.

Die Kleidung, die sie bereits seit gestern trug, ließ sie auf den Boden fallen. Danach verschwand sie im Bad, das genauso winzig und spartanisch eingerichtet war wie der Rest des Zimmers. Die Duschkabine war schmal, aber Mila passte genau hinein. Mühsam drehte sie den rostigen Hahn auf, bis das Wasser heraussprudelte und auf ihre Haut prasselte. Es fühlte sich gut an, wärmte sie auf, wischte Staub, Dreck und für den Moment sogar Sorgen hinfort, zog sie mit sich hinab in den Abfluss. Ihr langes dunkelbraunes Haar wog schwer, vollgesogen mit Wasser floss es über ihre Schultern.

Mila wusch sich, vertrieb sämtliche Gedanken, ließ ihren Kopf langsam kreisen und massierte ihren Nacken. So lange, bis der Druck irgendwann nachließ, das Wasser kühler wurde und sie es schweren Herzens abstellte. Sie zog den mit Blumen bedruckten Duschvorhang beiseite und griff nach einem der Handtücher auf der Ablage. Vor dem Waschbecken hob sie den Arm und wischte mit der glatten Hand über den Spiegel, um sich selbst darin zu betrachten. Helle, ebenmäßige Haut, nicht mehr als fünf oder sechs Sommersprossen auf ihrer Nasenspitze und zarte, dünne, aber schön geschwungene Lippen, die viel zu wenig lächelten. Weite grünbraune Augen, mit pechschwarzen Wimpern umrandet, die denen ihrer Mutter zu sehr glichen.

An manchen Tagen wünschte Mila sich sehnsüchtig, dass man die Narben und Schmerzen, die sie im Inneren trug, auch sehen konnte.

Nach der Dusche hatte Mila unten an der Bar ein paar Snacks gegessen und lange in ihrem Reiseführer gelesen, obwohl sie ihn längst auswendig kannte.

Sie musste zur *Jíloská*, um nach Informationen zu suchen. Eine Straße im Bezirk vier von Prag, so viel hatte Mila in Erfahrung bringen können. Die Stadtkarte zeigte ihr, dass sich dort ein Wohngebiet befinden musste und dass die *Jíloská* eine ziemlich lange Straße war. Hatte ihre Mutter dort gewohnt oder jemanden gekannt? Und wie standen die Chancen, dass, falls es so war, dieser Jemand nach all den Jahren noch dort lebte?

Am frühen Abend knurrte ihr Magen so laut, dass Mila sich aufraffte und beschloss, sich auf die Suche nach einem Restaurant zu machen. Den ganzen Tag hatte sie Pläne geschmiedet, aber nicht den Mut gefunden, den Ort aufzusuchen, wegen dem sie hergekommen war.

Morgen, versprach sie sich selbst, während sie ihre Haare zu einem lockeren, dicken Zopf flocht, der ihr seitlich über die rechte Schulter fiel. Sie tauschte die Jeans gegen eine schwarze, leicht durchscheinende Strumpfhose aus und ihr Oberteil gegen ein weinrotes Kleid aus dickem weichen Stoff, das ihr bis zu den Knien reichte. Mit dünnen Trägern, schlicht, wenig elegant. Es war ihr Lieblingskleid. Ein schwarzer Mantel folgte, dazu eine Tasche und zarte knöchelhohe Stiefeletten ohne Absatz. Mila hatte bis heute keinen Gefallen an hohen Schuhen gefunden, besonders dann nicht, wenn sie vorhatte, über Kopfsteinpflaster zu laufen. Ein letzter Griff galt dem Polaroid, das sie wieder in ihre Tasche steckte, bevor sie das Hotelzimmer verließ.

Die Sonne war gerade untergegangen und Mila dachte zurück an ihre Ankunft am Morgen. An den Sonnenaufgang, den sie erlebt hatte, den Nebel, das einzigartige Gefühl, das auf sie übergesprungen war. Und nun, da sie vom Hotel in Richtung Brücke ging und die Sonne ihr Licht der Stadt wieder entzogen hatte, fragte sie sich, wie Menschen sich zwischen Sonnenaufgang und Sonnenuntergang entscheiden konnten. Zwischen zwei Dingen, die so unterschiedlich waren und dennoch gleich schön. Mila mochte beide.

Mit dem Abend kam die kühlere Luft. Die wenigen kleinen Cumuluswolken am Firmament wirkten, als wären sie in einen Farbtopf gefallen und hätten den Himmel mitgerissen.

Wie auch schon am Morgen ließ Mila den Brückenturm hinter sich. Sie schritt fast bis zur Mitte der Brücke. Eigentlich hatte sie nicht vorgehabt, noch einmal hierherzukommen. Doch sie verband es nun mit dem Plan, auf der Kleinseite ein Restaurant zu suchen und somit die gegenüberliegende Stadtseite ein wenig zu erkunden.

Mila schüttelte beinahe den Kopf über sich, denn trotz ihres schneller schlagenden Herzens hielt sie an, zog das Foto erneut heraus, betrachtete es und glich es darauf mit den Steinen unter ihren Füßen und der gesamten Brücke ab. Aber nichts passierte. Enttäuscht unterdrückte sie einen Schrei der Frustration, atmete heftig aus, presste die Lippen zusammen und widerstand dem Drang, das Polaroid zu zerknittern, zu zerreißen oder einfach in die Moldau zu werfen.

Was hatte sie erwartet? Ein Wunder? Dass etwas Magisches oder Besonderes geschehen würde und ihr auf einmal alle Antworten auf ihre Fragen zu Füßen gelegt wurden? Nein. So etwas wie Wunder gab es nicht. In dieser Welt gab es nichts Magisches. *Das sagst ausgerechnet du*, schalt sie sich selbst und verdrängte diesen Gedanken sogleich wieder.

Mila schluckte schwer.

Das kleine Polaroid wanderte nun behutsam in ihr Portemonnaie, das sie in ihre Handtasche steckte. Dort war es besser aufgehoben. Enttäuscht hängte Mila die Tasche über ihre Schulter, schob die Hände in den Mantel und wollte gerade weitergehen, als sie flüsternde Stimmen und Töne der Begeisterung vernahm. Die Menschen blieben stehen oder wurden langsamer und Mila fragte sich, wieso. Bis sie etwas in ihrem Augenwinkel schimmern sah und sich zur Seite drehte. Sie war neugierig. Das war sie schon immer gewesen.

Die Lampen gingen nacheinander an und tauchten die Brücke in ein warmes Licht, gaben ihr eine besondere Atmosphäre.

Wunderschön, lebendig und geheimnisvoll. Das Feuer flackerte in den alten Laternen und zauberte ein Lächeln auf Milas Gesicht, als sie ihren Weg fortsetzte. Mit den Lichtern bahnte sich Stück für Stück die Dunkelheit ihren Weg in die Stadt. Unbarmherzig und lautlos zwang sie den Tag in die Knie und forderte nun Raum für sich. Die Häuser erstrahlten in Sepiatönen, die Farben entglitten ihnen, ohne trostlos zu erscheinen. Das Gelb der Gaslaternen wirkte, als wäre es aus einer anderen Zeit, und hüllte Prag in Ewigkeit ein.

Ich werde meine Antworten finden und alle Geheimnisse lüften, schwor sich Mila stumm und gab in diesem Moment auf der Brücke ein Versprechen ab. Sie würde Prag erst verlassen, wenn sie es erfüllt hatte. Oder, gestand sie sich ein, wenn ihr keine andere Wahl blieb, als aufzugeben.

Ihre Schuhe klackerten leise auf dem steinernen Untergrund. Mila verschränkte die Arme vor der Brust, während sie voranschritt und schließlich auf der Kleinseite ankam. Auch hier brannten mittlerweile überall Laternen, um die Straßen und historischen Häuser zu beleuchten. Die Menschen redeten, lachten, gingen Hand in Hand oder Arm in Arm an Mila vorbei, manche von ihnen langsam, andere geschäftig. Sie liebte es, sie zu beobachten, denn kein Grauer war unter ihnen. Jahrelang hatte sie Angst gehabt, das Haus zu verlassen, zu oft hatte sie die Grauen vergeblich retten wollen und meistens hatte ihr Anblick sie innerlich zerbrochen. Zu lange hatte sie ihre Mutter gepflegt – und doch nicht lange genug.

Kurz hinter der Karlsbrücke war sie nach rechts abgebogen. Sie genoss den Abend und den Spaziergang, all die Eindrücke, die sie gewann, und die frische Luft. Mila studierte ihre Umgebung, die Architektur dieses Stadtteils, die Art und Weise, wie Gassen, Mauern und Wege zusammenkamen und ein wundervolles Muster ergaben.

Man hatte ihr im Hotel gesagt, hier würde sie das ein oder andere Restaurant finden. Aber Mila wollte nicht ziellos umherwandern, daher hatte sie sich vorab eines aus den Empfehlungen ihres Reiseführers ausgesucht. Von dort aus sollte man einen wundervollen Blick auf die Lichter Prags haben.

Milas Schritte trugen sie parallel zur Moldau entlang, bis sie merkte, dass sie zu sehr ihren Gedanken nachgehangen hatte und falsch abgebogen war. Links von ihr war ein Park, sie erkannte ihn von der Stadtkarte wieder. Das Restaurant befand sich auf der anderen Seite.

Es war Abend und bereits dunkel. Auch wenn Mila die Dunkelheit nicht fürchtete, so respektierte sie sie. Das war der Grund, warum sie zögerte, den Park zu betreten. Er war eine praktische Abkürzung. Sie wollte nicht ganz um ihn herumlaufen, den gesamten Weg zurück, sie war zu erschöpft und zu hungrig und wollte so schnell wie möglich zum Restaurant. Daher blieb sie stehen und sah sich aufmerksam um, konnte aber fast niemanden mehr in ihrer Umgebung ausmachen. Dort hinten ein Paar, auf der anderen Seite der großen Wiese ein Mann, vielleicht auch eine Frau.

Neben der inneren Stimme, die Mila fragte, was schon passieren konnte, lachte eine andere, die entgegnete: alles. Trotzdem hob sie das Kinn, schloss den Mantel und betrat den Park. Der sandige Boden gab leicht knirschende Geräusche von sich, die Bäume wirkten wie große Schatten mit lebendigen Gesichtern und gruseligen Fratzen, während ihre Blätter in der abendlichen Brise hin und her wehten. Mila wollte keine Angst haben, doch man bekam nicht immer das, was man sich wünschte. Das Gefühl, das sie beschlich, war ungewohnt. Es war eine Art Vorahnung. Also rieb sie sich über die Arme, um es zu vertreiben, und unterdrückte den Drang, sich unaufhörlich umzudrehen. Sogleich fragte sie sich, warum sie nicht den längeren, aber sichereren Weg in Kauf genommen hatte. Ihr Atem übertönte alle anderen Geräusche. Er klang unendlich laut in ihren Ohren. Ihr Herz pochte schneller und ihr Nacken kribbelte. Mila fühlte sich beobachtet, konnte aber niemanden entdecken, sosehr sie sich auch anstrengte.

Weitergehen oder umkehren?, schoss es ihr durch den Kopf, wobei sich ihr Gang stetig beschleunigte. Nach einigen Metern blieb sie abrupt stehen. Ihr wurde klar, sie musste umdrehen! Sie wusste nicht, wo der Park endete, und mit diesem Gefühl weiterzulaufen war töricht. Sie konzentrierte sich darauf, langsamer und bedachter zu atmen. So lange, bis sie wieder anfing, leise, weit entfernte Stimmen zu vernehmen.

Hier war niemand.

Ein letztes Mal atmete sie tief durch, zwang sich, zurückzugehen, nicht zu rennen – und nicht in jedem Schatten eine Gefahr zu sehen. Doch dann … Mila drehte sich ruckartig um. Ihre Muskeln waren angespannt, ihre Wangen glühten.

Sie musste sofort hier weg.

Der Gedanke war da und er war einnehmend.

Lauf, Milena!

Eine Gestalt löste sich aus dem Schatten, stand plötzlich vor ihr und griff nach ihrer Tasche. Mila sah sie erst, als es schon zu spät war. Nach Luft ringend öffnete sie den Mund, den kein Laut verließ, und hielt dagegen. Ihre Füße waren wie festgefroren, sie konnte sich nicht bewegen. Der Griff des Fremden wurde stärker, ihr Arm wurde nach vorne gerissen und sie mit ihm. Endlich erwachte sie aus dem kurzen Moment der Starre und begann, sich zu wehren.

Nicht die Tasche!, war ihr einziger Gedanke. Darin befand sich das Polaroid. Ihr Geld und ihr Pass waren ihr egal. Aber das Foto …

Mila biss die Zähne zusammen, spannte ihre Muskeln an und versuchte mit aller Macht, nicht nachzugeben. Weder dem Dieb noch der Angst.

Der Mann vor ihr war kaum größer als sie und hatte eine Mütze tief ins Gesicht gezogen, sodass sie nur hohe Wangenknochen und eine sehr markante Nase ausmachen konnte. Seine Statur wirkte drahtig, eher schmächtig als muskulös, was Mila kaum merkte, denn er war stark genug, um sie ins Schwitzen zu bringen.

»Her damit!«, schnauzte er sie an, doch Mila schüttelte nur den Kopf, auch wenn er wieder und wieder an der Tasche zerrte. Seine Bewegungen waren ungelenk, beinahe panisch. Mila schaffte es, ihren Arm durch den Griff zu schieben, was ihrem Angreifer ein tiefes, wütendes Grollen entlockte. Anstatt weiter daran zu ziehen, machte er einen Satz und verpasste Mila einen heftigen Schlag, der ihre Schulter traf und sie samt Tasche zu Boden stieß. Sie fiel auf die Knie. Am liebsten hätte sie ihn angeschrien, ihn beleidigt, aber in diesem Moment fiel ihr kein einziges tschechisches Wort ein. Währenddessen pochte der Schmerz in ihrer Schulter so sehr, dass sie laut keuchen musste.

Sie hatte keine Angst vor Schmerz, sie hatte Angst, dieses Foto zu verlieren. Beides vermischte sich unerwarteterweise in ihr, pulsierte und wuchs zu etwas, das sie von innen wärmte und antrieb.

Eine Wärme, die in Wirklichkeit eiskalt war.

Mila drehte ihren Kopf, blickte in das Gesicht ihres Angreifers und war kurz davor, ihn anzuspucken, als sie das Messer entdeckte. Er kam näher. Niemand war hier, um ihr helfen. Ihre Stimme brach, als sie zu schreien ansetzte, weil er ihr das Messer direkt vor die Nase hielt.

»Gib mir die Tasche, du blöde Schlampe!«, schrie er und die Wärme in Mila wuchs explosionsartig, bahnte sich ihren Weg wie flüssige Lava durch den Körper. Der Fremde entriss ihr die Tasche mit einem kräftigen Ruck, der ihr durch Mark und Bein ging. Das Messer schwebte weiter vor ihr, als Mila sich langsam erhob.

Etwas hatte sich verändert.

Sie griff nach seinem Handgelenk. Schnell, präzise, ohne nachzudenken. Sie hielt es fest, ihre Knöchel stachen stark hervor, das Zittern verschwand. In den hintersten Winkeln ihres Bewusstseins fühlte Mila diese Veränderung und dachte plötzlich: *Wäre er nur weggelaufen.*

Ihr Blick glitt über den Dieb. Sie sah in seine Augen, in denen Wut und Arroganz zu dem wurden, was sie selbst bis eben verspürt hatte: Angst. Mila wollte sein Handgelenk loslassen. Er zerrte ohne Unterlass daran, ohne dass etwas passierte. Mühelos hielt sie ihm stand, umklammerte es weiter, auch, als die Tasche dumpf auf den Boden fiel und dort Staub und Dreck aufwirbelte. Der Fremde wollte fort, hatte sein Messer nun losgelassen, doch Mila konnte sich immer noch nicht bewegen.

Ihr war so heiß.

Sie starrte ihn nieder, kämpfte mit ihm und mit sich, bis der Mann vor ihr grau wurde … *Grau.*

Ihre Finger lockerten sich ruckartig, der Schock ließ sie zurücktaumeln und der Dieb floh schließlich ohne Tasche, aber mit einem stummen Schrei auf seinen Lippen.

Mila stand still da, lauschte dem lauten Pochen ihres Herzens, das klang, als würde jemand immer wieder ohne Unterlass und im gleichen Takt mit einer Faust gegen eine massive Tür schlagen. Ihre Hände verloren die Kraft, ihre Arme den Halt, fielen an ihrem jetzt zitternden Körper herab.

Ihr war kalt. Bitterkalt. Und diese Erkenntnis ließ sie schwer schlucken, die Augenbrauen zusammenziehen und ihre Gedanken rasen. Eben noch war es ganz anders gewesen … Was war passiert?

Die Kälte zog sich durch ihren Körper, sie schwankte und fiel zurück auf den Boden. Ein Vogel rief nach seinen Begleitern, sein leises, einsames Zwitschern erfüllte die Nacht, während die Dunkelheit Mila in den Arm nahm.

Eine halbe Ewigkeit kniete sie da. Wie lange genau, wusste sie nicht. Sie starrte dem Mann hinterher, der längst fort war, und wartete darauf, dass ihr Körper ihr wieder gehorchte, aufhörte zu beben.

»Ein Schock … nur ein Schock. Es ist alles gut«, wisperte Mila, bevor sie sich endlich zusammenriss und sich bemühte, aufzustehen. Nach dem dritten Versuch gelang es ihr. Ihre Beine fühlten sich irgendwie taub und schwer an. Sofort stolperte sie zu ihrer Tasche, griff hinein, kontrollierte in ihrem Portemonnaie, ob das Polaroid noch da war, und seufzte erleichtert, als sie es ertastete.

Am liebsten hätte sie sich an Ort und Stelle zusammengerollt und so bis zum Morgen verharrt. Aber diese Schwäche gestand sie sich nicht ein. Nicht hier und nicht jetzt.

Ihre Schulter tat weh. Als sie an sich herabblickte, schluckte sie schwer. Die Strumpfhose war gerissen und voller Dreck, genau wie ihre Schuhe und der Saum ihres Mantels. Sie musste hier weg. Die Tasche an ihre Brust gedrückt ging sie rückwärts ein, zwei Schritte, bevor sie sich umdrehte – und mit jemandem zusammenstieß.

Dieses Mal schrie Mila wirklich. Sie erschrak so sehr, dass ihr die Tasche beinahe entglitt und sie erneut zurückstolperte. Es war zu viel. Das alles war zu viel.

Das Chaos bahnte sich seinen Weg in Milas Gedanken – Schock, Angst und Trotz mischten sich, ihre Muskeln drohten zu verkrampfen.

Große, warme Hände packten sie, hielten sie fest und gaben ihr Halt. Eine unerwartet angenehme Stimme erklang.

»Keine Angst«, raunte sie ihr zu und Mila traute sich, ihren Kopf zu heben und den Mann anzusehen. »Ist alles in Ordnung bei dir?«

Das Gesicht ihres Gegenübers lag vollkommen im Schatten, aber seine Gegenwart beruhigte sie auf irgendeine seltsame Art. Sie atmete tief ein und neben der frischen Luft stieg ihr ein weiterer Geruch in die Nase. Einer, den sie nicht kannte, nie zuvor gerochen hatte.

Wenn Wärme einen Duft hätte, dachte sie sich, *dann wäre es dieser.*

Mila war zu schwach zum Kämpfen und zum Wegrennen und da sie nicht wusste, welches von beidem die richtige Wahl war, starrte sie bloß in das im Schatten liegende Gesicht des zweiten Fremden an diesem Abend. Die Müdigkeit streckte sich wie eine Katze in ihr, wollte sich wohlig zusammenrollen. Das Adrenalin ließ nach, war aufgebraucht, und ihr Kopf wie leer gefegt. Nur die Tasche … Die Tasche würde sie nicht hergeben.

»Ist alles in Ordnung?«, fragte die Stimme erneut und Mila wurde sich der Hände des Fremden, die noch immer um ihre Arme lagen, nur zu bewusst. Sie waren warm und fest, aber nicht zu sehr. Trotzdem zog sich Mila zurück, denn seine Handflächen begannen, sich auf eine verrückte Art und Weise seltsam anzufühlen. So als würden sie Mila statisch aufladen. Ihre Haut kribbelte, besonders an der schmerzenden Schulter.

Nach einem kurzen Räuspern und dem Versuch, mit trockenem Mund zu schlucken, fühlte sie sich in der Lage, endlich zu antworten. Zumindest dachte sie das. Sie bewegte die Lippen und wollte Ja sagen. *Ja, es geht mir gut.* Aber sie konnte es nicht. Es wäre eine Lüge gewesen. Deshalb schwieg sie, presste nur die Zähne aufeinander und fragte sich, ob es okay wäre, ihn einfach stehen zu lassen und zu gehen. Sie wollte nur fort.

»Darf ich dich ein Stück begleiten?«

Mila war kurz davor, laut aufzulachen. Wieder eine Frage, die sie nicht beantworten konnte. Eine, deren Antwort zugleich Ja und Nein war. Durfte er? Natürlich, wer konnte es ihm verbieten. Wollte sie das? Wenn sie ehrlich war, nein. Sie wollte allein sein. Und wenn sie noch ehrlicher war, war Alleinsein das Letzte, was sie wollte.

Also nickte sie nur – und er tat es ihr gleich.

Schweigend verließen sie den Park, begegneten hier und da ein paar Menschen, was Mila Stück für Stück freier atmen ließ. Erst kurz vor der Brücke traute sie sich, ihren Begleiter genauer zu betrachten. Er war vielleicht einen halben Kopf größer als sie, mit stolzer Ausstrahlung. Wirkte ruhig und aufmerksam zugleich. Keine kantigen, eher feine, rundliche Gesichtszüge, eine sehr spitze Nase und ein leicht spitzes Kinn. Am auffälligsten waren seine Haare, beinahe weißblond. Es passte zu ihm. Vielleicht war er Mitte zwanzig, jünger wirkte er nicht. Sie musterte ihn weiter, ihr Blick glitt tiefer und sie konnte ihre Verwunderung kaum verbergen. Weißes Hemd, helle Hose, helle Schuhe. Er leuchtete nahezu im Dunklen.

»Soll ich mich für dich einmal im Kreis drehen? Für einen Rundum-Check?«

Bei seinen Worten zuckte sie zusammen, fühlte sich ertappt.

»Danke. Aber das ist nicht nötig«, erwiderte Mila.

Er sah sie an. Hellbraune Augen, wenn sie das richtig erkannte. Aus irgendeinem Grund hatte Mila damit nicht gerechnet. Er grinste ein wenig, so als könnte er ihre Gedanken hören.

»Ich heiße übrigens Mila.« Sie richtete den Blick erneut nach vorne, als sie die Karlsbrücke erreichten. »Danke, dass du mir helfen wolltest ... Mir geholfen hast.«

»Gern geschehen.«

Mila blieb stehen. »Den Rest des Weges schaffe ich allein.«

Das war nur halb gelogen. Sosehr ihr seine Begleitung

Sicherheit gab, so sehr machte sie Mila nervös. Nach dem versuchten Überfall würde sie diesem Fremden ganz bestimmt nicht zeigen, wo sie untergekommen war.

»Sei vorsichtig«, meinte er nur mit ernstem Gesicht.

Mila versuchte sich an einem Lächeln, nickte und setzte ihren Weg fort. Sie war erst ein, zwei Schritte gegangen, da wurde ihr bewusst, wie unhöflich sie gewesen war.

Sein Name. Sie hatte nicht nach seinem Namen gefragt.

Milas Beine stoppten und sie drehte sich um.

»Entschuldigung, ich …«

Er war fort.

5

Asher

Das Feuer im Kamin brannte und spendete eine angenehme Wärme. Die Flammen loderten, leckten über die Steine und züngelten an ihnen empor. Das stetig flackernde Licht zusammen mit dem Knistern und Knacken des Holzes beruhigten Asher. Mit einem Glas Rotwein, den er aus Cetos Keller stibitzt hatte, lehnte er sich in dem großen, alten und bequemen Sessel zurück. Er überschlug elegant die Beine, während die Schatten im Takt des Feuers um ihn herumtanzten. Es roch nach Rauch und Asche, ein Duft, den Asher seit jeher genoss.

Der Wein in seiner Hand war etwas Besonderes, nicht nur aufgrund des hervorragenden Jahrgangs, sondern weil Ceto ihn stets mit einer speziellen Zutat verfeinerte. Vollmundig und zugleich lieblich und weich.

Asher grinste, hob das Glas an seinen Mund und nahm einen Schluck. Ceto würde ihm bestimmt im wahrsten Sinne des Wortes Feuer unterm Hintern machen oder – wie beim letzten Mal – eine Giftschlange ins Bett legen, sobald er den Verlust dieser Flasche bemerkte. Es war sein Lieblingswein. Ceto in den Wahnsinn zu treiben, würde wohl ewig zu seinen liebsten Aktivitäten zählen.

Während Asher sich an diesem Gedanken mindestens so sehr wie an dem Wein erfreute, wurde ohne Vorwarnung die Tür zu seinen Gemächern aufgerissen.

Asher hatte Cetos Namen wohl einmal zu oft in Gedanken ausgesprochen.

»Irgendwann werde ich meinen Wein vergiften, nur um zu sehen, wie du langsam und qualvoll daran erstickst«, erklang seine Stimme von der Tür zu Asher herüber.

»Dein unterdrücktes Lächeln straft deine Worte Lügen. Sehe ich da etwa ein Grübchen?« Asher zeigte vage auf Cetos Gesicht. »Wir wissen beide, du würdest mich vermissen.«

»Arschloch!«

»Gleichfalls.« Asher hob süffisant grinsend das Glas und prostete seinem Besucher zu, der die Arme vor der Brust verschränkte und nun genervt mit den Augen rollte.

»Wenn du das nächste Mal etwas stiehlst, vergiss deine zwei sabbernden Kugeln nicht am Tatort«, schimpfte Ceto, bevor er zur Seite trat und die beiden eintreten ließ.

Asher seufzte leise und zog die Nase kraus. Pan und Mim.

Die zwei hatte er wohl tatsächlich im Keller vergessen. »Ich werde anscheinend alt.«

»Du wirst vor allem mit jedem Jahrhundert arroganter und nervtötender.«

»Setz dich doch.« Asher deutete zu seiner Linken, wo gerade aus dem Nichts ein Sessel Gestalt annahm. »Möchtest du einen Schluck Wein? Er ist köstlich!«

Ceto schloss die Tür hinter sich und verengte die Augen zu Schlitzen, bevor er auf Asher zuging. »Treib es nicht zu weit, Bruder.«

Asher hätte seine Drohung vielleicht ernst genommen, wären Mim und Pan nicht hier gewesen. Aber so lachte er laut auf, weil die beiden Ceto kreuz und quer vor die Füße liefen, er deshalb aus dem Gleichgewicht geriet und schließlich in den Sessel neben ihm plumpste. Asher musste gestehen, er hatte sich mittlerweile an die beiden kleinen Fellkugeln gewöhnt, die er im letzten Jahr erschaffen hatte. Sie sahen aus wie Köpfe mit vier Beinen, pechschwarzem Fell, kleinen Ohren und übergroßen grauen Augen, die beinahe niedlich wirkten, und einem winzigen Maul, aus dem jedoch unendlich viel Sabber lief. Da war irgendetwas schiefgegangen – besonders bei den kaum vorhandenen Beinen.

Wenigstens sind sie nur in diesem Zustand fehlerhaft, sagte Asher sich. Er beugte sich vor und strich Mim übers Fell, aus dem nun feiner dunkler Rauch aufstieg, der kurz darauf wieder verschwand. Eine Mischung aus Gurren und Brummen entwich ihr und sofort begann sie, auf Ashers italienische Schuhe zu sabbern, was ihn zurückzucken ließ. Igitt. Obwohl er als Ewiger alle Dinge selbst erschaffen konnte, genoss er es ab und an, manche Sachen wie ein Mensch käuflich zu erwerben, in Geschäfte zu gehen oder über Märkte zu schlendern. Diese Schuhe waren ein Vermögen wert.

»Verflucht, Mim! Wie können wir dieses Schleim- und Sabberproblem in den Griff kriegen?«

Das winzige Knäuel verzog den Mund, sah ihn traurig an und nuschelte etwas Unverständliches. Richtig zu sprechen, Worte zu formen, war Mim nicht möglich. Ein Blick zu Ceto genügte, um zu erkennen, dass es ihn deutlich schlimmer erwischt hatte. Pan saß mit von sich gestreckten Stummelbeinchen auf seinem Kopf und lächelte zufrieden. Zumindest soweit sein Maul dies zuließ. Seine lange Zunge hing heraus, sein Fell qualmte vor sich hin und er brummte laut vor Freude. Der Sabberfaden würde in wenigen Sekunden Cetos Haar erreichen.

»Kannst du die beiden nicht mal erziehen?«

»Ich habe es aufgegeben. Möchtest du es versuchen?« Asher schenkte ein Glas Wein ein und reichte es Ceto.

»Auf keinen Fall. Ich bin doch nicht lebensmüde.«

»Stimmt. Sondern unglaublich weise.«

Sie prosteten einander zu.

Asher war der Einzige, dem es Mim und Pan erlaubten, sie zu tadeln, zu bestrafen oder ihnen Befehle zu erteilen. Er hatte sie erschaffen. Aus goldener Ewigkeit – oder wie sie es nannten: Äther. Aus der Energie, die diese Welt und dieses gesamte Universum durchzog. Die den Ewigen innewohnte. Und aus Asche, Rauch, Feuer, einem Teil von sich selbst und einer besonderen Beigabe, die er vor Jahrhunderten *erstanden* hatte. Sie war einmalig gewesen und niemand wusste, ob sie wirklich das war, was man von ihr behauptete. Es war ein schwieriger Zauber gewesen, aber er war ihm gelungen – Mim und Pan waren der Beweis. Nun ja, zumindest wenn man wusste, wozu sie fähig waren. Das letzte Mal, als Ceto versucht hatte, Mim und Pan zu rügen, war ihr ureigenes Wesen erwacht, und das hatte selbst Asher beunruhigt.

Es gab nur eine Sache, die die Ewigen dauerhaft und unwiederbringlich töten konnte, egal, ob sie aufseiten des Lichts oder des Schattens standen, und das war eine Waffe, geschmiedet aus Äther. Nur wenige waren dazu in der Lage, diese Art von Waffen herzustellen.

Mim und Pan waren diese Waffen.

Ihre Zähne waren wie Gift. Die Wunden von Ewigen verheilten dann nicht sofort, sie brauchten Zeit, und je nach Verletzung … wartete der Tod auf sie. Ewig leben zu können bedeutete nicht, unsterblich zu sein. Nicht im eigentlichen Sinn.

»Also, was treibt dich hierher? Außer dem Wein und den beiden sabbernden Kugeln natürlich.«

Pan begann, auf Cetos Kopf zu schnarchen, der Sabberfaden hatte längst dessen Haar erreicht. Ceto verzog das Gesicht, nahm einen Schluck Wein und verkniff sich ein Kopfschütteln, mit dem er den Wicht nur geweckt hätte.

»Meine Schattenspäher«, begann er ernst und leise, während er beobachtete, wie die Flammen im Kamin an den Holzscheiten leckten. »Sie haben sich heute um mich geschart wie Lemminge.«

»Das tun sie öfter, das ist nichts Besonderes.« Asher zuckte mit den Schultern, aber Ceto drehte seinen Kopf, soweit es ihm möglich war, und fixierte seinen Bruder.

»Das stimmt. Allerdings hatten sie dieses Mal Neuigkeiten, die ich dir selbst mitteilen wollte.«

»Und welche sollen das sein?«

»Tariel«, sagte Ceto schlicht und Asher versteifte sich augenblicklich.

Von jetzt auf gleich erlosch das eben noch lebendige Feuer vor ihnen nahezu ganz, erstickte kläglich, bis Asher sich wieder rührte. Bis er tief einatmete und die Flammen mit einem Ruck explodierten und hervorsprangen, den Kamin beinahe umschlangen, bevor sie zu ihrer ursprünglichen Größe zurückfanden. Mim erschrak, drückte sich enger an Ashers Beine. Er beugte sich mit Bedacht vor, um sein Glas auf dem Tisch vor sich abzustellen. Man sah ihm an, wie seine Gedanken rasten. Die Schatten im Zimmer wurden dunkler, die Luft kälter, die Wärme des Feuers war machtlos gegen Ashers Energie, die er gerade kaum zu bändigen wusste.

»Interessant.«

»Mehr hast du dazu nicht zu sagen?«

»Wo wurde er gesichtet?«

»In Prag.«

Asher lachte trocken auf. »Seit Jahrhunderten hat er sich bedeckt gehalten, sich durch seine Energie geschützt, man könnte sogar vermuten, er hat sich versteckt. Und jetzt? Jetzt taucht er einfach so wieder auf, ohne Schutz, ohne den Versuch, sich zu tarnen, und lässt sich in der Menschenwelt blicken? Seltsam, nicht wahr?«, sinnierte er.

»Willst du keine Rache?«

»Rache«, wisperte Asher mit rauer Stimme und abwesendem Blick. »Ich habe, soweit es möglich ist, meinen Frieden damit gemacht. Nicht, dass ich es ihm je wirklich verzeihen werde …« Er hielt einen Moment inne. »Rache. Ich dachte wirklich, ich wäre darüber hinweg. Gut zu wissen, dass ich mich irren kann.« Die Gedanken und Erinnerungen an vergangene Tage drohten ihn zu übermannen, und mit ihnen die allumfassende Wut, die er einst für Tariel empfunden hatte. Die er nie ganz losgeworden war.

Kopfschüttelnd knöpfte er sein Jackett auf und zog es aus, bevor er es ordentlich über der Sessellehne platzierte und sich wieder zurücklehnte. Mim wollte auf seinen Schoß springen, schaffte es aber erst beim dritten Versuch. Sie gähnte herzhaft, bevor sie sich darauf zusammenrollte.

»Also willst du dich rächen«, stellte Ceto fest. »Warum handelt ein Ewiger des Lichts so unachtsam?«

»Tariel hat es bestimmt nicht einfach so riskiert, sich den Schatten zu zeigen.«

»Einem Menschen.«

»Was?«

»Er hat sich einer Frau gezeigt.«

»Und das macht aus einer interessanten Information eine überaus spannende. Wieso sollte Tariel sich einer Sterblichen zeigen? Er hatte stets so große Angst vor Verschiebungen innerhalb des Gleichgewichts, vor Anomalien und Einmischungen jeglicher Art. Wieso geht er dieses Risiko ein? Wieso jetzt?«

»Ich weiß es nicht«, musste Ceto zugeben.

Asher blickte in das Feuer und ließ seine Gedanken wandern. Er konnte die Zusammenhänge nicht erkennen.

»Was hast du vor?«

Ashers Lippen verzogen sich. »Ich denke, ich werde einen Ausflug machen.«

Die Nacht war klar. Es fühlte sich an, als würde sie auf der Lauer liegen, genau beobachten, was unter ihrem Firmament geschah, und der Vollmond war ihre Taschenlampe.

Die Aussicht von hier oben war bemerkenswert. Prag hatte schon immer zu Ashers Lieblingsstädten gehört. Er mochte besondere Orte mit Charme und Charakter, voller Schönheit.

Keiner perfekten, sondern einer reinen Schönheit, einer ureigenen, die trotz allem Ecken und Kanten aufwies. Prag war einer der Orte, an denen die Energieflüsse besonders ausgeprägt waren, laut und kraftvoll pulsierten sie unter der Stadt wie Venen, die zum Herzen führen.

Die Hände in den Hosentaschen lehnte Asher mit einer Schulter lässig an einem Schornstein auf einem der Dächer und blickte auf die Moldau hinab. Zuvor hatte er versucht, Tariel aufzuspüren. Bisher vergeblich. Auch Cetos Schatten hatten ihn nicht mehr gesehen und das, obwohl sie an jedem dunklen Platz saßen und alles im Blick hatten. Sie waren die Schatten der Stadt, jedes Objekts und jeder Ecke, die zum Leben erwachten und Cetos Befehlen gehorchten. In der sterblichen Welt waren sie seine Augen und Ohren.

Hatte sich der Feigling etwa wieder zurückgezogen? Nein, daran glaubte er nicht. Es ergab keinen Sinn. Nicht, dass irgendeine seiner Handlungen das tat. Aber wie auch immer Asher es drehte und wendete, er fand keine Erklärung dafür, wieso sich Tariel nach all dieser Zeit wieder blicken lassen sollte. Mehr noch, sich einem Menschen zeigte. Tariel zeigte sich nicht. Nie. Denn er hatte so große Ehrfurcht vor dieser Welt, dem Universum und seiner fragilen Balance, dass er Menschen schon immer auf Abstand gehalten hatte. Er nahm nicht an der endlichen Welt teil, sondern überwachte sie bloß und lebte in der Lichtsphäre wie ein Einsiedler.

Das war einmal anders gewesen.

Ashers Kiefer knackte, so hart biss er die Zähne zusammen, als er an die Vergangenheit dachte. Vielleicht hatte Tariel sich deswegen versteckt. Er hasste Tariel nicht mehr für das, was passiert war. Hass war ein zu starkes Wort, ein zu intensives Gefühl, und so etwas gestand er sich nicht zu. Extreme Dinge, egal welcher Natur, waren gefährlich. Aber er wollte, dass Tariel für das büßte, was er getan hatte.

Asher weckte seine Kraft, rief nach ihr und ließ sie durch sich strömen. Sie schwoll an, bis seine Sicht schärfer wurde und er sich mehr und mehr seiner Umgebung bewusst wurde. Die Energie, die diesen Planeten in flüssigen Linien durchzog, war für ihn nun deutlich und ohne Anstrengung sichtbar.

»Wo steckst du nur?«, wisperte Asher in die Dunkelheit, während er seinen Blick weiter über die Stadt unter ihm gleiten ließ.

Gasse für Gasse, Straße um Straße. Und gerade als er beschlossen hatte, seine Suche für heute zu beenden, es morgen ein weiteres Mal zu versuchen, hielt er inne. Ein Grinsen breitete sich auf seinem Gesicht aus und die Anspannung fiel von seinen Muskeln. Asher begann, seine Kraft langsam zurückzuziehen, sie wegzusperren und zur Ruhe zu zwingen.

»Hallo, Tariel. Alter Freund.« Die letzten Worte trieften vor Sarkasmus und sein Grinsen wurde immer breiter. »Was führst du im Schilde?«

Er würde es herausfinden. Neugier war wohl eines seiner größten Laster, doch er genoss es zu sehr, um es abzulegen.

Die Hände aus den Hosentaschen nehmend, stieß er sich vom Schornstein ab und fegte den Staub von seinem Jackett. Mit Bedacht strich er sich über seinen kurzen Bart. Dann schlenderte er bis an den Rand des Daches. Lediglich ein paar Straßen weiter hatte er Tariel entdeckt, der still an einer Ecke stand, mit verschränkten Armen, angelehnt an einer Mauer. Gut geschützt.

Asher ließ seine Schultern kurz kreisen, bevor er seine Flügel erschuf. Stück um Stück, Partikel um Partikel, setzte er sie zusammen, ließ sie zu Federn, Knochen und Gewebe werden. Aus nichts wurde Rauch und Gold, die sich in pechschwarzes Gefieder, in Schwingen von unglaublicher Größe verwandelten. Er nutzte die Materie um sich herum, das, was diese Welt verband, und formte sie nach seinen Wünschen.

Das Gewicht auf seinem Rücken war deutlich spürbar. Die unteren Federn wiegten sich im Wind, als Asher die Flügel elegant anhob, sie spreizte und über den Rand des Daches hinaustrat. Mit einem kräftigen Schlag kämpfte er gegen die Erdanziehung an, bis er Auftrieb bekam, ein weiteres Mal mit seinen Flügeln schlug und in Tariels Richtung flog.

Auf kurze Entfernungen wie diese hätte er sich ebenso gut teleportieren können. Doch dafür genoss er das Fliegen zu sehr – den Wind, die Freiheit, das Gefühl des Glücks, das ihn dabei durchströmte, und nutzte die Chance, sooft sie sich ihm bot. Außerdem war er zwar alt, aber kein Idiot. Mit der Zeit lernte man mehr und mehr über sich und seine Fähigkeiten.

Eine Teleportation war praktisch, kostete allerdings Energie. Bei jeder, die ohne ein Verstärkerfeld oder Portal stattfand, ließ man Teile von sich selbst am Ursprungsort zurück. Sie fanden erst nach und nach zu einem zurück, wurden angezogen wie ein Magnet. Je weiter der Weg, desto längere Zeit war man nicht im vollen Besitz seiner Kräfte. Und je öfter man das tat, desto leichter könnte man zu einem einfachen Ziel werden.

Asher flog einen Bogen, landete auf dem Dach über Tariel und schritt näher, um ihn im Auge behalten zu können. Absolut lautlos bewegte er sich vorwärts, löste seine Flügel in Luft auf und versuchte herauszufinden, was Tariel genau tat. Er stand da unten, rührte sich kein Stück, weshalb Asher begann, seinem Blick zu folgen. Anscheinend beobachtete er etwas auf der anderen Straßenseite. Aber was nur? Die Menschen?

Wie langweilig! Na, dann wollen wir mal …

Die Teleportation über die wenigen Meter vom Dach direkt hinter Tariel war nicht der Rede wert und Asher war keine zwei Sekunden später wieder vollständig materialisiert. Er musste sich nicht einmal mit einem Schutzschild umhüllen, denn die Menschen waren selbst mit offenen Augen blind. Sie würden es für ein Trugbild halten, einen Streich der Nacht, der Dunkelheit, oder sie bemerkten es überhaupt nicht, weil es zu schnell ging.

Auf eine Reaktion von Tariel wartend richtete Asher seinen Anzug.

»Du hättest ruhig kurz von oben winken können, Asher«,

begann Tariel, ohne sich umzudrehen. Seine Stimme klang barsch, unfreundlich, doch er erhob sie nicht.

Asher unterdrückte ein Lachen. So wenig er Tariel leiden konnte, so sehr genoss er es, ihn wütend zu machen. Daran hatte sich anscheinend über die Jahrhunderte nichts geändert.

»Ja, das hätte ich. Meine Manieren habe ich mir bei dir abgeschaut.« Er sagte es freundlich, aber mit einem gewissen Unterton, der einer Messerspitze glich, mit der er sein Gegenüber vorerst nicht verletzen, sondern bloß provozieren wollte. Asher hatte nicht vor, Tariel schnell zu töten. Erst wollte er Informationen. Und vielleicht spielte er danach eine Weile mit ihm, bis er vor Angst und Verzweiflung verging.

Tariel stieß sich von der Mauer ab, drehte sich endlich um und schenkte Asher seine volle Aufmerksamkeit. Wütend funkelte er ihn an, was dieser mit einer gewissen Genugtuung zur Kenntnis nahm. Selbst wenn er nicht herausfand, was Tariel so trieb, würde er dieses unverhoffte Wiedersehen mit Sicherheit genießen.

»Was willst du hier? Wie du mich gefunden hast, frage ich gar nicht erst.« Er wusste, dass jeder Schatten lebendig werden und ihn beobachten konnte, wenn er ihm nicht schnell genug entfloh.

»Ich wollte einen alten *Freund* besuchen.«

Gegen dieses Argument kam er nur schlecht an. Tariel war schließlich der Letzte, der Asher vorwerfen konnte, dass er nicht wüsste, was Freundschaft war. Nicht er. Niemals. Sie waren so viele Jahre befreundet gewesen, hatten trotz Differenzen zusammen das Gleichgewicht gehalten, hatten sich vertraut. Bis einer von ihnen merkte, dass Vertrauen schnell zerbrechen konnte, ebenso wie Freundschaft. Dass jeder einen verletzen konnte und nichts für die Ewigkeit war.

Asher hob das Kinn an, obwohl er Tariel auch so längst überragte, lächelte süffisant und trat direkt vor ihn.

»Und nun frage ich dich. Was willst *du* hier?«

»Das geht dich nichts an, Dunkler. Verschwinde dahin, wo du hergekommen bist.«

Ein Grollen ertönte, laut, tief, beängstigend und für Menschen nicht wahrnehmbar. Allerhöchstens für die, die der Ewigkeit nahe waren. Ashers Konturen verschwammen, wurden zu Rauch und dann zu einem golden schimmernden Schleier. Tariel zuckte leicht zusammen, trotzdem wich er nicht zurück. Er war so töricht wie eh und je.

Wenige Sekunden später beruhigte Asher sich wieder, zwang sich zur Vernunft und nahm seine Macht mit einem Ruck zurück. Wortlos schritt er an Tariel vorbei, spähte neugierig um die Ecke, erblickte jedoch nichts, das Aufmerksamkeit auf sich zog oder diese verdient hätte. Ein kleines Café. Daneben gab es nichts als alte Häuser und Bauten. Nur das Café leuchtete warm zwischen ihnen auf.

»Was auch immer du vorhast: Ich begleite dich.«

6

Mila

Die ersten Tage in ihrer Heimat hatte Mila sich anders vorgestellt. Vielleicht ein bisschen einfacher, aber vor allem weniger Furcht einflößend. Sie hatte nicht erwartet, dass sie ihr noch mehr Fragen bescheren würden, als sie bereits zuvor gehabt hatte.

Trotz alledem wollte sie nicht aufgeben und keine Albträume mehr haben, nicht wegen ihres Fluchs und auch nicht wegen ihrer Mutter. Am allerwenigsten wegen des Fremden, der ihre Tasche stehlen wollte und vor ihr grau geworden war. Sie kniff die Augen einen Moment so fest zusammen, dass es schmerzte, nur, um das Bild zu verdrängen. Erklären konnte sie nicht, was passiert war, aber tief in ihr hatte sie eine Ahnung – eine, die ihr Angst machte.

Mila musste endlich einen Weg finden, alles zu klären und dabei ihre Ängste zu überwinden. Sie wollte kämpfen, suchen und finden.

Doch als sie in der *Jílovská* ankam, erkannte, wie lang die Straße tatsächlich war und was vor ihr lag, war sie kurz davor, vor Frust laut aufzuschreien. Es war eine Plattenbausiedlung. Davon gab es einige in Prag und hier stand ein Plattenbau neben dem anderen. Mila konnte nur schätzen, wie viele Menschen in einem einzigen lebten. Sechzig, vielleicht auch mehr. Wenn sie Glück hatte, weniger. Eines war ihr klar: Wenn sie heute begann, an der ersten Tür des ersten Baus am Anfang der Straße zu klingeln, würde sie dies tun, bis sie auf Antworten stieß. Selbst wenn das bedeutete, dass sie am Ende vor der letzten Tür des letzten Gebäudes stand.

Wäre das Meldesystem hier in Tschechien nur ein wenig übersichtlicher oder akribischer, hätte sie direkt dort nachfragen können. Aber so würde die Suche sie viele Tage kosten.

Mila hob ihr Gesicht gen Himmel und schloss die Augen. Die Sonne wärmte sie. Heute war ein schöner Tag.

Mit dem alten vergilbten Polaroid in der Tasche, das ihre Mutter zeigte, legte sie los. Beim ersten Plattenbau angekommen, beschloss Mila, sich von unten nach oben durchzuarbeiten. Wenn jemand nicht aufmachte, würde sie am nächsten Tag wiederkommen und es erneut versuchen.

Bevor Mila die erste Klingel betätigte, zog sie ihre Jacke aus. Sie schwitzte. Wahrscheinlich mehr vor Nervosität als vor

Wärme. Ihre Finger zitterten leicht, bevor sie auf den kleinen Knopf drückte, und sie zuckte zusammen, als die Tür surrte und sie sie aufstoßen konnte. Im Erdgeschoss schwang eine Wohnungstür auf, eine Frau stand darin.

»Dobrý den!«, begrüßte Mila sie freundlich und stellte sich vor sie. »Entschuldigen Sie die Störung, aber kennen Sie zufällig diese Frau?« Mila zeigte ihr das Foto ihrer Mutter. »Sie hat vielleicht in diesem Haus oder in der Umgebung bis vor ungefähr zwölf Jahren gelebt oder hatte Freunde hier. Ihr Name war Zuzana Cernik.«

Die Frau mittleren Alters war vielleicht zu jung, vielleicht lebte sie noch nicht lange hier oder vielleicht hatte ihre Mutter mit Mila auch überhaupt nicht in diesem Bau gelebt. So viele Vielleichts.

Die Unbekannte begutachtete das Foto einen Moment, bevor sie Mila mit zusammengekniffenen Lippen musterte und den Kopf schüttelte. Das war erst der Anfang, sagte Mila sich und ging zur nächsten Tür. Sie klingelte, wartete, und als ein älterer Herr ihr aufmachte, begrüßte sie auch ihn und erzählte ihm dasselbe wie der Frau zuvor. Er rief seine Frau dazu, die auch einen Blick auf das Bild warf, aber keiner der beiden kannte sie oder ihre Mutter. Eine Wohnung weiter öffnete ihr ein süßes Mädchen mit einer großen Zahnlücke und Dutzenden Sommersprossen die Tür. Mila sagte ihr freundlich Hallo, wenn auch schweren Herzens. Sie war eine Graue. So jung und so grau. Zitternd atmete Mila ein. Sie würde noch viele Graue auf ihrer Suche treffen. Dessen war sie sich sicher. Und das wollte sie nicht mehr. Nie wieder. Sie wollte sie nicht sehen. Etwas Furchtbares zu wissen, ohne etwas daran ändern zu können, machte es zu einem Fluch.

Ein Fluch, der sie daran erinnerte, wie wichtig das hier war. Einer, der sie an ihr Ziel erinnerte. Deshalb zog Mila weiter, von Tür zu Tür.

Draußen hatte es zu regnen begonnen. Nur ein wenig, es war ein feines Nieseln. Der mittlerweile abgekühlte Tee vor Mila bestand aus Zitrone und frischen Pfefferminzblättern. Sie nahm einen kräftigen Schluck und sah sich um. Am Abend verwandelte sich die Atmosphäre dieses Cafés, nahm den Charme einer Bar mit Wohlfühlcharakter an. Mila hatte es heute während ihrer Entdeckungstour auf der Kleinseite gefunden.

Das Café war gut besucht, aber nicht überfüllt. Mit einem Löffel rührte sie langsam in ihrem Tee herum. Auf irgendeine Art beruhigte sie diese monotone Bewegung und half ihr, sich zu sortieren.

Mila war müde und ihre Hoffnung schwand von Tag zu Tag mehr. Immer wieder fuhr sie zu der Straße, die ihre Mutter notiert hatte, und klingelte an Türen. Fragte, ob jemand sie kannte, sich an sie erinnerte oder ihr helfen konnte. *Ne, je mi líto*. Diesen Satz hatte Mila so oft gehört, dass die Worte mittlerweile wehtaten. *Nein, tut mir leid,* sagten sie alle. Oder sie schüttelten den Kopf und schlugen ihr die Tür vor der Nase zu. Manchmal gleichgültig, manchmal voller Bedauern.

So viele Menschen, trotzdem hatte niemand Antworten. Niemand.

Heute war sie nicht dort gewesen, sie hatte sich eine Auszeit genommen. Stattdessen war sie in eine Bibliothek gegangen, in die *Národní knihovna České republiky,* hatte Bücher gesucht über Flüche, alte Sagen und Legenden, besonders aus Tschechien, eigentlich über alles, was etwas mit den Grauen zu tun haben könnte. Sie hatte im Archiv gestöbert, in den Gängen, doch sie hatte nichts gefunden. Nichts, das auch nur entfernt ihrem Fluch glich.

Ohne es verhindern zu können, glitten ihre Gedanken von der Suche nach Antworten plötzlich zu der Nacht im Park zurück, wie schon so oft. Es ging ihr gut, sie konnte das auch heute kaum glauben. Sogar die Schmerzen in ihrer Schulter waren schnell verschwunden. Körperlich hatte sie keine Überbleibsel davongetragen, aber ihr Kopf konnte nicht aufhören, sich mit dem Überfall zu beschäftigen. Natürlich hätte ihr das überall zu jeder Zeit passieren können, Pech konnte man immer haben, an jedem Ort dieser Welt, das war ihr klar. Besser machte es das trotzdem nicht.

Erst heute hatte Mila den Mut gefunden, die Altstädter Seite zu verlassen und die Brücke erneut zu überqueren.

Feigling, hatte sie sich gescholten, doch das brachte nichts. Manche Ängste musste man behutsam zur Seite schieben, sie Stück für Stück abarbeiten oder bekämpfen. Wenn sie ehrlich war, waren nicht der Überfall oder die Kleinseite schuld an ihrem Unwohlsein. Nein, es war etwas, das mit ihr zu tun hatte.

Wie von selbst erinnerte sie sich an das Gefühl, das sie in dieser Nacht durchflutet hatte, diese Hitze, die danach zu absoluter Kälte geworden war und die in jenem Moment ihre Angst vor dem Fremden mit sich genommen hatte. Dieses Gefühl war so … *eigenartig* gewesen. Mila runzelte die Stirn. Ja, eigenartig. Es war da gewesen, hatte sich in ihr aufgebäumt und auf einmal war sie nicht mehr allein gewesen – in sich drin. Es war, als gehörte es zu ihr und doch wieder nicht. Wenn sie es nur beschreiben könnte.

Seitdem hatte sich etwas verändert.

Du bist verrückt, das hört sich bescheuert an!

Schwach schüttelte sie den Kopf, kniff verbissen die Lippen zusammen. Aber so war es gewesen, oder nicht? Von jetzt auf gleich war aus dem Dieb ein *Grauer* geworden. Einfach so, da war bis auf Mila nichts gewesen, und das bedeutete …

Sie schüttelte kurz den Kopf, schluckte schwer. Nein, es musste eine andere Erklärung geben.

Milas Hand hörte auf, mit dem Löffel in der Tasse zu rühren, und verharrte stattdessen an Ort und Stelle, als die Tür des Cafés aufschwang und frische Luft hineinwehte, die Mila traf.

Nach einem kurzen Blick zu den neuen Gästen wollte sie

wieder wegsehen, aber das war nicht möglich. Überrascht saß sie da, starrte ihn an – ihn und seinen Begleiter – und konnte nicht fassen, dass sie *ihm* wieder begegnete. Unsicher, ob sie ihn ansprechen, sich bedanken und ihn nach seinem Namen fragen sollte, verharrte sie regungslos auf ihrem Stuhl und beobachtete ihn nur. Sein Gesicht war hart, wie in Stein gemeißelt. Hier unter den gedimmten Lampen konnte sie ihn besser mustern als in der Dunkelheit. Sein Haar war heller, als sie es in Erinnerung hatte, kurz und gepflegt, sie erkannte sein leicht spitzes Kinn. Durch die zusammengezogenen Augenbrauen wirkten seine Züge in diesem Moment beinahe verkniffen.

Er lächelte nicht. Dieses Mal trug er eine einfache Jeans, einen Pullover, schlichte Schuhe – nichts davon war weiß, so wie in jener Nacht. Mila legte den Kopf ein wenig zur Seite und aus einem Impuls heraus hob sie ihre Hand, grüßte ihn und war sich nicht sicher, ob er sie erkennen würde.

Doch das tat er, wurde ihr klar, als er sie daraufhin samt seinem Begleiter direkt ansah, sich in Bewegung setzte und auf sie zukam. Beide blieben vor ihrem Tisch stehen, der ihr nun viel kleiner vorkam als zuvor.

»Hallo … «, begann er freundlich, auch wenn er kurz gezögert hatte.

Wenn sie ihn in diesem Moment hätte beschreiben müssen, hätte sie Worte wie *angespannt, nervös* und vielleicht auch *missgelaunt* genannt.

»Hallo.« Mila ließ von ihrem Tee ab, schob den Stuhl ein wenig zurück und erhob sich.

»Bitte setz dich wieder, wir …«

In diesem Augenblick drängte sich sein Begleiter nach vorne, an ihm vorbei, und reichte Mila selbstbewusst die Hand. Im Gegensatz zu ihrem Retter hatte er ein Lächeln auf den Lippen. Seine Ausstrahlung war eine vollkommen andere, wie auch seine äußere Erscheinung. Erst jetzt nahm Mila ihn richtig wahr.

Er war größer, präsenter, eleganter. Seine Wangenknochen waren prägnant, sein kurzer Bart stand ihm, machte ihn nicht älter, sondern verlieh ihm das gewisse Etwas. Da war weitaus mehr … aber sie schaffte es nicht, es einzuordnen. Zögernd ergriff sie schließlich seine Hand. Langsam, mit Bedacht. Ihre Finger glitten zu seinen, warm und weich, und währenddessen war Mila gefangen in seinen dunklen Augen. Sie konnte nicht wegsehen und auf einmal war es wieder da – dieses Gefühl, das sich regte, und diese Wärme in ihr. Mila wollte ihre Hand zurückziehen, ihren Blick abwenden, aber ihre Finger wurden fester gehalten, gar umklammert, sie wurde von ihm näher gezogen und merkte, wie sie immer schneller atmete.

Die Hitze, die Kälte …

»Es reicht«, zischte jemand sehr eindringlich und Mila keuchte unmittelbar auf.

Der Bann war gebrochen. Ihre Hand wurde losgelassen, sie taumelte ein wenig.

»Verzeihung, das war unhöflich. Mein Name ist Asher.«

Seine Stimme klang weich und rau zugleich. Schmeichelnd. Dabei entgingen Mila die aufmerksamen, fragenden Augen nicht und das nun angespannte Grinsen, dem das freundliche Lächeln von zuvor gewichen war.

»Es ist schön, dich wiederzusehen«, ertönte kurz darauf die ihr bekannte Stimme daneben.

Mila blinzelte, einmal, zweimal, und zwang sich, ruhiger zu atmen. Sich zu entspannen. Es gab keinen Grund, sich komisch zu fühlen.

Abgesehen von diesem seltsamen Moment, dachte sie und kam nicht umhin, sich zu fragen, ob sie die Einzige war, die es gespürt, die so empfunden hatte. Ihre Hand kribbelte leicht, es war, als stünde sie unter Strom. Mila musste sich sehr zusammenreißen, damit man ihr nichts anmerkte. Es war Einbildung, nicht mehr. Nur Einbildung. Ihre Hand konnte eingeschlafen sein. Oder er hatte schlicht zu fest zugedrückt. So viele Erklärungen rasten durch ihren Verstand und jede von ihnen wurde unbewusst von ihr verworfen. Sie schluckte schwer.

Alles ist in Ordnung. Es wird schon nichts sein.

»Danke«, erwiderte sie schließlich – zu leise und viel zu spät. Innerlich schüttelte sie über ihre Antwort den Kopf, konnte in Gedanken förmlich erkennen, wie ihre Mutter über ihre Unhöflichkeit leicht die Augen verdrehte. »Ich heiße Mila. Möchtet ihr euch zu mir setzen? Der Tisch ist etwas klein, aber …«, bot sie an.

»Danke …«, begann ihr Retter und es klang, als wollte er ablehnen, jedoch war Asher schneller.

»Sehr gerne.« Er nahm sofort Platz und Mila sank ebenso auf ihren Stuhl, wenn auch zögerlicher.

Ihr Retter tat es ihnen schließlich gleich, deutlich weniger euphorisch.

Als niemand etwas sagte, hielt Mila es nicht länger aus und ergriff das Wort. »Danke, für … du weißt schon. Ich wollte mich einfach noch einmal bedanken.«

Er nickte nur, also fuhr sie fort, während Asher etwas zu trinken bestellte. »Ich habe dich bisher nicht nach deinem Namen gefragt …?«

Für einen Moment blieb es wieder still und Mila dachte, sie würde keine Antwort mehr bekommen.

»Tariel. Mein Name ist Tariel.«

Asher und Tariel, sprach sie in Gedanken. Sehr ausgefallene Namen. Altmodisch. Doch wirklich besonders. Sie mochte sie.

»Danke dir, Tariel«, wiederholte sie ein weiteres Mal mit einem Lächeln.

»Ihr seid euch tatsächlich schon einmal begegnet. Das ist *wirklich* interessant«, warf Asher plötzlich freudig ein und beobachtete Tariel ganz genau. Er legte ein Bein über das andere und lehnte sich zurück. »Erzähl, wie habt ihr euch kennengelernt?«

Nun sah er zu Mila. Eine Aufforderung. Und aus irgendeinem Grund wollte sie ihr nicht nachkommen. Unter dem

Tisch ballte sie die Hände einen Moment zu Fäusten, bevor sie sie langsam wieder lockerte und die Schultern straffte.

Mila kniff die Augen zusammen. Sie und Asher maßen sich mit Blicken, bis sie letztlich entgegnete: »Hättest du nett gefragt, hätte ich dir vielleicht davon erzählt.« Ihre Worte waren harmlos, aber der Ton und die unterschwellige Nachricht darin waren es nicht. Mila mochte es nicht, wenn man ihr das Gefühl gab, etwas tun zu müssen. Trotzig und eigensinnig war ihre Reaktion gewesen, vielleicht sogar unfreundlich, allerdings war ihr das egal.

Als Asher überraschend zu lachen begann, sah Tariel ihn verwundert an und Mila ebenso. Lachte er sie aus? Seine Augen funkelten belustigt, er sagte nichts, ließ seinen Blick nur langsam und bedächtig über ihr Gesicht gleiten.

Die Kellnerin kam und Asher nahm die Getränke entgegen, stellte ein Wasser vor Tariel ab, während er sein Glas, das mit Rotwein gefüllt war, direkt in der Hand behielt.

»Touché, Liebste.« Er prostete Mila zu, roch an seinem Glas, bevor er einen Schluck trank und danach beinahe unmerklich die Lippen verzog und das Glas auf dem Tisch absetzte.

Mila verschluckte sich immer wieder an ihren eigenen Worten. Gerade als sie sie wiedergefunden hatte und Luft holte, um ihm zu sagen, wie unverschämt sie ihn fand, redete er weiter.

»Mila.« Er sprach ihren Namen genüsslich aus, dehnte ihn. »Liebe, Liebste. Das ist doch die Bedeutung deines Namens.«

Als hätte er geahnt, was sie dachte und was sie ihm an den

Kopf werfen wollte, nahm er ihr damit den Wind aus den Segeln.

Mila reckte das Kinn, sie wollte nicht, dass seine Worte und die Bedeutung ihres Namens aus seinem Mund etwas in ihr auslösten.

Aber sie taten es.

»Mein Name ist Milena.«

Ashers Grinsen wurde breiter und breiter und Mila ahnte, dass sie auf sein Spiel reingefallen war. Auch wenn sie nicht wusste, was für eines es genau war.

Was tat sie hier?

»Das bedeutet *freundlich, gnädig, gütig*«, zählte er auf. »Ich denke, *Liebste* gefällt mir besser.«

»Asher, wie wär's, wenn du draußen auf mich wartest?«, griff Tariel ein und bewahrte Mila davor, etwas zu sagen, das sie vielleicht bereuen würde.

Asher schürzte die Lippen. Es wirkte, als würde er mit sich ringen, und er nahm dabei seinen Blick nicht eine Sekunde von Mila. Schließlich stand er auf und kam der Bitte nach. Er deutete eine Verbeugung mit dem Kopf an, was sie vollkommen aus der Bahn warf.

»Noch einen schönen Abend, *Mila*. Ich hoffe, wir begegnen uns bald wieder.«

Nachdem er das Café verlassen hatte, atmete Mila tief durch. Ihre Finger hatten sich in ihre Jeans gekrallt und zu kribbeln begonnen. Sie hatte es nicht bemerkt.

»Entschuldige, er ist unglaublich unhöflich.«

»Schon in Ordnung.« Und das war es auf eine verrückte Art und Weise tatsächlich. Jetzt, wo er gegangen war, konnte Mila sich wieder entspannen.

»Ist er ein Freund?«

»Das kommt darauf an, wie man das Wort *Freund* definiert.«

Mila nickte nur, fand seine Aussage trotzdem seltsam. Auf wie viele Arten konnte man schon einen Freund definieren? Doch sie ging nicht weiter darauf ein. Es schien ihr zu persönlich. Zu kompliziert.

»Wie gesagt, danke, dass du mich begleitet und nach mir gesehen hast. Ich hätte nicht gedacht, dass wir uns wiedersehen.«

»Das war keine große Sache. Geht es dir wieder gut?«

»Ja. Alles ist in Ordnung.« Sie hatte keine Ahnung, warum sie log. Wahrscheinlich, weil diese Lüge einfacher war als die Wahrheit.

Tariel trank sein Wasser aus und beugte sich danach ein Stück zu ihr vor.

»Darf ich dich etwas fragen?«

»Natürlich. Genau genommen hast du das schon«, entgegnete sie und sah Tariel freundlich an, der es ihr gleichtat.

»Was macht eine junge Frau am späten Abend allein in einem Prager Park?«

Mila musste einen Moment darüber nachdenken und biss

sich dabei auf die Lippe. Eine Angewohnheit, die sie hasste und die sie sich abzugewöhnen versuchte. Sie räusperte sich.

»Ich wollte zu einem Restaurant. In Prag bin ich, weil ich die Stadt kennenlernen möchte. Und meine Wurzeln.« Mila stockte einen Augenblick. »Ich bin zwar erst achtzehn, aber ich denke, mein Alter spielte an diesem Abend für den Dieb keine Rolle.«

Ihre Antwort war etwas bissig, das war ihnen beiden klar, obwohl Mila die Worte in ruhigem, beinahe sanftem Ton gesprochen hatte.

Dass sie eine junge Frau war, tat nichts zur Sache. Auch wenn sie zugeben musste, dass sie empfindlich war, was dieses Thema anging. Denn Mila war schon lange kein Kind mehr. Wenn sie eine Sache wusste, dann, dass Erfahrung und Alter nur selten zusammenhingen.

»Entschuldige. So meinte ich das nicht.«

»Ich weiß«, antwortete sie nur und fühlte sich sofort schlecht.

Von da an blieb es still. Nicht, weil Mila nichts mehr zu sagen hatte oder zu fragen wusste, sondern weil sich nichts davon richtig anfühlte. Sie trank ihren Tee aus, um etwas zu tun, hoffte, Tariel würde wieder das Wort ergreifen. Aber das passierte nicht.

Sie zog ihre Tasche auf den Schoß.

»Es war schön, dich wiederzusehen. Ich möchte dich nicht länger aufhalten und ich bin müde, deshalb …«

Das war nur die halbe Wahrheit. Vor allem wollte Mila der unangenehmen Situation entgehen, die sich gebildet und die sie so nicht kommen gesehen hatte. Es war ein langer Tag gewesen.

Wie von selbst glitten ihre Gedanken zu Asher.

Ihre rechte Hand kribbelte noch immer sanft.

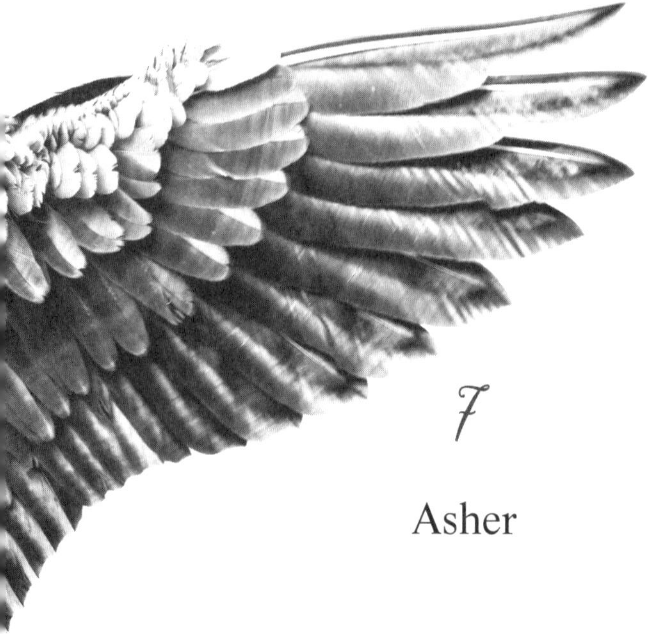

7

Asher

Tariel und Mila verließen das Café zusammen. Als das Mädchen fast außer Reichweite war, trat Asher aus dem Schatten hervor.

»Du bist ja noch da«, stellte Tariel mit dem Rücken zu ihm nüchtern fest, während er Mila hinterherblickte.

»Natürlich! Jetzt fängt der ganze Spaß erst an.«

Tariel drehte sich zu ihm, man sah ihm an, wie genervt er war. Aber da war noch etwas anderes – eine Art Unruhe? Asher konnte es nicht genau definieren.

»Wieso zeigst du dich diesem Mädchen? Wieso tust du das nicht nur einmal, sondern gleich ein weiteres Mal?«

»Das wollte ich nicht, falls du dich erinnerst. Ich musste dir ins Café folgen.«

»Nein, das musstest du nicht, weil ich ohne dich keine Ahnung gehabt hätte, nach wem ich überhaupt suchen sollte. Nicht einmal, ob der Ort der richtige war.«

Asher grinste süffisant und war durchaus zufrieden, weil sein Argument gut war. Er hatte recht und Tariel wusste das. Doch Ashers Grinsen verschwand und jede Art von Sarkasmus, Fröhlichkeit oder Leichtigkeit mit ihm, als er einen Schritt vortrat. Er stand nun direkt vor Tariel.

»Was verbindet dich mit dem Mädchen? Was siehst du in ihr, dass du sie beobachtest und ihr folgst?«

»Nichts«, zischte Tariel und Asher musterte ihn genau.

Er glaubte ihm. Vorerst. Wenn das, was er sagte, stimmte, dann …

»Du weißt es noch nicht und versuchst, es herauszufinden.«

»Du bist der Letzte, mit dem ich darüber reden werde, Schatten.«

Asher hatte bloß seinen Gedanken laut ausgesprochen und nicht erwartet, dass Tariel darauf einging. Dass er es tat, zudem so eindringlich und vehement, bedeutete, er hatte ins Schwarze getroffen.

»Dass du nach all der Zeit weiterhin auf dieser Unterscheidung zwischen Licht und Schatten beharrst und es nicht vermagst, dir meinen Namen zu merken … Entweder bist du arrogant und naiv oder einfach nur dumm. Noch bin ich zu keiner Entscheidung gekommen.« Die Worte sollten provozieren und sie taten ihren Dienst. Ashers Lippen verzogen sich zu einem arroganten Grinsen.

Tariel bebte, ballte seine Hände zu Fäusten und Asher begann, seine Macht wahrzunehmen. *Endlich*, dachte er bei sich. Endlich zeigte er eine Reaktion. Es würde auch keinen Spaß machen, wenn Tariel sich nicht wenigstens ein wenig winden würde.

»Ich werde jetzt gehen.«

»Das wirst du nicht.« Blitzschnell und kraftvoll packte er Tariels Kehle. In dessen Gesicht zeichnete sich nur einen Wimpernschlag lang so etwas wie Überraschung ab. Letztlich hätte ihm klar sein müssen, dass Asher ihn nicht einfach so ziehen lassen würde. Tariel war langsam geworden.

Ashers Finger drückten seine Luftröhre ab, wohlwissend, dass ihn diese Atemnot so oder so nicht umbringen konnte. Das wussten sie beide. Er hatte auch nicht vor, Tariels Leben zu beenden. Nicht hier und nicht heute. Auf keinen Fall würde er seine Rache aufgeben für einen kurzen Moment der Befriedigung. Nein, jetzt wollte er lediglich Antworten auf seine so dringenden Fragen, damit er beginnen konnte, die Teile dieses Puzzles zusammenzufügen.

»Wenn du deine Kraft nicht für einen Schleier verschwenden möchtest, solltest du mich loslassen«, brachte Tariel leicht krächzend, jedoch ohne allzu große Furcht, hervor. »Die Menschen können uns sehen.«

Asher warf einen Blick nach links, wo die Menschen entweder schnell an ihnen vorbeieilten oder kurz stehen blieben. Wut und Frustration stiegen in ihm auf, nur mit Mühe hielt er seine dunkle Macht im Zaum, hielt sie in ihrem Gefängnis. Sein Kiefer mahlte, seine Finger drückten noch kräftiger zu und hoben Tariel hoch, sodass er kurz über dem Boden schwebte. Dieser versuchte gar nicht erst, sich zu befreien, er wusste, gleich würde Asher ihn loslassen müssen, was diesen nicht nur ärgerte, sondern rasend machte.

»Beantworte mir nur eine Frage: Wirst du sie ab jetzt in Ruhe lassen? Hat sich die Sache erledigt?«

Der Ausdruck in Tariels Augen verriet Asher alles, was er wissen musste. Er hätte Nein sagen können, aber er hatte schon verloren, hatte einen Moment zu lange gezögert und sich damit verraten.

Tariel würde das Mädchen weiter im Auge behalten.

»Danke«, schnurrte Asher genüsslich, bevor er Tariel, der hustete und nach Luft rang, unsanft absetzte. »Glaub mir, ich werde auch ohne dein Zutun meine Antworten bekommen.«

Tariel rappelte sich auf und teleportierte sich im nächsten Moment ohne ein Wort weg, was Asher mehr als recht war. Sollte er verschwinden, der Feigling. Das hatte er schon immer gut gekonnt. Dieses Mal würde er Asher jedoch nicht so schnell loswerden. Nicht bevor er wusste, welchen Auftrag er verfolgte. Nicht bevor er Vergeltung geübt hatte. Bevor Tariel auf Knien um Erlösung bettelte.

Seinen Kragen richtend tat Asher einen Schritt nach vorn und landete in der Sphäre der Dunkelheit, im Reich der Schatten.

Er war einer von ihnen, da hatte Tariel nicht unrecht. Allerdings vergaß er dabei, dass keine ihrer Welten starr war. Genauso wenig wie sie selbst. Man könnte sagen, er glaubte in dieser Sache an ein Klischee.

Asher hätte sich direkt in seine Gemächer teleportieren oder noch einen Flug über Prag wagen können, aber ihm war danach, einen Spaziergang zu machen. Er musste seinen Kopf freikriegen, deshalb war er hierhergekommen. *Gang der Ewigkeit* nannten sie diesen Ort, weil er keinen Anfang und kein Ende besaß – wie eine Schlange, die sich in den Schwanz biss. Wenn man durch seine Türen ging, konnte man innerhalb dieser Sphäre überall hingelangen. Zumindest, was das Reich der Dunkelheit anging.

Ashers Schritte hallten von dem schwarzen Marmor wider, während sich die Fackeln an den Wänden selbstständig entzündeten. Mit jedem weiteren Schritt erhellten sie den breiten Gang vor ihm und gewährten einen Blick auf die dunklen Wände und die bordeauxroten und goldenen Türen. Die Portale dahinter wurden kaum noch benutzt, meistens bediente man sich seiner eigenen Kräfte. Sie waren ein Relikt aus alten Zeiten, an dem die wenigsten hingen. Nur für die schlimmsten Teile dieser Sphäre, wie den Krater oder die, die einer Einladung bedurften, suchte man diesen Ort noch auf. Kerker mit alten, mächtigen Wesen, besondere Orte und persönliche Sphären lagen dahinter. Auch der Krater war von hier aus ganz leicht zu erreichen, mit all seinen Schatten und schmierigen

Kreaturen. Wenn Asher auch nur an Rolán und sein Reich dachte, wurde ihm übel.

Manche der Türen waren verschlossen. Manche von ihnen sollten es auch besser bleiben.

Eine gefühlte Ewigkeit und unzählige Schritte später hatte Asher seine Gedanken geordnet und ein wenig Ruhe gefunden. Die Fragen blieben, sie beschäftigten ihn weiter, doch ab jetzt konnte er wieder mit klarem Kopf über sie nachdenken. Er hatte sich gefasst. Tariel nach so langer Zeit wiederzusehen, fast als wäre nichts gewesen, hatte ihn aufgewühlt. Ob er wollte oder nicht. Hinzu kam die junge Frau, Mila, deren Rolle er in dem Ganzen noch nicht kannte. Aber er war sich sicher, dass sie nicht unbedeutend war. Außerdem war sie frech und klug, hatte eine bezaubernde Stupsnase und eine kleine Falte an einer Augenbraue, wenn sie sich ärgerte. Er gab zu, dass er auf gewisse Art fasziniert war. Von Mila selbst, nicht nur von der Tatsache, dass Tariel an ihr Interesse zeigte.

Tief ein- und ausatmend blieb er stehen und die letzte Frage, die er sich stellte, war nicht, was Tariel vorhatte, welchen Grund er dafür hatte oder welche Verbindung es zwischen ihm und Mila gab. Seine Rache würde er unabhängig davon bekommen. Nein, er fragte sich in diesem Moment nur, wieso seine Gedanken immer wieder zu Mila zurückfanden.

Mit einem Fingerschnipsen löschte er die Flammen, ließ sie alle aufseufzen und ersticken. Danach teleportierte er sich aus dem Gang der Ewigkeit heraus und landete direkt vor seinen Gemächern, wo er erstaunt innehielt.

Die Tür stand offen.

Auf der Hut und konzentriert hob er die Hand, legte sie vorsichtig auf die Tür und stieß sie lautlos an. Er wartete, bis sie ganz aufgeschwungen war, horchte und blickte in den Raum. Groß, geräumig, gemütlich. Im Kamin brannte kein Feuer, dafür waren aber sämtliche Kerzen an den Wänden und auf den Schränken angezündet. Kerzen, die er nicht angelassen hatte.

Mim und Pan waren da. Er konnte sie schnarchen hören und nahm eine bekannte Energie wahr. Ashers Schultern entspannten sich. Schließlich trat er ein, schloss die Tür hinter sich und schlenderte auf seinen Bruder zu.

»Ceto, ich weiß nicht, ob ich wütend oder beeindruckt sein soll, dass du auf meinem Bett sitzt.«

»Du könntest dankbar sein, dass ich lebe«, erwiderte er und Asher hörte, dass er ziemlich angeschlagen war. Er steuerte den Sessel vor dem Kamin an, drehte ihn in Cetos Richtung und setzte sich auf die Lehne.

»Was tust du überhaupt hier? Warum hast du es riskiert, meine Tür zu öffnen?« Abwartend verschränkte Asher die Arme vor der Brust.

»Ich wollte auf dich warten.«

»Zu diesem Preis? Gibt es etwas so Dringendes?«

Ceto entgegnete nichts, aber die Antwort war klar, sonst wäre er nicht hier. Asher kniff die Augen zusammen, beobachtete ihn und fragte sich, was einen Ewigen in Cetos Alter dazu bringen konnte, in sein nahezu perfekt gesichertes Zimmer einzubrechen …

Dann begann Asher zu lachen, laut und aus vollem Herzen.

»Nicht schon wieder, oder?«

Ceto verzog bereits das Gesicht, was Asher nicht davon abhielt weiterzusprechen.

»Was hast du angestellt? Du würdest dich ernsthaft lieber von meinem Fluch umbringen lassen, statt dich mit Reia auseinanderzusetzen? Wieso ist sie dieses Mal wütend auf dich?«

Sein Bruder seufzte, er sah verdammt blass aus, weshalb Asher zu dem offenen Schrank neben dem Kamin ging, um zwei Gläser und eine Flasche Wein zu holen. Er goss ihnen beiden ein und Ceto leerte das Glas in einem Zug. Der arme Wein.

»Der Fluch war gut, du wirst immer besser – wenn das denn möglich ist. Einen Jüngeren hätte es wohl ein paar Tage gekostet, bevor er wieder zu sich gekommen wäre. Wenn er nicht auf ewig in ein Koma gefallen wäre.«

»Danke. Auch wenn das meine Frage nicht beantwortet.«

»Sie ist wütend.« Ceto verzog das Gesicht.

»Das wusste ich bereits. Hat sie auch einen Grund dazu?«

Ceto sprang auf, wedelte mit dem leeren Glas herum und begann zu fluchen. »Was ist das für eine blöde Frage? Hatte sie denn in den letzten fünfhundert Jahren jemals keinen gehabt?«

Asher unterdrückte ein weiteres Lachen, aber es zupfte an seinen Lippen und verriet ihn.

»Ja, lach nur! Ich würde selbst lachen, wenn ich nicht noch halb tot wäre.« Er fuhr sich durch sein braunes Haar, über das Gesicht und die blassen Lippen.

»Ich hab unseren Jahrestag vergessen. Er ist heute.«

Die Kerzen flackerten, Ashers Augen weiteten sich. Oh, er konnte sich vorstellen, wie sauer Reia war – und ja, sie hatte allen Grund dazu. Es war nicht das erste Mal, dass Ceto ihren Jahrestag in all der Zeit vergessen hatte.

»Stell das Glas weg und nimm die, du wirst sie brauchen.«

Asher schnappte sich die ganze Weinflasche, hielt sie ihm hin und Ceto nahm sein Angebot beherzt an. Er trank ein paar große Schlucke, bevor er sich mit Schwung zurück aufs Bett fallen ließ. Dadurch schleuderte er Mim und Pan von der Matratze, woraufhin Asher kurz die Luft anhielt. Sofort erklang ihr lautes Fiepen und eine große Rauchwolke stieg auf, als sie auf den Boden krachten und schließlich unter das Bett kullerten, wo sie ausgiebig auf ihre Art fluchten. Ceto konnte froh sein, dass die beiden ihn nur beschimpften. Allerdings kümmerte ihn das nur wenig, er ignorierte sie, während er seine Arme auf den Beinen abstützte.

»So eine Scheiße. Warum ist das eigentlich so wichtig? Ich liebe sie an jedem Tag, nicht nur heute.«

»Weil sie Reia ist und du … eben du.«

»Was willst du damit sagen?«

»Dass du froh sein kannst, dass sie bei dir ist, denn wenn wir ehrlich sind, könnte Reia jeden haben.« Asher zuckte mit den Schultern. »Also zeig ihr gefälligst auch, was sie dir bedeutet.«

»Das weiß sie doch!«, stieß Ceto in einer Mischung aus Empörung und Verzweiflung aus. »Also das müsste sie. Ich meine, ich bin mir sehr sicher, immerhin sind es schon fünfhundert Jahre und wir … wir …« Er stoppte sein Gebrabbel und sah Asher in die Augen, der lässig auf der Lehne des Sessels saß und seinen Bruder amüsiert beobachtete. »Ich bin am Arsch, oder?«

»Los, entschuldige dich, fall auf die Knie, sag ihr, wie sehr du sie vergötterst.«

Ceto lächelte und erhob sich. »Ja! Ich hab die Ewigkeit, es wiedergutzumachen.«

»Glaub mir, das weiß Reia, und sie wird es gegen dich verwenden«, murmelte Asher so leise, dass Ceto es nicht hörte.

Dieser stellte die Flasche weg und klopfte Asher auf die Schulter, ehe er einen Moment innehielt. »Bevor ich meine Männlichkeit verliere: Wie ist es bei dir gelaufen?«

Asher widerstand dem Drang zu seufzen und trank einen Schluck Wein, erst danach schaffte er es zu antworten.

»Ich habe das Mädchen kennengelernt, das Tariel im Auge behält. Ihr Name ist Mila. Er hat sich ihr gezeigt. Nun bereits zum zweiten Mal, wie es aussieht. Und er war nicht geneigt, die

Sache auf sich beruhen zu lassen oder mir zu verraten, was er von ihr will.«

»Das klingt nicht nach dem Tariel, den ich einmal kannte.«

»Nein. Es sei denn, es gibt einen Plan. Ansonsten kann ich mir das Ganze nur schwer erklären.«

»Welchen Plan sollte er schon haben? Hätte er den, hätte er bereits gehandelt.«

»Vermutlich. Aber etwas beschäftigt ihn, auch wenn es nur eine Ahnung ist. Ich denke, egal, was es ist, er wird das Mädchen nicht vom Haken lassen, bis er es herausgefunden hat. Und ich werde das ebenso wenig tun.«

»Hast du sie gezeichnet, um sie orten zu können?«

»Natürlich. Ich bin doch kein Narr. Es war allerdings eine spontane Entscheidung. Als ich ihr die Hand schüttelte, habe ich die Markierung gesetzt. Es ging schnell, aber ...« Asher brach den Satz ab, redete nicht weiter, was Ceto nicht bemerkte. Unerklärlicherweise wollte er nicht aussprechen, was er dachte. Dass er das Mädchen nicht aus dem Kopf bekam. Und dass er das Gefühl nicht loswurde, dass sie gespürt hatte, dass er etwas mit ihr gemacht hatte. Als hätte sie seine Energie wahrgenommen. Doch das konnte nicht sein. Das war nicht möglich.

»Tariel wird ausflippen, wenn er es merkt.«

»Oh ja«, flüsterte Asher lächelnd. »Das wird er.«

8

Tariel

»Nun lass uns endlich rein!«

Micaels Stimme hallte im Raum wider. Mit seiner Magie klopfte er ohne Unterlass an das von Tariel verschlossene Portal, das zu seinem Heim führte.

Tariel wollte allein sein.

»Wir können ewig so weitermachen. Wie du weißt, haben wir die Zeit dafür. Und wir werden nicht ohne eine Erklärung gehen«, ertönte Micaels Stimme erneut. Er sandte sie durch das Portal, diese Nervensäge. Tariel fluchte laut, was untypisch für ihn war, und tigerte beständig auf und ab.

Asher hatte ihn gefunden und nicht sofort umgebracht. Zwei Dinge, die er nicht erwartet hatte. Nein, wenn er ehrlich war, hätte er damit rechnen können, dass die Schatten der Stadt ihn verraten und Asher ihn entdecken würde. Er hätte die Dunkelheit abwarten müssen bis zum Morgen und nicht am Abend ohne Schutz dieses Risiko eingehen sollen. Wenn er nur nicht so abgelenkt und auf dieses Mädchen fixiert gewesen wäre. Späher gab es überall und Asher war nicht nur unsagbar neugierig und stets bestens informiert, er war auch mächtig und nachtragend. Eine ungünstige Kombination. Daher war die Sache mit dem *Nicht-Umbringen* etwas, das Tariel nicht losließ – und auch, dass Asher sich nun an seine Fersen heftete. Wieso hatte er nicht einmal einen Kampf gewollt?

»Verdammter Mist.«

Tariels Energie brach mit voller Wucht aus ihm heraus, eine Druckwelle erschütterte den Raum und seine Faust krachte mit ungezügelter Kraft in die Wand und hinterließ Dutzende kleiner und großer Risse. Einzelne Partikel fielen hinunter. Gleißendes Licht drang durch das Loch, das der Schlag verursacht hatte.

Tief ein- und ausatmend schloss Tariel die Augen, nur für ein, zwei Sekunden, bevor er das Portal freigab und sich Micael samt Ezechiel hinter ihm materialisierten.

»Was ist denn hier passiert?«

Ezechiel keuchte erschrocken auf, und als Tariel sich umdrehte, sah er, warum den beiden die Gesichtszüge entgleisten. Er hatte in den letzten Stunden alles demoliert. Die Couch war zerfetzt und die restlichen Möbel zersplittert, wozu die Druckwelle von eben einen großen Teil beigetragen hatte. Tariel hatte sein Heim auseinandergenommen, um seine Frustration abzubauen.

Während die beiden weiterhin schockiert dastanden, versuchte Tariel, seine gebrochene und blutige Hand zu verstecken. Sie würde gleich wieder vollständig geheilt sein, es war keine große Sache. Micael entging diese Bewegung jedoch nicht. Sie maßen sich mit Blicken. Er, der stets rebellierte und schon wieder diese lächerliche Lederjacke trug, und Tariel, eigentlich der Besonnene – der gerade sein Wohnzimmer zerlegt hatte.

»Was wollt ihr hier?«

Tariel bemühte sich um einen freundlichen oder eher neutralen Tonfall. Micael ignorierte seine Frage und stellte stattdessen selbst welche.

»Okay, was ist hier los? Wieso bist du so wütend?«

Tariel wollte zu einer Ausrede ansetzen, aber Micael hob sofort die Hand und ließ ihn verstummen. »Wag es ja nicht, zu lügen oder es herunterzuspielen. Erzähl es uns einfach.«

Wahrscheinlich hatte er recht, das würde zu nichts führen. Irgendwann würden sie es ohnehin herauskriegen, wieso also nicht gleich? Es konnte nicht schaden, sie einzuweihen. Verbündete zu haben. Oder schlicht jemanden, mit dem er sich über dieses Chaos austauschen konnte.

»Setzt euch«, bat Tariel, was Ezechiel zum Lachen brachte und Micael dazu, die Augen zu verdrehen.

Tariel hob indes seine linke Hand, drehte sie leicht, ließ seine Magie frei und fügte Stück für Stück die Couch und den Tisch wieder zusammen, Molekül um Molekül, bis beide wieder wie vor seinem Wutausbruch aussahen. Das Gleiche wiederholte er mit seinem Lieblingsstuhl, bei dem er es bereute, ihn überhaupt entzweigebrochen zu haben.

Sie setzten sich und schwiegen. Bis Tariel sich dazu durchringen konnte, mit dem Erzählen zu beginnen.

»Erinnert ihr euch an den Pokerabend?«

Seit ewigen Zeiten veranstalteten sie ab und an diese Treffen, stets an einem geschützten Ort in der Menschenwelt.

»Du meinst den Abend, an dem du uns versetzt hast? Jepp, hab ich nicht vergessen«, scherzte Ezechiel.

»Ich wollte zu euch kommen, flog gerade über Prag, als …« Kurz überlegte Tariel, die ganze Sache abzublasen und die zwei einfach zu bitten zu gehen.

»Als?«, hakte Micael nach.

»Ich muss anders anfangen. Erinnerst du dich, als wir uns neulich kurz in der Zentrale getroffen haben und man wieder dabei war, dir eine Mahnung zu schreiben? Ich war ich auf dem Weg zum Rat, wollte meinen Bericht abliefern und wieder gehen, aber – nun ja. Man hat mir verboten, weiter nach dem Fehler zu suchen.«

»Nach all den Jahren?« Micaels dichte Augenbrauen zogen sich zusammen, sein Kopf arbeitete, er dachte nach. Man konnte es ihm genau ansehen. »Warum? Was hätten sie davon?«

»Die Anomalie hat sich nicht gezeigt, hat bisher keine nennenswerten Auswirkungen gehabt, sagen sie. Sie haben Angst, ich könnte mit meiner Suche, falls ich Erfolg haben sollte, vielleicht der Grund dafür sein, dass sie sich verschlimmert. Sie glauben, der Fehler ist da, aber keine Gefahr. Doch wenn ich weitermache, könnte er zu einer werden und so das Ungleichgewicht stark vergrößern.«

Nach seiner Erklärung war es unangenehm still. Tariel bewegte seine Finger vor Nervosität auf und ab, merkte, dass seine Hand bereits geheilt war, und musterte sie eingehend. »Sie haben mich degradiert. Ahru hat mir die Prüfungspapiere vom letzten Jahr in die Hand gedrückt«, gab Tariel zerknirscht zu und Ezechiel begann, leise zu fluchen.

Prüfungspapiere waren nichts weiter als Dokumente über alle Menschen und Aktivitäten in der sterblichen Welt, Zahlen, Fakten, Auffälligkeiten, Tabellen, eingeteilt in gewisse Zonen. Sie dienten dazu zu prüfen, ob es besondere Vorkommnisse zu verzeichnen gab. Eigentlich etwas, das sie spüren konnten. Aber der Rat bestand auf handfesten Beweisen und Dokumenten.

Im Gegensatz zu Ezechiel ahnte Micael, dass dies noch nicht der Kern des Problems war.

»Was ist danach passiert? Das war nicht der Grund für diesen Ausbruch hier, oder?«

»Nein«, gab Tariel widerstrebend zu. »Das hier ist passiert, weil ich ein Narr bin.«

»Was kannst *du* schon Verrücktes getan haben? Nicht ein einziges Mahnschreiben ist in deinem Besitz«, witzelte Ezechiel und duckte sich unter Micaels Schlag weg.

»Nein«, murmelte Tariel. Er sah beide an, nacheinander

mit intensivem, ernstem Blick, sodass sie mit ihrem Blödsinn aufhörten.

»Ich war auf dem Weg zu euch, bin in Prag gelandet, habe mich einem Menschenmädchen gezeigt, zwei Mal – und ich habe Asher getroffen.«

Das Gefluche, Geschrei und wilde Fuchteln mit Händen nahm nach einem kurzen Schockmoment kein Ende mehr. Tariel bekam Kopfschmerzen davon, rieb sich die Schläfen, Ezechiel hatte bereits ein hochrotes Gesicht und Micael war nicht imstande, ein verrücktes, aber keinesfalls belustigtes Lachen zu unterdrücken.

»Asher. Ist das dein Ernst?«, ertönte es von Ezechiel.

»Ein Mädchen? *Zwei Mal?*«, kam es von Micael.

»Ich weiß, okay? Ihr helft mir damit kein bisschen. Können wir vielleicht darüber reden, warum das passiert ist?«

Ezechiel fuhr sich übers Gesicht, schluckte schwer, während Micael sich abwartend zurücklehnte.

»Ich wollte wie gesagt zu euch, aber als ich über die Stadt flog, da … Wie soll ich es erklären? Auf einmal war da eine Energie, die der unseren glich, schwach, doch sie war da. Und ich folgte ihrer Signatur, weil ich mich fragte, wer so eine Kraft offen in der Menschenwelt anwandte.« Tariel fuhr sich mit der Zunge über die Lippen, bevor er weitersprach. »Ich ging ihr nach in einen kleinen Park, wo sie dann plötzlich verschwunden war. Da war bloß ein Mädchen, das von einem Mann belästigt wurde. Deshalb wollte ich weiterziehen zu eurem dämlichen

Pokerabend. Doch wider besseres Wissen wollte ich ihr helfen, auch wenn es gegen die Regeln verstieß.«

»Zeig dich keinem Menschen!«, erklang es von den beiden Ewigen vor Tariel unisono.

»Ja. Und trotzdem … Ich ging zu ihr, war fast da.« Tariel schüttelte den Kopf. »Ich sah, wie der Mann panisch wegrannte.«

»Das klingt zwar seltsam, aber es kann viele Gründe geben, warum er schließlich von dem Mädchen abgelassen hat.«

»Vielleicht.«

»Du glaubst nicht, dass es einfach so passiert ist«, schlussfolgerte Micael und Tariel schüttelte den Kopf.

»Da ist noch etwas. Sie hat sich an der Schulter verletzt.«

»Sag es nicht«, mahnte Micael, während er sich mit der Hand über sein zu einer Grimasse verzogenes Gesicht fuhr.

»Was soll er nicht sagen?«, fragte Ezechiel verwirrt.

»Ich hab sie geheilt.«

»Heilige Scheiße«, nuschelte Ezechiel, Micael biss nur die Zähne zusammen.

»Es ist einfach passiert.«

»Klingt, als wärst du ausgerutscht. Das wird dir niemand abkaufen, du Idiot! Ich brauche einen Drink, wenn das so weitergeht. Eine ganze Bar!«, jammerte Ezechiel.

Micael atmete tief ein. »Was ist noch passiert?«

»Tage später habe ich nach ihr gesucht, weil ich keine Ruhe fand. Sie heißt Mila. Als ich sie heute beobachtet habe …«

»… war Asher auch da. Was für ein Zufall.«

Micael nickte auf Ezechiels spöttischen Kommentar hin.

»Er war neugierig und ist in das Café gegangen, in dem sie saß, und ich bin hinterher, um ihn aufzuhalten. Natürlich hat sie mich erkannt und Asher ist jetzt klar, dass ich mich ihr gezeigt habe. Schon einmal.«

»Er wird nicht lockerlassen.«

»Da hat Zech recht. Was ist mit dem Mädchen?«

»Ich denke …« Ja, was dachte er? Es war nur ein Mädchen. Beinahe unscheinbar, doch auf ihre Art hübsch. Aufmerksam war sie, man bekam das Gefühl, ihr entging nur wenig. Und sonst? Er seufzte frustriert auf, erhob sich aus seinem Lieblingsstuhl und tigerte auf und ab. »Ehrlich gesagt, weiß ich es nicht, aber mein Instinkt sagt mir, dass ich dranbleiben muss. Irgendetwas war seltsam in dieser Nacht im Park und ich muss herausfinden, was es war.«

»Und falls es nichts ist? Dann hast du noch mehr Regeln gebrochen und zudem einen der mächtigsten Schatten des Universums an der Backe. Wirklich, das lohnt sich richtig, Ty!«

»Seid ihr deshalb hier? Um mich auszulachen und mit Vorwürfen um euch zu schmeißen?«

»Nein, auch wenn es durchaus angebracht wäre. Wir haben uns Sorgen gemacht. Du warst seit Tagen nicht in der Zentrale, das sieht dir überhaupt nicht ähnlich. Wir sind deine Freunde, schon vergessen?«, entgegnete Micael, doch schließlich war es Ezechiel, der von der Couch aufstand und nun wutschnaubend vor Tariel stand. »Kam dir schon mal der Gedanke, dass *alles* Konsequenzen hat? Ach warte!« Er lachte auf. Mit jedem seiner Worte wurde er lauter. »Natürlich! Denn du hast mir das all die Jahrhunderte über eingebläut. Seit dieser Scheiße mit Asher gab es für dich nur diese unumstößlichen Regeln: Zeig dich niemals einem Menschen, nicht ohne triftigen Grund oder einen Auftrag. Misch dich nie ein. Sei nicht leichtsinnig. Und was tust du? Du brichst jede einzelne davon auf einen Schlag. Warum? Wegen eines Gefühls?«

Die Reste von Tariels Heim erbebten aufgrund von Ezechiels Ausbruch, dessen Brustkorb sich immer schneller hob und senkte, während seine Adern am Hals hervorstachen. Mittlerweile hatte sich auch Micael erhoben, darum bemüht, ihn zu beruhigen. Tariel stand nur da, ließ die Belehrung über sich ergehen und presste die Lippen aufeinander. Weil er wusste, dass Ezechiel recht hatte.

»Zech, es reicht!«, sagte Micael bestimmt und legte seine breite Hand auf die Schulter seines Freundes.

»Nein! Das kann ganz schön in die Hose gehen. Ich kann nicht glauben, dass gerade *ich* hier zur Vernunft aufrufe.« Er atmete zwei-, dreimal tief und konzentriert ein und aus, kam etwas zur Ruhe. »Das könnte Moira, Atys und den Rat … soll ich weitermachen, wen das unter Umständen auf den Plan ruft? Weißt du, wen du da alles mit reinziehen oder verärgern könntest?« Ezechiel starrte Tariel an, Micael blieb still. »Unabhängig von deinem Gefühl: Dieses Mädchen ist bisher nicht auffällig geworden. Es gab keine Meldung, keine Akte, keinen Auftrag. Falls an dieser Sache etwas dran sein sollte, muss ich dir nicht erklären, was passiert, wenn man Fehler, die sich ins System und somit in dieses Universum eingefügt haben und keinerlei Probleme machen, anstößt. Sie fallen um wie Dominosteine und reißen alles um sich herum mit sich. Es wäre also möglich, dass du derjenige bist, der den Fehler findet, ihn aber dadurch auslöst. Artas hat das erkannt, und wenn ich ehrlich bin, wundert es mich, dass er erst jetzt einen Riegel vor das Ganze geschoben hat. Mic hat gefragt, *warum* – ich sage: *zum Glück*. Du wirst daraus erst ein richtiges Problem machen, du und Asher und … Verdammte Scheiße! Das Ganze wird auf dich einprasseln, du Idiot!«

Micael war in Gedanken versunken. Dann erhob er das Wort. »Noch wäre Zeit, die Sache ruhen zu lassen.«

Er fixierte Tariel mit seinem Blick. Ernst, intensiv, warnend und einnehmend. Tariel antwortete nicht. Er war nicht dumm, er wusste natürlich, dass seine Freunde recht hatten. Die Sache jetzt zu beenden, wäre besser für sie alle, auch das war ihm klar. Schließlich gab es so etwas wie *eine Sache* bis jetzt nicht. Wenn er das Mädchen jetzt vergaß und in Ruhe ließ, würde auch Asher dies bald tun, und mit etwas Glück hatte das Ganze keine Auswirkungen auf ihre Zukunft. Falls sie nur ein kleiner Fehler im Gleichgewicht sein sollte, schlummerte er weiter, brachte keine Probleme, würde sich von selbst erledigen. Falls sie einfach nur ein Mensch war, passierte ohnehin nichts. Zumindest dann nicht, wenn er sie rechtzeitig in Ruhe ließ.

Tariel massierte sich die Schläfen, ging alles in Gedanken durch, wieder und wieder …

»Wir sollten uns das Mädchen ansehen«, ertönte Micaels jetzt ruhige und gefasste Stimme, die Tariel aufsehen ließ.

»Sind denn alle verrückt geworden?« Ezechiels Mund stand offen, sein Blick wanderte zwischen seinen beiden Freunden hin und her. »Hast du nicht zugehört? Du weißt, wie schlimm das enden kann, und jetzt willst du, dass wir uns ihr auch noch offenbaren?«

»Wieso?«, fragte Tariel schlicht.

»Du weißt, wieso.«

Ja, wahrscheinlich tat er das. Ezechiel lachte verzweifelt auf.

Wenn jemand die Energien und Beschaffenheit von Wesen auskundschaften konnte, dann Micael. Sie alle hatten ihre Stärken, diese war die seine. Flüche, Signaturen, Energien – das alles nahm er stets als Erster und intensiver als andere wahr.

»Wir sehen uns also das Mädchen an. Und dann?«

»Dann gehen wir, Zech. Wir wollen Tariel nur etwas Ruhe verschaffen. Er wird vorher nicht aufhören.«

»Dafür, dass an der Sache eindeutig nichts dran ist, ist hier alles ziemlich kompliziert und gefährlich. Was ist, wenn es anders ist?«

»Dann stecken wir mit drin.«

9

Mila

Das kleine Lämpchen auf dem Nachttisch flimmerte aufgeregt, als Mila aus dem Bad kam und sich aufs Bett setzte. Sie griff nach ihrer Tasche auf dem Boden, schnappte sich das Polaroid und sah es sich ein letztes Mal genau an. Sog das Bild Stück für Stück in sich auf, bevor sie die Schublade des Nachttischs öffnete und es behutsam hineinlegte. Schwer schluckend verschloss sie sie wieder und versuchte, sich auf ihr Ziel zu konzentrieren. Sie schwor sich, es erst wieder herauszuholen, wenn sie dieses Hotel oder diese Stadt verließ. Oder wenn sie gefunden hatte, wonach sie suchte.

Als Mila ihre Hand zurücknahm, erregte etwas Schimmerndes ihre Aufmerksamkeit. Sie drehte ihre Hand hin und her, in Schatten und Licht, sah genau hin. Seltsam. Mila fixierte die

Stelle erneut, blinzelte kurz, wiederholte den Vorgang, aber da war nichts. Nur ihre weiße Haut und die Linien auf ihrer Handfläche. Dabei hätte sie schwören können, dass dort etwas geschimmert hatte, eine Art Bild oder ein Schatten. An der Stelle, an der sie dieses Kribbeln gespürt hatte, nachdem Asher sie so lange berührt hatte. Ihre Gedanken verharrten bei ihm, seinen Augen und diesem Blick, mit dem er sie beobachtet hatte …

Eine Gänsehaut zog sich über Milas Arme. Sogleich schüttelte sie den Kopf, ballte ihre Hand zu einer Faust, hielt sie an ihre Brust und stöhnte auf.

Prag macht mich anscheinend wahnsinnig!

Sie ließ sich zurückfallen, zog die Beine an, löschte das Licht und deckte sich zu. Morgen nach dem Frühstück würde sie wieder zu den Plattenbauten fahren. Das hatte sie sich fest vorgenommen, auch wenn es zunehmend frustrierender und anstrengender wurde.

Tief einatmend wickelte Mila die Decke fester um sich, kuschelte sich tiefer in das Kissen und versuchte einzuschlafen. Aber statt Schlaf überkam sie unerwartet eine so starke Sehnsucht nach ihrer Mutter, dass sie zu zerbrechen drohte. Leise begann sie zu weinen, wünschte sie sich zurück, in dem Wissen, dass das nie passieren würde. Mila war allein.

Und ganz konnte sie die Wut nicht unterdrücken, die da war, weil sie nie herausgefunden oder erklärt bekommen hatte, warum ihre Mutter sie von ihrer Heimat ferngehalten hatte und mit aller Macht vor irgendetwas beschützen wollte. Mila war es nie möglich gewesen, das Warum zu verstehen. Oder das Wovor. Sie konnte nicht begreifen, warum ihre Mutter ihr nicht geholfen hatte, ihren Fluch loszuwerden, warum sie darüber geschwiegen und stets das Thema gewechselt hatte. Mila hatte keine Angst vor ihrem Fluch, sondern Angst, dass sie für immer mit ihm leben musste. Das war ein Unterschied. Sie wollte Freunde haben, keine Geheimnisse mehr, sie wollte ankommen und nicht mehr suchen.

Dieser Morgen war wundervoll. Aber wenn Mila ehrlich war, hatte sie das meiste davon verpasst, denn es war bereits nach elf. Doch das, was von ihm übrig geblieben war, liebte sie. Die Sonne samt ihrer Wärme, die angenehme Luft, das geschäftige Treiben um sie herum, der wolkenlose Himmel. Mila konnte ihre Jacke offen lassen, der Frühling empfing sie mit ausgebreiteten Armen, war bunt und fröhlich. Das mochte sie wohl am meisten daran.

Im Café von gestern wollte sie sich noch schnell ein spätes Frühstück besorgen. Der herrliche Duft von frischem Kaffee und Gebäck schlug ihr entgegen. Sie ging nach vorne zum Ladentisch.

»Guten Morgen«, grüßte sie freundlich und sofort kam die lächelnde Dame hinter dem Tresen zu ihr. Mila deutete mit ihrer Hand auf eines der lecker aussehenden goldgelben Croissants, während ihr schon das Wasser im Mund zusammenlief. Eilig legte sie den passenden Betrag in die Geldschale und nahm ihr Frühstück entgegen. Die Verkäuferin wünschte ihr einen schönen Tag, während Mila zum Abschied winkte und das Café voller Vorfreude verließ.

Gerade als sie aus der Tür getreten war, sah sie in einiger Entfernung Tariel auf sie zukommen – und hielt an.

Es kam ihr seltsam vor, ihn heute wiederzusehen. Zufällig. Erneut. Er musste hier irgendwo wohnen, vielleicht auf der Kleinseite, wo sie ihm das erste Mal begegnet war. Aber sie konnte nicht verhindern, dass sich auf ihren Armen eine Gänsehaut bildete, die zugleich ein seltsames Gefühl mit sich zog.

Tariel und seine zwei Freunde, wie sie annahm, blieben vor ihr stehen. Er lächelte, kam ihr nicht ganz so schweigsam und angespannt vor wie bei ihrer letzten Begegnung, und als Milas Blick auf seine zwei Begleiter fiel, musste sie beinahe mitlächeln, weil sie so anders wirkten als er. Weniger verschlossen, sogar lebensfroh. Mila dachte nicht schlecht von Tariel. Seine Ausstrahlung und die wenigen gewechselten Worte waren schließlich alles, was sie von ihm kannte. Er schien nett, vielleicht auch sympathisch, war aber definitiv ein bisschen mürrisch und verschlossen.

»Hallo«, begrüßte Mila die drei höflich, während sie bemüht war, ihr offenes Haar zu bändigen. Es gelang ihr nicht.

»Mila, schön dich zu sehen«, erwiderte Tariel und beide wussten nicht so recht, was sie sagen sollten.

Anscheinend bemerkten das auch seine Freunde, denn sogleich trat der Linke hervor und streckte ihr seine große Hand entgegen. Sein Lächeln war entwaffnend, spitzbübisch und ihr sofort mehr als sympathisch. Dunkelblondes Haar, das in jede Richtung abstand und gut an ihm aussah, ein breites, freches Gesicht, schmale Lippen, eine leicht krumme Nase. Mila taxierte ihn. Lederjacke, lässige Jeans. Sie lachte, ohne so recht zu wissen, warum, dann schüttelte sie seine Hand. Er stockte, musterte sie kurz intensiv, bevor er ihre Hand fest drückte und sich wieder ein freundliches Grinsen auf sein Gesicht schlich.

»Hey, Mila, richtig? Ich bin Mic. Das da drüben ist Zech. Wie Zac Efron, obwohl er nicht annähernd so gut aussieht!«

»Wer?«, fragte dieser mit verwirrtem Blick, während sich Mic und Mila angrinsten.

Sofort hielt sie Zech ihre Hand hin. Rötliches Haar, genauso helle Haut wie Tariel, doch er war kleiner als die anderen beiden und hatte einige Sommersprossen. Sein Lächeln war ebenso wohlwollend, versprach allerdings weniger Ärger als das von Mic. Zumindest sagte das Milas Gefühl. Zech konnte glatt als Teenager durchgehen, so jung sah er aus, auch wenn sein Gesichtsausdruck und seine Haltung etwas mehr an einen Mann Anfang zwanzig erinnerten. Mic hingegen wirkte eher wie ein frecher Rocker Mitte dreißig und Tariel wie der mürrische Mittzwanziger. Mila lachte kurz über ihre eigenen Gedanken und das ungewöhnliche Trio.

Tariel räusperte sich. »Die beiden sind alte Freunde von mir und ein paar Tage zu Besuch. Ich wollte ihnen die Stadt zeigen.«

»Das klingt toll. Begleitet euch Asher?« Mila hatte die Frage gestellt, bevor sie darüber nachdenken konnte.

Tariel presste nur leicht die Lippen zusammen, trotzdem bemerkte sie es, genauso wie Zechs reglose Miene und Mics Hand, die über seinen Nacken fuhr. Waren sie doch keine Freunde?

»Asher ist leider verhindert«, erwiderte Tariel und aus irgendeinem Grund hatte Mila auf eine andere Antwort gehofft. Wie von selbst ballte sie ihre Hand zur Faust, sagte sich, dass da nichts war, kein Kribbeln. Nichts.

»Was hast du für heute geplant?«

Mila zögerte. Die Frage war simpel, nur wie sollte sie sie beantworten?

»Ich … ich wollte heute nur ein wenig spazieren gehen«, antwortete sie höflich, aber vage.

»Tariel hat schon von dir erzählt. Komm doch mit uns mit!« Mics Grinsen wurde noch breiter und er zwinkerte ihr zu, wobei sie deutlich sehen konnte, wie unangenehm das Tariel war.

Zech schmunzelte und auch Mila konnte sich nicht zurückhalten. Sie genoss diese Begegnung und fühlte sich wohl. Die drei waren nett und nur auf Besuch, sie musste keine starke Bindung aufbauen. Das Wichtigste war jedoch: Sie waren keine Grauen.

»Ich soll euch begleiten?« Sie hätte gerne zugesagt, aber sie wollte sich nicht aufzwingen und eigentlich müsste sie mit ihrer Suche fortfahren ...

»Ja«, antworteten Zech und Mic zeitgleich. Tariel nickte nur und sah sie dabei weiterhin freundlich an.

»Wo soll es denn hingehen?« Mila wurde ungewollt neugierig.

Mic fasste sie an den Schultern, blickte ihr in die Augen und sagte gespielt ernst: »Überallhin, wo wir dem Griesgram Tariel mal ein Lächeln entlocken können!«

Während Zech hinter ihnen laut losbrüllte, versuchte Mila angestrengt, ihre Belustigung zu verstecken und ein Lachen zu unterdrücken. Tariel seufzte und strafte seine Freunde mit vernichtenden Blicken.

Danach drehte sich Mic zu Mila um, legte seinen Arm um ihre Schultern und zog sie vorsichtig mit. Die anderen folgten ihnen.

Mila war es nicht gewohnt, jemanden, ob fremd oder bekannt, so nah bei sich zu haben. Natürlich hatte es Ausnahmen gegeben, wie ihren ersten und einzigen festen Freund oder wenige Freunde in ihrer Kindheit, zumindest bis sie sie verlassen hatten. Aber gewohnt war sie es deshalb nicht. Und nachdem Mic ihr lang und breit erzählt hatte, was sie alles tun würden und dass es mit Sicherheit ganz viel Spaß machen würde, fragte er Mila leise, ob es okay war. Sein Arm um ihre Schulter. Da wusste sie endgültig, dass sie ihn mochte. Und

Mila beschloss für sich, dass ihr der Plattenbau nicht davonlaufen würde und ihr eine weitere Pause vielleicht ganz guttat. *Nur heute*, versprach sie sich selbst. Jeder Tag ohne Antworten bedeutete einen Tag mehr, an dem sie suchen musste. Und das konnte sie sich auf Dauer finanziell nicht leisten. Nicht ohne Job.

»Lebst du hier in Prag?«

»Nein. Ich bin erst vor Kurzem in die Stadt gekommen.«

»Urlaub?«, fragte Mic neugierig weiter.

»Eigentlich nicht.« Zwar verspürte Mila den Wunsch, mehr zu erzählen, tat es aber nicht. Wie sollte sie das alles auch erklären? Sich, ihre Gabe, ihre Wünsche und Hoffnungen und diese chaotische Spurensuche.

»Kein Urlaub? Dabei ist Prag so schön.«

»Das stimmt. Ich habe trotzdem Zeit, mir alles anzusehen.«

»Bist du noch lange hier? Zech und ich bleiben wohl ein paar Tage. Wir entscheiden das spontan«, sagte Mic vage mit einem frechen Grinsen auf dem Gesicht.

»Ich bleibe so lange, wie ich muss.«

»Suchst du hier etwas Bestimmtes?« Da Mila nicht sofort antwortete, sprach Mic weiter. »Entschuldige, ich bin zu neugierig.«

»Das ist es nicht«, brachte Mila hervor. Sie kannte keinen der drei lange oder gut, sie waren Fremde und das hatte sie nicht vergessen. Doch daran lag es nicht. Sie wusste nur nicht, wie viel sie verraten sollte.

»Ich wurde in Prag geboren und habe eine Zeit lang mit meiner Mutter hier gelebt. Mein Vater ist bei einem Autounfall gestorben, als ich klein war. Ich erinnere mich weder an ihn noch daran, hier gewohnt zu haben. Dann sind wir weggezogen und jetzt bin ich zurück.«

»Du suchst Erinnerungen.«

Mila lächelte. »Richtig. Und Antworten.«

Sie waren auf dem Weg zur Tram.

»Wohin genau fahren wir?«

»Etwas essen«, sagte Mic schlicht. »Und du kommst mit.«

»Okay«, erwiderte Mila gedehnt und sah die Tüte mit dem Buttercroissant nachdenklich an.

»Was ist dadrin?«

»Mein Frühstück.«

Mic schnappte ihr die Tüte weg, öffnete sie neugierig und steckte fast seinen halben Kopf hinein, was Zech das Gesicht verziehen ließ.

»Was tust du da? Hast du gar keine Manieren?«

»Ich wollte wissen, was dadrin ist«, kam es gedämpft aus der Tüte. Als Mic wieder auftauchte, hing ein Croissantkrümel an seiner Nasenspitze. »Das riecht himmlisch!«

Mila lachte auf. »Das finde ich auch. Möchtest du probieren?«

Mics Augen begannen zu leuchten. Sofort biss er beherzt zu, steckte sich das halbe Croissant am Stück in den Mund. Er sah aus wie ein Kugelfisch.

Tariel rieb sich die Schläfen, während Zech Mic mit einer Mischung aus Scham und Neugierde beobachtete.

»Beschte Vorschpeise!«, nuschelte er glückselig und Mila amüsierte sich großartig darüber. »Und fascht scho schüß wie du, Mila.«

Er zwinkerte ihr frech zu, wobei ihm ein Stück Croissant aus seinem Mund fiel, und spätestens jetzt konnte Mila ihre Belustigung nicht mehr verstecken. Laut und glücklich lachte sie auf.

Bereits kurze Zeit später hatte Mic den Kampf gegen das Gebäck gewonnen und Mila stieg mit allen dreien aus der Tram. Sofort entdeckte sie die Moldau. Zwischen zwei Bäumen trat sie an das Geländer, beugte sich leicht darüber und beobachtete das Glitzern des Wassers und die vielen schönen Gebäude auf der gegenüberliegenden Uferseite, die Grünstreifen und eine der vielen beeindruckenden Brücken Prags. Es war ruhig und friedlich.

Nach einem letzten Blick über das Ufer zum Horizont, immer weiter, drückte sie sich von dem kühlen Geländer ab und setzte ihren Weg zusammen mit Tariel, Mic und Zech fort. Am Ende der Straße wechselten sie die Seite, weg von der Moldau.

Smetanovo nábřeží, so hieß die Straße. Mila konnte den

Namen auf einem Schild lesen, direkt an dem Café, vor dem sie nun stehen blieben. *Kavárna Slavia* prangte in großen, schmalen und dunklen Lettern an dem Sandsteingebäude. Über den riesigen Fenstern stachen rote Markisen hervor.

Mic hielt Mila die Tür auf, und als sie eintrat, umfing sie der Duft von Essen und die unverständlichen Gespräche der Menschen. Tariel steuerte zielstrebig auf einen der freien größeren Tische zu und setzte sich hin, die anderen folgten. Sie saßen in einer der Ecken mit einer Bank. Sogleich kam ein Kellner und Mic war so frei, eine Flasche Wasser für sie alle zu bestellen, die kurz darauf bei ihnen ankam. Mila schenkte sich gerade ein Glas ein, als Tariel sein Menü zuklappte und zur Seite schob.

»Was es hier so alles gibt«, murmelte Zech mit vorgehaltener Karte, während Mic sich grübelnd über seine eigene beugte und einen Schluck Wasser trank. Mila hatte sich schon entschieden.

»Ich nehme die Schnecken«, verkündete Zech fröhlich, was Mic beinahe dazu brachte, das Wasser wieder auszuspucken.

Er verschluckte sich, hustete, seine Augen begannen zu tränen, und nachdem er wieder atmen konnte, brach ein Lachen aus ihm heraus, das so frei und ansteckend war, dass Mila nicht anders konnte, als mitzumachen. Zech sah ihn nur verwirrt an.

»Was ist denn? Da steht ›gratinierte Schnecken‹. Man kann das essen.«

Es klang, als wäre Zech von einem anderen Planeten und musste seinen Freund erst davon überzeugen, dass das wirklich etwas Essbares war. Mila konnte Mic verstehen. Schnecken waren … speziell.

Nachdem Mics Lachen langsam versiegt war und mit ihm die Tränen, die er sich gerade aus dem Augenwinkel wischte, beugte er sich zur Seite und flüsterte Zech etwas ins Ohr, das diesem die Farbe aus dem Gesicht wischte.

»Okay, ich hab es mir anders überlegt. Ich nehme ein Sandwich. Nur ein Sandwich!«

»Was für einen Unsinn hast du ihm denn erzählt?«, fragte Tariel.

Mic klopfte Zech auf die Schulter, während er antwortete: »Nur ein paar Beschreibungen von Schnecken – und dass er nicht wissen kann, ob sie vielleicht in seinem Magen weiter rumschleimen.«

»Du bist gemein. So etwas passiert nicht«, redete Mila Zech gut zu, aber er sah nicht so aus, als könnte ihn noch etwas vom Gegenteil überzeugen.

Der Kellner erschien erneut und nahm ihre Essensbestellungen auf, während Mic weiter seine Schneckenwitze machte und seinen Freund auf den Arm nahm. Mila schüttelte lachend den Kopf und erkundete dabei das Café mit ihren Blicken.

Klassisch schick und doch schlicht war es hier, mit Möbeln aus dunklem Holz, Holzvertäfelungen und goldenen Verzierungen. Gerahmte Bilder schmückten ein paar der Wände direkt hinter ihnen. Der rote Teppichläufer passte zu den Markisen draußen, die man von drinnen noch gut erkannte, und war ein Blickfang innerhalb des weitläufigen Raumes. Durch die vielen großen Fenster drang genug Licht hinein, trotzdem kam es Mila so vor, als würde der Raum stets versuchen, es zu verschlucken. Als hätte er ein Eigenleben.

Alles in diesem Café war klar und ordentlich.

Das Essen kam. Mic und Zech hatten sich für verschiedene Sandwiches entschieden, Tariel hatte keinen Hunger, wie er behauptete, und begnügte sich mit einem Kaffee, Mila wurde ein Pilzrisotto mit Parmesanscheiben serviert.

»Was stinkt hier so?« Mic schnüffelte, beugte sich weiter zu Zech und landete mit der Nase fast in dessen Sandwich. »Was hast du da bitte bestellt? Knoblauch auf Toast?«

»Ich mag Knoblauch, okay?«

»Du wirst stinken. Du wirst richtig stinken und ich werde es dir andauernd vorhalten, nur damit du es weißt.«

»So ein Blödsinn! Mila, was sagst du dazu?«

Beide sahen sie erwartungsvoll an. Sie ließ die Gabel in der Luft schweben und überlegte kurz, wie sie mit der Situation umgehen sollte. Schließlich kannte sie die drei noch nicht gut und wusste nicht, wie sie reagieren würden.

»Nun ja, also … es ist …«, stotterte sie.

»Es. Stinkt«, wiederholte Mic und Mila verzog das Gesicht. Er hatte schon ein wenig recht.

Daraufhin biss Zech herzhaft in sein Sandwich und lächelte

Mic mit vollem Mund kauend an, während dieser sich die Nase zuhielt und von ihm wegrutschte.

Wie ein altes Ehepaar, dachte Mila bei sich und sah zu Tariel, der lachend den Kopf schüttelte.

Am Abend war Mila zurück in ihrem Zimmer und ließ den Tag Revue passieren. Der Ausflug war genau das gewesen, was sie gebraucht hatte, auch wenn sie das nur ungern zugab. Etwas Unbeschwertes. Sie hatte mit Mic viel gelacht und rumgealbert, etwas, das sie seit einer gefühlten Ewigkeit nicht mehr getan hatte. Zech konnte gut zuhören. Außerdem interessierte er sich genauso für Geschichte wie sie. Doch Tariel blieb ihr ein Rätsel in dieser Mischung aus Distanziertheit und Nähe. Sosehr sie sich auch bemühte, sie konnte einfach nicht einordnen, ob er sie wirklich dabeihaben wollte oder nicht. Das machte aber kaum einen Unterschied, denn sie hatte die Zeit, die sie mit ihnen verbracht hatte, zu sehr genossen.

Sie hatten nach dem Essen die Bezirke *Žižkov* und *Vinohrady* zu Fuß erkundet und dabei den *Riegrovy sady* entdeckt, einen Park mit weiten Grünanlagen, die bei diesem sonnigen Wetter besonders schön gewesen waren. Danach war es auch schon an der Zeit gewesen, sich zu verabschieden. Mila hatte nicht recht gewusst, wie, doch noch während sie sich den Kopf darüber zerbrochen hatte, war Zech bereits auf sie zugekommen. Er hatte sie kurz, aber kräftig umarmt und ihr unbeholfen auf den Rücken geklopft, was beide laut auflachen ließ. Tariel hatte ihr höflich die Hand hingehalten, woraufhin Mic sofort die Augen verdreht hatte. Allerdings hatte Mila das gar nicht schlimm gefunden. Sie war gut gelaunt gewesen und hatte sich bei den dreien mehr als wohlgefühlt. Besonders, als auch Mic sie in den Arm genommen, sie fest an sich gedrückt und ihr gesagt hatte: »Pass auf dich auf, ja?«

Das würde sie. Mila hatte an diesem Punkt ihren Mut zusammengenommen und ihnen ein Stück Serviette gereicht. Sie hatte gesagt: »Falls ihr die Tage Lust auf einen weiteren Ausflug habt. Ich würde mich freuen.«

Zaghaft hatte sie es Tariel hingehalten. Sie hatte im Café ihre Nummer nach dem Besuch der Toilette vorne an der Bar auf eine der Servietten geschrieben, bevor sie an ihren Platz zurückgekehrt war.

Niemand rührte sich, das Papierstück zwischen Milas Fingern wackelte, ihre Hand begann zu zittern.

War sie zu forsch gewesen? Wollten die drei sie vielleicht nie wiedersehen? Sie beobachtete Tariel genau, aber sie konnte seine Reaktion nicht deuten. Schließlich war Mic es, der über Tariels Schulter schaute.

»Warum ist es hier so still?« Er kam näher. »Ah, gib mir das! Die anderen beiden werden das nur verlieren.«

Er entzog ihr den Schnipsel und Erleichterung floss durch

Milas Adern. Ob Mic die Nummer nahm, weil er sich wirklich melden wollte oder um sie nicht in Verlegenheit zu bringen, war ihr gleich.

Mila hatte sich zum ersten Mal seit einer Ewigkeit nicht mehr allein gefühlt.

Seit jeher hatte sie die Menschen für seltsam gehalten, die meinten, es gäbe ein *Auf-den-ersten-Blick*-Gefühl. Egal, ob es um Liebe, Freundschaft oder etwas anderes ging. Aber in diesem Moment, als sie die drei verabschiedete – Zech winkte, Tariel lächelte und Mic zog hinter ihm eine Grimasse –, wusste sie, dass es dieses Gefühl gab. Sie hatte Tariels Freunde gleich gemocht. Wenn sie je Brüder gehabt hätte, wären sie wohl so gewesen. Da war sie sich sicher.

10

Tariel

»Zech, ich sag es dir, das ist nicht normal. Dieser Knoblauch ist in dir mutiert oder so. Nichts auf dieser Welt kann derart stinken.«

»Das mit dem Knoblauch ist doch nicht so schlimm, du machst dich nur über mich lustig«, setzte Ezechiel an, nachdem er in seine Hand geatmet und daran geschnüffelt hatte. Doch Micael hörte ihm gar nicht zu, weil er immer noch dabei war, ihn zu verspotten und auszulachen. Erst als Tariel das Wort ergriff, beendeten die beiden ihre Albernheiten.

»Ihr hattet recht. An Mila ist nichts dran und das hätte ich gleich erkennen müssen.«

Tariel war mit Micael und Ezechiel gerade in seinem Heim angekommen und wechselte sofort die Kleidung, weil er die

Jeans auf seiner Haut kaum noch ertrug. Er formte sie um, bis sie dem entsprach, was angemessen war und worin er sich wohlfühlte, bevor er in seiner Küche nach zwei kleinen Flaschen Wasser griff und sie den beiden zuwarf. Essen oder trinken war keine Notwendigkeit für sie, aber sie konnten, wenn sie wollten. Die meisten Ewigen gaben diesem Verlangen irgendwann nach, um die Zeit mit etwas zu füllen, oder weil sie es tatsächlich genossen.

Ezechiel fing die Flasche auf und trank sogleich einen Schluck, dann ließ er sich auf die Couch fallen und machte es sich bequem. Micael hingegen stand bloß da, mit dem Wasser in der Hand, und erwiderte nichts.

»Da ist doch nichts dran, oder?«, bohrte Tariel nach, während er die Augenbrauen zusammenzog und auf Micael zuschritt.

»Ich bin froh, dass das jetzt erledigt ist«, streute Ezechiel ein, doch weder Micael noch Tariel gingen darauf ein. Micael fuhr sich durchs Haar, fluchte unverständlich. Tariel erkannte genau, wie er mit sich rang. Seine Gesichtszüge waren streng, sein Kiefer mahlte.

»Ich weiß es nicht.«

»Du weißt es nicht?«, ertönte es genervt von der Couch.

»Ja, verdammt. An Mila selbst gibt es bisher nichts Verdächtiges, ich habe keinerlei Auffälligkeiten feststellen können. Aber …« Micael machte eine Pause, stellte das Wasser weg, bevor er weiterredete. »Asher.«

»Was ist mit ihm? Du hast gesagt, er würde aufhören, wenn

Tariel das Interesse verliert. Du hast betont, an der Sache sei nichts dran.«

»Ich weiß, was ich gesagt habe, Zech! Ich brauche keinen *Diktier-Ewigen*. Ich meine nur, dass ...« Er stoppte, begann den Satz auf andere Weise. »Als ich sie heute traf und ihre Hand geschüttelt habe, habe ich es gespürt. Es durchzuckte mich, war wie eine Art Stromschlag. Wie eine Schlange, die ihr Revier verteidigt. Allerdings war es eher leise und unterschwellig. Als ich den Arm um sie gelegt und sie länger berührt habe, da war es absolut klar. Er hat sich eigentlich keine Mühe gemacht, es zu verstecken: Asher hat sie gezeichnet.«

»Dieser ...« Tariel fand keine Worte mehr, biss die Zähne zusammen und dachte nach.

»Was bedeutet das? Wieso hat er das getan? Noch dazu so offensichtlich?« Ezechiel stöhnte auf, wahrscheinlich weil er seine Hoffnung, sie könnten nun zum Alltag zurückkehren, sich in Luft auflösen sah.

»Er weiß genauso wenig wie wir, oder, Ty?« Tariel nickte Micael zu. »Also macht er es wahrscheinlich nur, um dich zu nerven und dich wissen zu lassen, dass er da dranbleiben wird. Das hat eher etwas mit dir als mit dem Mädchen zu tun.«

»Er hat sie gezeichnet«, flüsterte Tariel vor sich hin und fuhr sich übers Gesicht. Und er hatte es nicht gemerkt. »Was, wenn es anders ist? Wenn er doch mehr weiß als wir?«

»Das glaube ich nicht. Da ist nichts.«

»Was, wenn doch?«

Tariel blieb hartnäckig und funkelte Micael entschlossen an, während dieser angestrengt überlegte.

»Dann sollten wir sie ein paar weitere Tage beobachten, bevor wir das Ganze auf sich beruhen lassen. Allerdings glaube ich, dass das Einzige, das hier gerade Form annimmt, ein Spiel, ein Kräftemessen zwischen dir und Asher ist, und ich weiß nicht, wohin das führen wird.« Micaels Worte waren leise und mit Bedacht gesprochen worden, dennoch voller Nachdruck. Sie waren eine Warnung.

»Wir bleiben dran, aber nur ein paar Tage, verstanden? Dann hören wir mit dem Kinderkram auf«, tönte Ezechiel genervt und starrte die beiden nieder, bevor er einen kräftigen Fluch ausstieß.

11

Mila

Es ist dunkel, ich kann nichts sehen. Mein Atem rast, etwas kriecht meine Arme hinauf und in mich hinein. Ich spüre die Kälte, friere aber nicht. Das kleine Licht auf dem Boden breitet sich aus und zieht mehr und mehr goldene Risse in die Dunkelheit. Es kracht, es knackt, der Boden unter mir bebt. Ich will schreien, doch es funktioniert nicht. Etwas erwacht zum Leben, ich fühle es, aber ich kann nichts tun, nicht rennen, mich nicht bewegen. Zitternd nehme ich den Rauch wahr, der sich erhebt, mich umzingelt, höre flüsternde Stimmen, deren Worte ich nicht verstehen kann. Etwas umklammert mich und ich …

Keuchend schreckte Mila hoch, wachte aus diesem seltsamen Traum auf. Sie atmete heftig und laut, ihr Brustkorb hob und senkte sich in viel zu kurzen Abständen und ihr Herz drohte aus der Brust zu springen.

Ruckartig setzte sie sich auf, schaltete das Licht an und sichtete das Zimmer, jeden Winkel, jede Ecke. Sie brauchte einen Moment, um zu erkennen, wo sie sich befand und dass alles in Ordnung war. Aufgewühlt lehnte sie ihren Kopf gegen die Wand, zog die Beine an und konzentrierte sich darauf, langsamer zu atmen. Das Blut rauschte weiter in ihren Ohren und etwas Schweiß hatte sich auf ihrer Stirn gesammelt. Das Zimmer kam ihr warm vor, zu warm, trotzdem zitterten ihre Hände und wollten nicht damit aufhören.

Dieser Traum hatte sich tief in ihr festgesetzt. Dieses Gefühl von Kälte und Angst, der Rauch, die Umgebung. Der Geruch hing ihr noch in der Nase. Es roch nach Asche und ... etwas, das sie nicht greifen oder beschreiben konnte. Etwas, das sich nicht abschütteln ließ. Was hatte das zu bedeuten? Die Bilder verschwammen bereits, aber nicht genug, damit sie wieder einschlafen konnte.

Deshalb hob Mila die Decke an, ihre Finger zitterten. Sie schob die Beine über die Bettkante, setzte die Füße auf den Boden und spürte, wie wackelig sich alles anfühlte. Schritt für Schritt torkelte sie ins Bad, schaltete das Licht an und stützte sich einen Moment am Waschbecken ab, ehe sie den Hahn aufdrehte und gierig trank. Anschließend benetzte sie ihr Gesicht, um richtig wach zu werden und die letzten Schatten des Traumes abzuschütteln. Sie wiederholte den Vorgang ein-, zweimal, bevor sie sich mit einem Handtuch abtrocknete und ein letztes Mal tief ein- und ausatmete.

Als Mila wieder zurück zum Bett ging, öffnete sie im Vorbeigehen das Fenster für ein wenig frische Luft. Der erste kühle Windstoß bescherte ihr eine Gänsehaut, erinnerte sie an den Traum, weshalb sie das Fenster sofort wieder schloss. Während sie einen Blick nach draußen in die Nacht warf, auf die Stadt und ihre Lichter, überkam sie das Gefühl, plötzlich nicht mehr alleine zu sein. Die Gänsehaut zog sich ihren Nacken hinauf, ihre Hand kribbelte sanft an der mittlerweile bekannten Stelle. Aber dort war nichts!

Schnell machte sie den Vorhang zu, legte sich zurück ins Bett. Das Licht flackerte kurz, doch es blieb an. Mila brachte es nicht über sich, es auszuschalten. Einen Moment lang überlegte sie, das Foto aus der Schublade zu nehmen, nur, um etwas von ihrer Mutter in der Nähe zu haben, doch sie riss sich zusammen.

Sie war kein Kind mehr. Sie schaffte das.

Angst zu haben ist keine Schwäche, hatte ihre Mutter stets gesagt. *Nur, sich von der Angst besiegen zu lassen.*

12

Asher

Es war unwahrscheinlich, dass Mila ihn bemerkt hatte, aber ausschließen wollte Asher es nicht. Zu eilig hatte sie sich zurückgezogen, zu nervös hatte sie gewirkt, nachdem sie einen Blick aus dem Fenster geworfen hatte. Auf dem Dach direkt gegenüber saß Asher locker auf den Ziegeln, um sie im Auge zu behalten. Wolken hingen am Himmel, die Dunkelheit bot ihm Schutz.

Stundenlang beobachtete er sie bereits, ohne dass es ihr oder ihren drei lichten Freunden aufgefallen wäre. Asher musste zugeben, dass er erschöpft war. Seit den letzten Morgenstunden hatte er sich ummantelt, seine Macht und sich selbst vollständig verborgen, um ihnen folgen zu können. In Anwesenheit der drei Ewigen war dies deutlich schwieriger und erforderte eine höhere Konzentration als zuvor, wenn Mila wie jetzt allein war. Es war klar gewesen, dass Tariel bald wieder in Milas Nähe auftauchen würde. Dass er jedoch Micael und Ezechiel mit ins Spiel gebracht hatte, war überraschend und mehr als untypisch für ihn gewesen. Ein weiterer Grund für Asher, dranzubleiben und die Geheimnisse um das Mädchen zu lüften. Falls es da welche gab.

Sie war die letzten Tage immer mit der gleichen Tram zum selben Ort gefahren und hatte in den Plattenbauten dort nacheinander Wohnung für Wohnung besucht und dieselben Fragen gestellt. Mila ging davon aus, dass sie und ihre Mutter irgendwo dort gelebt hatten. Asher hatte sie belauscht. Ihre Mutter war tot, Mila suchte nach ihren Wurzeln. Nach Menschen, die sie vielleicht gekannt haben. Der Grund dafür war ihm bis jetzt nicht klar. Vielleicht war sie nur neugierig. Vielleicht war es nichts von Bedeutung. Doch daran glaubte er nicht. Momentan ergab nichts von alldem Sinn. Das Gefühl, dass er etwas übersah, ließ ihn nicht los. Noch weniger Mila, die, je länger er ihr folgte, immer interessanter wurde. Sie war das eigentliche Geheimnis, das er zu lüften versuchte.

Asher fixierte weiter das Fenster zu Milas Hotelzimmer. Nichts bewegte sich. Es war an der Zeit, sich zurückzuziehen. Morgen würde er sie erneut besuchen. Möglicherweise würde er seine Taktik ändern und vielleicht nicht länger so zurückhaltend sein.

13

Mila

Alles tat weh. Ihr Kopf, ihr Nacken, ihr Rücken. Mila wusste nicht, wann genau sie eingeschlafen war. Nur, dass die Nacht fast vorüber gewesen war, als der Schlaf sich über sie gelegt hatte.

Das Licht brannte noch, ihre Lider waren schwer und geschwollen, sie spürte deutlich ihre Muskeln, die keine Erholung gefunden hatten. Sie drehte und streckte sich, verzog augenblicklich das Gesicht und begann, sich den Nacken zu massieren. Die Müdigkeit wollte einfach nicht verfliegen und Mila fühlte sich wie gerädert.

Am liebsten würde sie weiterschlafen, doch das ging nicht. Es war bereits spät und sie war nachher verabredet. Sie hatte Tariel, Mic und Zech wiedergetroffen, hatte die letzten Tage zusammen mit ihnen die Stadt erkundet. Diese Bekanntschaft war unerwartet gewesen, aber Mila genoss die Momente mit ihnen mehr und mehr, es fühlte sich an, als würden sie zu echten Freunden werden. Als wären sie längst welche. Die restliche Zeit verbrachte sie bei den Plattenbauten und fragte weiter nach ihrer Mutter. Auch heute wollte sie dorthin, bevor sie mit den dreien das *Tanzende Haus* besuchte. Es war Mics und Zechs letzter Tag in Prag.

Also quälte Mila sich aus dem Bett, duschte eiskalt, weil das Wasser heute nicht warm werden wollte, und machte sich fertig.

Nachdem gestern einige Wolken über Prag gehangen und sich ein kurzes Gewitter angekündigt hatte, war der Himmel heute wieder strahlend blau und die Sonne ließ die Dächer der Stadt leuchten. Nach einem Blick aus dem Fenster schloss Mila die Augen und genoss einen Moment die Wärme der Sonne auf ihrem Gesicht. Die Nacht und ihre Schatten verblassten in ihren Gedanken, sie spürte förmlich, wie das unsichtbare Gewicht auf ihren Schultern leichter wurde und schließlich ganz von ihr abfiel.

Mila zog Kleider und Hosen aus dem Koffer. Letztlich war die Auswahl nicht groß, aber groß genug, um sie verzweifeln zu lassen. In Unterwäsche auf dem Boden sitzend mit all dem Stoff um sie herum und dem Zeigefinger am Kinn, überlegte sie, nach was ihr heute zumute war. Worin sie sich wohlfühlen würde.

Es dauerte einige Minuten, bis Mila ihre Wahl getroffen hatte und nach ihrer alten Jeans griff, den weißen Turnschuhen und der weißen, geblümten Bluse, die sie so sehr mochte. Schnell zog sie sich an, steckte die Bluse vorne in den Jeansbund und schlüpfte in ihre Schuhe. Wichtige Dinge, wie Geld und den Zimmerschlüssel, verstaute sie seit dem versuchten Überfall in ihren Hosentaschen. In ihre kleine Handtasche kamen nur ihr Handy, das sie kaum benutzte, und ein paar Taschentücher.

Mila ließ ihr Zimmer und das Hotel hinter sich und fuhr in der Tram der Hoffnung entgegen, jemand könnte ihr heute etwas über sich oder ihre Mutter erzählen. Dies war ihr einziger Anhaltspunkt, um mehr über ihren Fluch zu erfahren, ihn zu verstehen oder gar ihn zu loszuwerden.

Der abgestandenen Luft der Tram entkam Mila, als sie ausstieg, um die letzten Meter zum nächsten Plattenbau in der *Jílovská* zu laufen.

»Ein wundervoller Tag, nicht wahr?«

Beim Klang dieser Stimme direkt neben ihr wäre sie beinahe vor Schreck über ihre eigenen Füße gestolpert. Asher schlenderte neben ihr her, grinste sie an und Mila musste den Kopf leicht in den Nacken legen, um ihm ins Gesicht schauen zu können. Sie hatte nicht damit gerechnet, ihn je wiederzusehen. Ein paarmal hatte sie Tariel, Mic und Zech nach ihm gefragt und immerzu hatten sie das Gleiche geantwortet: Er hatte keine Zeit, er war verhindert. Manchmal hatten sie einfach das Thema gewechselt. Es war kaum vorstellbar, dass sie Freunde waren, so unterschiedlich, wie sie waren.

Hier bei Tageslicht war Ashers Erscheinungsbild anders. Nicht weniger erhaben oder geheimnisvoll, aber vielleicht weniger einnehmend. Nein, das war es nicht. Kantige Gesichtszüge, kurzer Bart, harte Konturen und ... Mila starrte ihn an und hörte nicht damit auf, das wurde ihr in dem Moment klar.

»Hallo, Mila«, begrüßte Asher sie, während er weiter neben ihr ging.

»Hallo«, erwiderte Mila zaghaft und neugierig zugleich, taxierte ihn. Ihn und seinen dunklen Anzug, seine perfekte Haltung, seinen Gang. Sie wusste, er bemerkte es. Es war ihr gleich. Was tat er hier?

»Ein Anzug?«, fragte sie überrascht und nicht gerade eloquent, jedoch kam Mila nur schwer über diese Tatsache hinweg. Besonders zu dieser Uhrzeit, in dieser nicht allzu schicken Gegend. Am Abend im Café hatte es weniger fehl am Platz gewirkt.

»Gut beobachtet. Man sollte immer das tragen, worin man sich wohlfühlt, nicht wahr? Egal wann und wo.«

»Das stimmt«, gab Mila zu und wandte ihren Blick nach vorne, weg von dem Mann an ihrer Seite, dessen Präsenz ihr auch so mehr als bewusst war.

Er schlenderte gelassen neben ihr her.

»Hast du dich mit deinen Freunden gestritten?«

»Was meinst du?«, fragte er interessiert.

»Mic, Tariel, Zech. Sie scheinen mir immer auszuweichen, wenn …« Mila stoppte augenblicklich, als ihr bewusst wurde, was sie gerade sagen wollte, und spürte nur zu deutlich, wie ihr das Blut in die Wangen stieg.

»Habe ich dir gefehlt?«, fragte er belustigt, was Mila beinahe ein Schnauben entlockte.

»Nein. Ich war nur neugierig.« Vorsichtig schielte sie zu ihm und konnte klar erkennen, dass er sie belächelte. Mila wechselte schnell das Thema.

»Darf ich fragen, was du hier tust?«

»Eine private Angelegenheit, nicht mehr. Aber es freut mich, dich getroffen zu haben. Was führt dich in diese Gegend?«

»Eine private Angelegenheit«, konterte Mila und musste grinsen, als sie sein leises Lachen hörte.

Die ersten riesigen rechteckigen und teilweise tristen Gebäude zogen an ihnen vorüber.

»Ich begleite dich ein Stück, wenn es dir nichts ausmacht.«

Mila war sich nicht sicher, was sie davon halten sollte. Einfach alles an Asher war verwirrend und nicht klar zuzuordnen. Sein Aussehen, seine Art zu reden und sich zu bewegen, besonders sein aufmerksamer Blick – ja, diese Dinge steckten voller Widersprüche. Die meisten Menschen konnte man gleich zu Beginn ein wenig einordnen oder einschätzen, man bekam ein Gefühl für sie, entwickelte im besten Fall eine Art Sympathie. Aber bei Asher? Schon im Café hatte er so etwas wie Neugier und gleichzeitig Frustration und Trotz in ihr wachgerufen.

»Ich bin gleich da, du musst mich nicht begleiten«, wiegelte Mila schließlich höflich ab.

»Das stimmt, ich muss nicht, allerdings tue ich es gerne. Hast du Freunde oder Familie hier in der Gegend?«

Am liebsten hätte Mila ihm *Private Angelegenheit!* ins Gesicht geschrien und hatte keine Ahnung, warum. Es war, als würde er ihr inneres Kind wecken – trotzig, frech und kampfbereit. Doch sie widerstand dem Drang und antwortete stattdessen auf seine Frage.

»Weder noch. Ich bin hier aufgewachsen und möchte nun jemanden finden, der meine Mutter kannte.«

»Verstehe. Und dann? Was erhoffst du dir davon? Welche Antworten wünschst du dir?«

Ashers Frage war ernst gemeint, neugierig und zugleich mit Bedacht gestellt. Seine warme Stimme schmiegte sich um Mila wie eine Decke und trotz allem traf er mit jedem Wort einen wunden Punkt in ihr. Das, was sie wusste, konnte sie ihm nicht sagen. Nichts von ihrem Fluch. Was das andere anging – die Frage, welche Antworten sie sich wünschte –, so war Mila selbst ratlos. Sie wusste nicht, was war, wenn sie hier nichts fand, griff bis dahin nach jedem Strohhalm und hoffte auf das Beste. Was blieb ihr anderes übrig?

»Verzeih, ich wollte dir nicht zu nahetreten.«

»Das bist du nicht. Schon in Ordnung.« Mila schluckte

schwer, mied seinen Blick, von dem sie genau spürte, dass er auf ihr lag, und erkannte das Gebäude wieder, bei dem sie letztes Mal geendet hatte.

»Hier muss ich rein. Danke für die unerwartete Begleitung.«
Unerwartet und irgendwie schräg, vollendete Mila den Satz in ihren Gedanken.

Sie machte einen Schritt nach vorne, wollte in den Weg zum Eingang einbiegen und drehte sich dabei graziös. Als sie ihre Hand zum Abschied hob, passierte es. Sie stolperte über eine Bordsteinkante, die sie vorher nicht gesehen hatte, verlor das Gleichgewicht und gerade, als sie mit den Armen rudern wollte, schlossen sich warme, starke Finger um ihre. Sie fürchtete, dass diese einfache Berührung nicht ausreichen würde, um sie vor dem Fall zu bewahren, aber das tat sie. Mila klammerte sich an Ashers Fingern fest wie eine Ertrinkende, während ihr Atem raste und ihr Herz laut pochte. Halb gekrümmt stand sie da, unsicher, und der Schreck saß ihr in den Knochen. *Alles gut*, sagte sie sich. Nur gestolpert. So etwas passiert jedem mal.

Milas Hand versank nahezu in Ashers. Sie spürte seine Kraft und ihr wurde klar, dass hinter der glatten Fassade und in dem schicken Anzug kein schlaksiger, unsicherer Mann steckte. Ohne Mühe hielt er sie, ohne eine Miene zu verziehen, wartete er, bis sie wieder sicheren Halt gefunden hatte, und gab erst dann ihre Hand frei. Ihre Haut kribbelte, es hatte bereits begonnen, sobald sich ihre Finger berührt hatten. Doch jetzt bemerkte Mila es voll und ganz, während eine gewisse Ehrfurcht und Interesse sich in ihr mischten.

»Danke«, hauchte sie und musterte unverhohlen sein Gesicht. Ein angestrengtes Lächeln bildete sich darauf, seine Augen wirkten beinahe dunkel wie die Nacht und gleichzeitig flüssig wie Wasser. Mila schluckte schwer.

»Pass auf dich auf. Ich hoffe, du findest die Antworten, die du so dringend suchst, *Liebste*.«

Mila betätigte zum zwanzigsten Mal an diesem Tag eine Klingel, war aber nicht ganz bei der Sache. Immer noch dachte sie an Ashers Worte und an dieses Gefühl, das sie durchströmt hatte. Er war so schnell verschwunden, sie hatte sich umgedreht, war zwei, drei Schritte gegangen, bevor sie einen Blick zurück gewagt hatte – und er war weg gewesen. Sosehr sich Mila den Kopf darüber zerbrach, sie verstand nicht, wie das möglich war.

Mit zusammengezogenen Augenbrauen und in Gedanken versunken stand sie vor der Tür und wartete. Sie hatte das Gefühl, in den letzten Tagen mit ganz Prag gesprochen zu haben.

Es dauerte eine Weile, bis sich die Tür öffnete, und Mila war schon geneigt weiterzuziehen, da klickte das Schloss und die Tür ging langsam auf. Ein älterer Herr kam zum Vorschein, klein mit sehr kurzem Haar und freundlichen Augen. Mila stockte, presste die Lippen zusammen. Der erste Graue an diesem Tag. Doch er lächelte sie an, als sie ihn zurückhaltend begrüßte, und hörte nicht auf, während sie ihm von ihrer Mutter erzählte.

»Zuzana«, flüsterte er ungläubig. »Milena?«

Die Frage kam so unerwartet, dass Mila Tränen der Freude und Erleichterung in die Augen stiegen. Sie nickte.

»Mein Name ist Viktor Dvořák. Und ja, ich kannte deine Mutter. Leider nur flüchtig. Sie wohnte dort hinten mit dir.« Er deutete auf eine Tür drei Wohnungen weiter. »Ab und zu habe ich auf dich aufgepasst. Du hast mit meiner Enkelin gespielt, sie war damals zehn oder elf. Wie geht es Zuzana?«

»Sie ist leider vor wenigen Wochen verstorben.«

»Das tut mir leid.«

»Mir auch«, wisperte Mila. »Wissen Sie, warum meine Mutter mit mir fortgegangen ist?«, fragte sie hoffnungsvoll und mit zugeschnürter Kehle.

»Nein. Es ist schon zu lange her. Mein Gedächtnis ist nicht mehr das Beste. Ich weiß nur, dass ihr eines Tages weg wart. Sehr schnell. Ihr habt euch nicht mal verabschiedet.«

Das klang in Milas Ohren nach einer Flucht.

»Sie können sich an nichts mehr erinnern? Wirklich nicht?«

»Es tut mir leid, mein Kind«, bedauerte Viktor.

»Das muss es nicht. Danke! Würden Sie mich vielleicht anrufen, wenn Ihnen noch etwas einfällt?«

Der Mann nickte, ging in die Wohnung und kam mit seinem

Handy zurück. Ein neueres Modell, stellte Mila erstaunt fest, und speicherte ihre Nummer darin.

»Ich kann sogar Nachrichten schreiben«, meinte der alte Herr stolz. »Meine Enkelin hat es mir gezeigt.«

»Das ist wundervoll. Wohnt sie noch hier?« Mila würde sich so gerne mit ihr über ihre Kindheit unterhalten. Mehr darüber erfahren.

»Nein, das hat sie nie. Sie kam nur ab und an zu Besuch. Sie studiert gerade im Ausland.«

Mila gab ihm sein Handy zurück.

»Ich werde mich melden. *Hodně štěstí,* Milena.«

Viel Glück.

14

Mila

Mila konnte noch immer nicht glauben, dass sie jemanden gefunden hatte, der ihre Mutter kannte. Nach dem Gespräch mit Viktor hatte sie weitergemacht und andere Menschen in dem Gebäude besucht, aber niemand anderes erinnerte sich an ihre Mutter. Bei jedem Grauen, der ihr nach dem netten, alten Mann geöffnet hatte, wäre sie am liebsten davongerannt.

Nur Viktor konnte sich an ihre Mutter erinnern. Mila betete, ihm würde irgendetwas einfallen, das ihr helfen konnte, und er würde sich bei ihr melden. Betete, dass seine Zeit nicht zu schnell ablief. Er war so grau.

Das Ruckeln und Brummen der Straßenbahn, in der sie saß, um zu ihrem Treffen mit Tariel, Mic und Zech zu fahren, nahm Mila nun vollkommen ein. Das regelmäßige Rattern, der

Ausblick und das Gefühl, unterwegs zu sein, genoss sie sehr. Die Fahrt gefiel Mila und sie umarmte sie wie ein warmer Mantel im Winter. Mehr als das. Sie hielt das Glücksgefühl fest. Die Hoffnung, die in ihr glühte bei dem Gedanken daran, bei ihrer Suche endlich einen Schritt vorangekommen zu sein. Beinahe hätte sie daher ihre Haltestelle verpasst.

Die Tram hielt, und kurz bevor die Türen sich wieder schlossen, sprintete Mila noch rechtzeitig hinaus, während die rotweiße Bahn ihre Fahrt fortsetzte.

Mila war noch nicht allzu lange hier, aber es kam ihr wie eine Ewigkeit vor. Die Zeit in Prag heilte etwas in ihr, sie war fest davon überzeugt, auch wenn sie nicht wusste, was es war. Sie war hierhergekommen, weil sie wissen wollte, warum ihre Mutter mit ihr von einem Ort geflohen war, an dem ihr Herz bis zuletzt gehangen hatte. Ebenso wie ihre Sorgen und Ängste. Sie war hier, weil sie, so ungern sie es zugab, im hintersten Winkel ihrer selbst gehofft hatte, sie könnte verstehen oder herausfinden, warum sie anders war. Und ob sie dieses Anderssein umkehren konnte. Sie wollte keine Grauen mehr sehen. Natürlich wusste Mila, wie abstrus und unrealistisch dieser Wunsch war, doch man legte Hoffnungen nur selten aufgrund ihrer Unwahrscheinlichkeit ab. Das machte Hoffnung aus. Ein Funken genügte. Meist brannte er heller und stärker als das größte Feuer.

Tančící dům – das *Tanzende Haus*. Es hätte keinen besseren Namen bekommen können, keinen passenderen, zumindest nicht auf den ersten Blick. Mila betrachtete voller Staunen seine geschwungenen und krummen Linien, die gebogenen Fenster und Formen. Doch wenn man direkt davor stand, wirkte es, als würde das Gebäude kippen und einen im nächsten Moment unter sich begraben. Das faszinierte sie. Den Kopf zur Seite legend, musterte sie alles genau, folgte dem Schimmern und den Reflexionen des Glases, das so blau wirkte wie der Himmel, den es zeigte. *Das Tanzende Haus* war ein schöner Name, doch für Mila tanzte es nicht. Ja, es war in Bewegung, aber … sie erkannte keinen Tanz und auch keinen stützenden, sondern eher einen unterdrückenden Halt. Für sie war es, als würde sich das Haus unter Schmerzen winden und krümmen und mit aller Macht versuchen auszubrechen, sich von seinem geraden, eckigen Partner, an den es sich lehnte, zu lösen. Ohne Erfolg. Mila hatte das Gefühl, sich selbst zu sehen. Sich und ihr Leben.

»Irgendwie fesselnd, nicht wahr?« Mic war direkt neben Mila getreten, die nur mit Mühe ihren Blick von dem Bauwerk reißen konnte.

»Ja, das ist es.«

»Ich mag die menschli… äh ich meine, die Architektur. Ich mag Architektur und Erfindungen«, stotterte er, bevor er sich wieder fing. »Besondere Gebäude und Gegenstände faszinieren mich.«

»Ich weiß, was du meinst. Und das Besondere kann so einfach sein. Manchmal ist es das, was mich fesselt.«

Mic lächelte sie an und nickte.

Nach einem Moment der Stille erklangen die Worte, vor denen sich Mila insgeheim gefürchtet hatte.

»Heute ist unser letzter Tag hier. Ich wünschte, wir könnten länger bleiben.«

»Ja, das wünschte ich auch.«

Mila hätte gerne mehr gesagt, aber es kam ihr komisch vor, schließlich waren die drei irgendwie Fremde. Auch wenn es sich anders anfühlte. So, als wären sie schon lange befreundet, als hätten sie sich bereits vor Jahren kennengelernt.

Ein Lächeln glitt über Milas Gesicht, während sie zu den anderen beiden schaute. Zech erzählte Tariel wahrscheinlich gerade etwas über die Geschichte des Gebäudes und man sah Tariel genau an, wie sehr er wollte, dass er damit aufhörte. Danach fiel ihr Blick auf die Menschen, die an ihnen vorbeizogen, in Farbe und in Grau. So wie die Mutter, die ihren kleinen Sohn voller Wärme anstrahlte. Er war so voller Farbe und sie … grau. Nur grau.

Schwer schluckend versuchte Mila, die Tränen zu verstecken, die sich in ihren Augen sammelten.

Ob sie es weiß?

Mila hasste graue Dinge, aber sie waren da, sie waren überall. Sie hatte so viele die letzten Wochen gesehen, dass ihr ganz schlecht davon wurde.

Schnell riss sie sich zusammen, räusperte sich leise und drehte sich um. Mic beobachtete sie neugierig, doch seine Gesichtszüge waren weich, wirkten verständnisvoll. Wahrscheinlich dachte er, der Abschied würde sie so berühren. Das tat er, keine Frage, aber nicht aus diesem Grund waren ihr eben Tränen in die Augen gestiegen.

Während die anderen mit sich beschäftigt waren, wagte Mila einen Blick auf ihr Handy. Eine neue Nachricht. Das war unmöglich! Der alte Herr von heute früh hatte sich gemeldet:

Milena, ich habe mit Karolina, meiner Enkelin, telefoniert und mit ihr über dich gesprochen. Mir sind ein paar Dinge wieder eingefallen. Können wir uns treffen? Habe auch einen alten, kurzen Zeitungsartikel in meiner Sammlung gefunden. Um fünf am Rathausplatz?
Viktor

Ihre Handyuhr zeigte Mila, dass sie jetzt losmusste, wenn sie es pünktlich schaffen wollte. Niemand wusste, wie viel Zeit Viktor als Grauem noch blieb. Sie schrieb ihm sofort zurück, bemühte sich, ihr laut schlagendes Herz zu beruhigen, und drehte sich zu Mic.

»Es tut mir leid, ich muss gehen.«

»Zum Hotel?«

»Ja«, log Mila. Aber es lag immerhin auf dem gleichen Weg.

»Wir bringen dich.«

Mic rief die anderen, bevor er seinen Arm um ihre Schultern legte, und sie musste an ihre erste Begegnung denken. Sie hatte sich so sehr an seine und die Gesellschaft von Zech und Tariel gewöhnt, dass sie ihre eigenen Sorgen beinahe vergessen hatte. Bald war sie wieder allein und dann würden die Fragen wieder vollständig auf sie einprasseln, genau wie ihre Ratlosigkeit. Vielleicht nicht ganz, denn jetzt gab es ja Viktor …

Sie ließen das *Tanzende Haus* hinter sich und gingen die Moldau entlang. Als sie schließlich am Altstädter Ring ankamen, nahm Mila sich zusammen, hielt an und lächelte die drei an. Viktor würde gleich hier sein und Mila konnte ihre Aufregung kaum im Zaum halten. Auch wenn es ihr schwerfiel, ihre neuen Freunde zu verabschieden.

Der Platz war voller Menschen, aber Mila blendete sie aus, stellte sich vor Mic, Tariel und Zech und bemühte sich, ihr Lächeln aufrechtzuerhalten. Wie von selbst begann sie, mit ihren Füßen zu wippen, hin und her.

»So, jetzt heißt es wohl …« Leb wohl? Auf Wiedersehen? Sie wusste es nicht. »Es war wirklich großartig, euch kennengelernt und mit euch die Stadt erkundet zu haben. Danke, dass ihr mich mitgenommen habt.«

Mila vergrub ihre Finger so weit wie möglich in den Taschen ihrer Jeans. Abschiede waren nie ihr Ding gewesen, sie wusste nicht, wie sie funktionierten.

Zech und Mic kamen gleichzeitig auf sie zu und schlossen sie in die Arme, drückten sie und hielten sie einen Moment. Vielleicht, weil sie spürten, dass sie genau das gerade brauchte.

»Wir hatten viel Spaß«, sagte Mic und beide ließen von ihr ab, lächelten sie glücklich und wehmütig zugleich an.

»Ich auch.«

Zech lachte, auch wenn ihm zuerst die Gesichtszüge entgleist waren. Tariel trat schließlich vor und sogar er wirkte nicht mehr ganz so streng und reserviert. Sie wurde das Gefühl nicht los, dass sie auch ihn sehr lange nicht mehr sehen würde.

»Danke. Es waren wirklich sehr … abwechslungsreiche Tage. So etwas erleben wir nicht oft.«

Mila nahm ihn kurzerhand in den Arm, so wie die anderen beiden das zuvor bei ihr getan hatten. Sofort spürte sie Tariels Anspannung, weshalb sie loslassen wollte, aber dann legte er einen Arm um sie und drückte sie zurück.

»Passt auf euch auf, ja? Und wenn ihr mal wieder in der Nähe seid: Ihr habt ja meine Nummer.«

Sie hätte Tariel direkt fragen können, ob und wann sie sich wiedersahen, schließlich verließen ihrem Wissen nach nur seine beiden Freunde die Stadt. Doch sie war sich nicht sicher, ob er sie wiedersehen wollte, und falls ja, so würde er sich melden. Bestimmt.

Tariel trat den Rückzug an. Mic und Zech winkten und Mila stand dort auf dem großen Rathausplatz, beobachtete, wie sie weggingen.

Mila zwang sich, sich abzuwenden. Endlich schaffte sie es, ihre Beine zu bewegen und den Kloß in ihrem Hals hinunterzuschlucken. Sie umrundete den Brunnen, hielt Ausschau nach Viktor und wartete. Mit jeder Minute wurde sie nervöser, biss auf ihrer Lippe herum, nur um sich im gleichen Moment selbst zu ermahnen und dann doch wieder damit anzufangen. Hektisch ging sie ein paar Schritte auf und ab. Bis eine Frau laut aufschrie und Mila heftig zusammenzuckte. Ihr Herz raste, so sehr hatte sie sich erschreckt. Ohne es verhindern zu können, drehte sie sich zur Seite, suchte nach der Frau, die wieder schrie und nicht mehr damit aufhörte.

Mila konnte kaum atmen, sich nicht mehr rühren. Nur wenige Meter von ihr entfernt stand die Fremde vor einem Mann, der am Boden lag. Die Menschen begannen bereits, sich um sie zu versammeln wie eine zähe Masse. Ein Mann kam, der die gaffende Menge weiterscheuchte, tobte und schimpfte, während ein anderer telefonierte. Wohl um einen Rettungswagen zu rufen.

Hoffentlich war es nicht zu spät. Aber Mila kannte die Antwort. Das letzte Mal, als sie einen Grauen so schwach und leblos gesehen hatte, hatte sie am Bett ihrer Mutter gesessen. Die Frau vorhin – das war etwas anderes gewesen. Sie war wach und lebendig. Sie hatte noch etwas Zeit.

Mila trat ein paar Schritte näher, ohne es zu merken, sah genauer hin, obwohl sie nicht zu diesen nichtsnutzigen Gaffern gehören wollte. Irgendetwas zog sie dorthin.

Der Mann auf den Steinen war nicht nur *irgendein* Grauer.

Mila musste die Übelkeit und die Tränen zurückdrängen.

»Nein«, keuchte sie und war versucht, ebenso zu schreien. Viktor. Der Graue war der alte Mann Viktor. Es war zu spät.

Ihre Beine wurden wackelig, drohten wegzuknicken, und sie wollte sich abwenden, weil sie ihm nicht mehr helfen konnte – und weil sie kurz davor war zusammenzubrechen. Weil er starb, ohne ihr sagen zu können, was er wusste. Und er nahm Milas Antworten mit sich.

Sie wollte gehen, rennen, nur weg von hier.

Aber sie konnte nicht … Weil sich die Welt um sie veränderte – und mit ihr etwas tief in ihr drin.

15

Tariel

»Wir gehen jetzt heim und vergessen die letzte Woche. Mila ist ein einfaches Mädchen. Mehr nicht.«

Keiner antwortete.

»Ty, ich mein es ernst«, betonte Micael.

»Ja, ich hab es verstanden.« Tariel murrte etwas vor sich hin, während die drei sich immer weiter von Mila entfernten.

»Hoffentlich lässt Asher sie auch in Ruhe. Die Markierung sollte die Tage von ihr abfallen, oder?«

»Ja, wenn er es nicht übertrieben hat, schon.«

Tariel hielt seinen Blick starr geradeaus gerichtet, auch wenn ihm nicht entging, dass Mila ihnen nachsah.

»Ich mag sie«, erklang unvermittelt weich Micaels Stimme. »Schade, dass sie keine Ewige ist.«

Ezechiel nickte zustimmend, Tariel schwieg. Er mochte sie auch, aber besonders bei seinen Freunden hatte er diese Art der Zuneigung bemerkt. Sie hatten ihren Spaß an der Sache kaum verstecken können, waren ausgelassen gewesen, und das, obwohl er von ihnen zuvor eine Standpauke zum Thema Menschen und Gleichgewicht kassiert hatte. Er, der ganz genau wusste, worum es ging.

Unvermittelt blieb Tariel stehen. Nach all diesen Jahrhunderten fiel auch Micael und Ezechiel die Veränderung schnell auf – Tariels und die um sie herum.

»Scheiße, spürt ihr das?«

»Ja«, erwiderten Tariel und Ezechiel gleichzeitig.

Ja, er konnte es spüren, das Ziehen und Pochen in seiner Brust, den stechenden Schmerz, der lange geruht hatte und nun wieder erwacht war.

Aus einem Impuls heraus drehte sich Tariel um, suchte nach Mila und fand sie in der Menge. Sie stand da, hinter dem Brunnen, und starrte auf einen Punkt vor sich. Da lag jemand. Tariel weckte seine Kraft, sammelte sie, rief sie und ließ sie aus sich strömen wie einen weiteren Sinn, mit dem er die ureigene Energie der Welt besser wahrnehmen konnte. Schließlich war die seine ein direkter Teil davon.

Micael und Ezechiel taten es ihm gleich, er fühlte es, die Veränderung, ihre Kraft, die auf seine traf.

Da war nichts und dann war dort alles. Das Energienetz der Welt bewegte sich.

Micael hörte nicht auf zu fluchen, während Ezechiel sagte: »Bitte sagt mir, dass ich mir das nur einbilde.«

Die Zeit fror ein, nur um mit einem Schlag zu explodieren und wieder weiterzulaufen. Wie war das möglich? Was im Namen des Lichts passierte da?

»Ich glaube, ich habe mich geirrt«, ertönte Micaels Stimme nüchtern. »Sie ist der Fehler.«

Tariel atmete tief ein, bevor er mit den anderen im Schlepptau losrannte.

»Und ich hatte recht!«, schrie Ezechiel hinter ihm. »Wir haben ihn wahrscheinlich ausgelöst.«

16

Mila

Etwas pochte in ihr, laut und stark, kalt und heiß zugleich. Wie Adrenalin, das ihre Adern flutete, ein zweites Ich, ein elektrisch aufgeladener Strom – oder eine eigene Welt. Etwas Lebendiges.

Es war wie im Park. Gleichzeitig war es anders. Es war so viel mehr. Sie spürte die Veränderung. Auf einmal begann ihre rechte Handfläche, dumpf zu stechen, aber sie traute sich nicht nachzusehen. Sie traute sich nicht, sich zu bewegen.

Das Gefühl in ihr nahm sie ein, glich einer Umarmung und zugleich einem Käfig. Ihr Atem ging schneller als sonst, schneller als je zuvor, und in ihren Ohren hörte sie nichts mehr als ein lautes Rauschen. Und sie sah das Grau. Es hielt sie fest, zog sie zu sich und sie konnte nicht anders: Sie starrte noch immer auf den Mann, der dort lag und von dem sie beinahe mit Sicherheit wusste, dass er nie wieder etwas anderes tun würde. Viktor.

Mila fühlte sich fremd in ihrem Körper, schwer und festgenagelt am Boden, erdrückt von all den Gefühlen. Ihre Sicht verschwamm zuerst heftig, danach schwächer, und sie versuchte krampfhaft, den Schleier vor ihren Augen wegzublinzeln.

Dann durchfuhr sie eine Art Stromschlag und eine Druckwelle erfasste sie – schnell und stark – und Mila war kurz davor, auf die Knie zu sinken.

Völlig außer Atem versuchte sie zu verstehen, was hier passierte, während sie gleichzeitig fieberhaft darum bemüht war, etwas Ordnung in ihre Gedanken zu bringen. Sie ließ den Blick schweifen und traute ihren Augen nicht. Was sie sah, war nicht möglich. Egal, wie sie es drehte und wendete, das hier konnte nicht real sein.

Die Welt um sie herum stand still.

Sie war eingefroren, als hätte die Zeit sich verabschiedet, eine Pause gemacht. Blinzelnd und schwer schluckend betete sie, das Bild, das sich ihr bot, würde sich ändern. Doch das passierte nicht.

Ein gutes Stück entfernt entdeckte sie Tariel, Zech und Mic. Sie waren wohl auf dem Weg zurück zu ihr. Statt weiter zu ihr zu laufen, verharrten sie an Ort und Stelle, mitten in ihrer Bewegung, und schienen genauso in diesem Moment gefangen zu sein wie Mila.

Aber Mila wurde allmählich klar, dass sie sich sehr wohl rühren konnte. Sie hatte es bereits die ganze Zeit unbewusst getan, ihren Kopf, ihre Finger bewegt. Nur ihre Füße standen an Ort und Stelle.

Warum? Was passierte hier?

Während dieser Gedanke durch Milas Kopf ging, erregte plötzlich etwas in ihrem Augenwinkel ihre Aufmerksamkeit. Langsam und mit Bedacht drehte sie sich zurück zu Viktor. Und sie konnte kaum glauben, was sie dort sah: Risse durchdrangen die Welt, Risse und Flüsse, kleine und große aus purem, flüssigem Gold. Ihr Schimmern und Glänzen zog Mila auf unerklärliche Weise an, statt sie zu verschrecken. Der Anblick kam ihr seltsamerweise bekannt vor. Sie hatte diese Risse schon einmal gesehen. In einem Traum.

Es roch nach Erde. Nach Rauch. Der Duft wurde immer intensiver und hüllte Mila ein.

Sie sah zurück zu dem Grauen und auf einmal war da noch so viel mehr als Stillstand und goldene Flüsse.

Eine Gestalt, die aus einem Teil der Nacht gemacht zu sein schien, schwarz, unendlich finster, schwebte über dem Boden und beugte sich über den Grauen. Knorrige Hände und ein dunkler Mantel, der an den Rändern verwischte, unscharf wurde und sich in Nebel auflöste. In einer Hand hielt er ein Glas, die andere erhob er.

So verängstigt und starr Mila war, so unruhig und verwirrt, so fasziniert war sie.

Die Gestalt streckte die Hand aus, ließ sie über dem Körper in der Luft verharren, spreizte die knochigen rußgeschwärzten Finger, durchzogen von goldenen Rissen und … Mila rang nach Luft. Eine Flüssigkeit, ein weißgoldener pulsierender Strang wurde aus dem Körper des Grauen herausgezogen – in das Glas hinein.

Eingesperrt.

Verwahrt.

Die Flüssigkeit flimmerte, leuchtete und wand sich darin hin und her. Reckte und streckte sich innerhalb ihrer Grenzen.

Milas Herz klopfte schneller und schneller und ein Gefühl erwachte in ihr … eine Erinnerung. Ihre Hände zu Fäusten ballend, ließ sie das Zittern zu, das sie überfiel, das Wimmern und die Tränen, die aus ihr herausbrachen.

Sie erkannte dieses Gefühl wieder. In der Küche ihrer Mutter stehend, Wasser in ein Glas füllend – da hatte sie es auch wahrgenommen. Schwach war es gewesen wie die Berührung einer Feder und so schnell vorbei, dass sie es abgetan hatte. Aber jetzt war es klar und deutlich, lang und intensiv.

»Milena«, hörte sie unerwartet ihren Namen. Leise geflüstert drang er an ihr Ohr und es war, als ob etwas in ihr darauf antwortete, bei diesem Klang gar zu vibrieren begann. Sie traute sich kaum mehr zu atmen, obwohl ihre Lunge nach Sauerstoff gierte, weil sich das bedrückende Gefühl nun ganz in ihr ausgebreitet hatte.

Oh ja, sie spürte es.

In jedem Zentimeter ihres Körpers.

»Milena«, wiederholte die Stimme. Rau und klar und dunkel. Aus einer anderen Welt. Sie war ein Gänsehaut erzeugender Ton, wie ein Kratzen von Nägeln auf einer Tafel. Das Geschöpf schaute sie direkt an und die Angst, die Mila erfasste, mischte sich mit etwas, das sie nicht erklären konnte. Sie wollte wegrennen, sie wollte schreien – sie wollte auf es zugehen und ihm ihre Hand reichen, in der Hoffnung, es würde sie ergreifen.

Und sie tat es, hob ihren rechten Arm und streckte ihre Hand aus, weiter und weiter. Bis ihr Blick auf ihre Haut fiel. Auf die Schwärze, die sich wie flüssiges Öl und feinster Nebel einen Weg von ihren Fingerspitzen den Arm hinauf bahnte. Durch die Schwärze blitzte hier und da goldenes Licht auf, das einen verlorenen Kampf gegen die Dunkelheit führte.

Mila drehte ihre Hand, besah das Fortschreiten der Schwärze auf der Innenfläche ohne Angst – und ohne die Möglichkeit, es aufhalten zu können. Der Schmerz in ihrer Hand explodierte schlagartig und sie versuchte mit aller Macht, sich gegen all das zu stemmen, was sich in ihr ausbreitete – etwas Fremdes, etwas Kräftiges.

Plötzlich wurde die Welt außerhalb dieser Blase erschüttert, ihre Hand brannte mehr und mehr wie Feuer und sie konnte dem Schmerz und Druck – in und um sie – nicht mehr standhalten.

Die Erde bebte, das Geschöpf flackerte, wisperte noch einmal ihren Namen, bevor es ganz verblasste.

Mila war still, schloss die Augen, schrie innerlich und weinte, zerbrach und heilte, tobte und litt. Dann legte sich das Gefühl schlafen und sie sich mit ihm.

17

Asher

Die Warnung traf ihn mit voller Wucht. Asher stand gerade zwischen Reia und Ceto, die sich gegenseitig anschrien, weil Reia ihrem Gefährten in diesem Jahr eindeutig weniger schnell verzieh, als ihn das Signal überrollte. Nach dem Aufeinandertreffen mit Mila hatte er keine Lust mehr gehabt, den drei Lichten und ihr hinterherzuspionieren. Vor allem nicht, wenn sein Bruder kurz davor war, Reia ganz und gar in den Wahnsinn zu treiben.

Aber jetzt, da ihn die Warnung erreicht hatte und ihn Milas Energie durchzog, mit der er durch die Markierung auf ihrer Handfläche verbunden war, war er in Aufruhr.

»Ich muss weg. Ceto, lass dich nicht umbringen, und ich flehe dich an, versuch wenigstens ein bisschen reumütig auszusehen!«

Bevor einer der beiden etwas erwidern konnte, war Asher verschwunden. Eine Teleportation aus dieser Sphäre in die menschliche und direkt zu Mila war nicht nur schwierig, sondern ungemein anstrengend. Doch er hatte keine Wahl. Irgendetwas hatte seine Energie, eingebrannt in die Haut des Mädchens und unsichtbar für die Welt, aufgeweckt. Eine Energie, die eigentlich nur ihrem Wiederfinden dienen sollte. Eine Art Aufspürzauber und ein Zeichen dafür, dass er sie beobachtete.

Etwas, um Tariel zu nerven.

Asher materialisierte sich, so schnell es ihm möglich war, in der Nähe von Milas Energiesignatur, folgte ihrer Spur und ignorierte den Aufschrei der älteren Dame, neben der er gelandet war. Hastig, aber zielgerichtet sah er sich um. Prag, Rathausplatz.

Er entdeckte Tariel, Ezechiel und Micael sofort und erkannte, dass sie mit finsteren Mienen auf ihn zurannten. Oder auf Mila, denn als er sich umdrehte, fand er sie.

Diese Energie. Sie kam ihm irgendwie bekannt vor.

Auch wenn er sie nicht zuordnen konnte, war eines klar: Sie war mächtig. So sehr, dass sie selbst Asher einen Moment lang eine Gänsehaut bescherte, was er niemals zugeben würde. Was er allerdings zugab, war, Respekt vor dieser Art von Macht zu haben. Alles andere wäre töricht.

Die Szenerie, die sich ihm bot, war einzigartig. Mila verharrte in einer Art separater Sphäre, einem Riss in Raum und Zeit, nur wenige Meter breit und lang. Sie war darin gefangen, bewegte sich schneller, als es in der menschlichen Welt normal war. Mehr konnte Asher bislang nicht ausmachen – mit Ausnahme der Gruppe von Menschen, die ebenso darin gefangen zu sein schien wie sie.

Eine Vermutung, mehr war es nicht, denn seine Sicht war getrübt.

Asher hatte keine Zeit, weiter nachzudenken, das musste er später tun. Seine Muskeln spannten sich an, er ließ all seine Energie durch seinen Körper fließen, verstärkte sie – weiter und weiter – und durchschritt die unsichtbare Grenze der Sphäre, drang zu Mila durch. Es war ein Ziehen und Reißen, ein Druck, dem er kaum standhalten konnte, aber das Mädchen würde das noch viel weniger schaffen. Sie musste hier raus. Sofort! Um ihretwillen – und des Gleichgewichts willen.

Er ließ Rauch und Dunkelheit frei, seine ureigene Existenz, schaffte einen Schild daraus und spürte, wie die Magie aus ihm herausfloss.

Nein, sie wurde ihm sogar bewusst entzogen.

Roch es hier nach Erde und Moos? Mitten in Prag? Asher schob den Gedanken beiseite, bis …

Da war eine Stimme, doch Asher sah nichts. Nur Mila, gefangen in sich selbst, fast wie in Trance. Schwärze bildete sich um sie, zog ihre Arme hinauf. Asher konnte die Kälte wahrnehmen, die sie mit sich brachte. Faszination und Sorge vermischten sich in ihm, deshalb presste er die Zähne zusammen und konzentrierte sich wieder auf seinen Schild, um Mila hier rauszuholen. Er sammelte seine Kräfte, ließ mit einem Schlag seine Energie frei und erzeugte eine Druckwelle.

Magie gegen Magie, auch wenn die seine keine richtige Chance hatte. Allerdings benötigte er nichts weiter als ein Schlupfloch.

Endlich erreichte Asher Mila und streckte seine Hände nach ihr aus, gerade in dem Moment, als sie ohnmächtig wurde. Sie fiel in seine Arme und er teleportierte sich mit ihr fort, ins Reich der Dunkelheit.

Bereits wenige Sekunden später landete Asher mit einem dumpfen Geräusch in seinem Zimmer.

Was war da gerade passiert?

Mila lag still in seinen Armen, blass und reglos. Ihre helle Haut leuchtete an diesem Ort nahezu, hier zwischen all den Schatten. Die schwarze Färbung darauf war verschwunden.

Im Dunkeln und vollkommen erschöpft setzte Asher einen Schritt vor den anderen bis zu seinem Bett, wo er Mila vorsichtig ablegte. Er breitete eine Decke über ihr aus und gestand es sich erst danach zu, einen Moment zur Ruhe zu kommen und tief durchzuatmen. Dann schickte er mit einer flüssigen Bewegung aus dem Handgelenk etwas Energie in Richtung Kamin, um das Feuer darin zu neuem Leben zu erwecken. Licht und Wärme eroberten nach und nach seine Gemächer.

Und er stand nur da, beobachtete das Mädchen, das allein in einer nicht konstanten Sphäre gestanden hatte, geschaffen von etwas mit einer Macht jenseits alles Ewigen – und noch lebte.

18

Mila

Wenn man nicht mehr zwischen Traum und Realität unterscheiden kann, dann stellt man sich unwillkürlich die Frage, was wirklich geschehen ist. Ist der Traum real oder ist die Realität ein Traum?

Mit diesem Gefühl erwachte Mila und das Erste, was sie wahrnahm, war die wohlige Wärme, die sie umgab wie ein guter, alter Freund, und der Geruch nach verbranntem Holz, den sie so sehr mochte.

Ein Sinn nach dem anderen schaltete sich ein, und bevor Mila schließlich die Augen öffnete, hörte sie brummende Geräusche. Gerade glaubte sie, ein Schnarchen zu hören. Sie rührte sich kaum und nur sehr vorsichtig, zuerst die Hände und Arme, die ein wenig steif waren, danach ihre Füße und Beine.

Mila blickte an eine schwarze Decke, die einem dunklen Loch glich. Nein, einem eigenen Universum. Wunderschön, irgendwie faszinierend. Da wusste sie, dass sie noch nicht ganz wach war. Dass sie es nicht sein konnte. Denn keine Decke dieser Welt bewegte sich und war wie ein Fenster hinaus in die Unendlichkeit.

Je mehr sie den Schlaf abschüttelte, umso mehr drangen Erinnerungen vor ihr inneres Auge, die ihr Herz erneut schneller schlagen ließen.

Was ist da mit mir passiert? Sie konnte keine Antwort auf diese Frage finden, aber sehr wohl auf ihre nächste: *Was habe ich gesehen?*

Für einen kurzen Moment schloss sie wieder die Augen und war bemüht, ruhig zu bleiben und einen kühlen Kopf zu bewahren.

Bis sich eine weitere Frage in ihren Gedanken formte: *Wo bin ich?*

Mit zusammengepressten Lippen und immer stärker werdender Unsicherheit wollte Mila sich aufsetzen und dem zugegebenermaßen sehr bequemen und weichen Bett entfliehen. Da drang das Schnarchen und Grummeln erneut an ihr Ohr, dieses Mal lauter. Irgendetwas war da. Etwas an ihrer rechten Seite und halb auf ihrem Bauch. Es war nicht sonderlich schwer.

Mila traute sich nicht, sofort nachzusehen. Sie zählte zuerst langsam bis drei und atmete gezielt ein und aus, bevor sie den Kopf anhob. Als ihr Blick den Ursprung des Gewichts fand, zuckte sie zusammen und unterdrückte einen Schrei. Gleich darauf hätte sie fast laut aufgelacht. Vor allem vor Erleichterung. In einer Mischung aus Faszination und Verwunderung beobachtete sie, wie zwei Tiere auf und neben ihr lagen – schwarz, warm und flauschig. Sie wusste nicht genau, ob es Hunde waren oder dicke Katzen.

Brummend schliefen sie neben Mila und gaben ihr ein Gefühl von Geborgenheit. Verrückt, was kleine Dinge ausmachten und veränderten. Vielleicht hätte sie sonst Angst, vielleicht würde sie sonst anders fühlen. Mila liebte Tiere, aber aufgrund der Allergie ihrer Mutter war ihr stets ein Haustier verwehrt geblieben.

Sie verlagerte ihr Gewicht ein wenig, sodass sie die beiden weiter beobachten konnte. Das Knäuel auf ihrem Bauch ließ mit jedem seiner Atemzüge die Sabberblase an seiner winzigen Schnauze größer werden. Ein breites Lächeln stahl sich bei diesem Anblick auf ihr Gesicht.

Dann verschärfte sich ihre Sicht, ihr Fokus legte sich auf die Dinge jenseits der Samtbettwäsche, weg von den beiden Fellnasen. Wo war sie hier?

Sie machte den Ursprung der Wärme aus, das Feuer und das Holz, das sie bereits gerochen hatte, bevor sie ganz wach gewesen war. Es würde bald ausgehen, die Flammen brannten nur schwach, erhellten den Raum jedoch, soweit es ihnen möglich war.

Leise, aber heftig atmete sie ein, als sie jemanden vor dem

Kamin ausmachte. In einem Sessel sitzend, die Beine leicht ausgetreckt, die Arme lässig auf den Lehnen liegend, den Kopf angelehnt. Seine Augen waren geschlossen.

Ein Anzug. Eine bestimmte Ausstrahlung. Besonders, markant. Er wirkte gelassen und zugleich unter Strom, elegant und dennoch verrucht. Obwohl er schlief, nahm er mit seiner Präsenz den ganzen Raum für sich ein.

Mila schluckte schwer, denn sie erkannte ihn sofort wieder.

Asher.

Tariels Freund. Der Mann, dem sie bisher zweimal begegnet war. Der, den sie nicht einordnen konnte.

War dies sein Zimmer, sein Zuhause? Wie kam sie hierher? Und wo genau war dieses *Hier*? Welche Verbindung gab es zwischen dem, was Mila widerfahren war, was sie glaubte gesehen und gefühlt zu haben, und dem Mann, der einige Meter weiter friedlich in diesem Sessel schlief?

Einige Sekunden musste sie die Augen schließen und die aufkeimende Panik unterdrücken, um klar denken zu können.

Alles wird gut. Es gibt für alles eine Erklärung. Vielleicht war es ein Traum und ich bin ohnmächtig geworden. Oder … oder …

Verflucht! Mila fiel keinerlei plausible Erklärung ein.

Vorsichtig schob sie die Decke samt der Fellknäuel von sich, die sich dadurch nur noch mehr zusammenrollten und leise seufzten. Danach stieg sie aus dem Bett. Sie trug noch die gleichen Sachen, aber sie stellte fest, dass ihr jemand die Schuhe ausgezogen hatte.

Auf Zehenspitzen schlich sie zu Asher. Sie wollte ihn nicht wecken, dabei hatte sie so viele Fragen. Doch sie fürchtete sich vor den Antworten. Also stand sie nur da, vor diesem Fremden, und musterte ihn.

Aus jeder seiner Poren strömte Selbstsicherheit und dieses gewisse Etwas, diese Form der Arroganz, die vermutlich keine war und die Mila bereits bei ihrem ersten Treffen bemerkt hatte. Er war so vieles auf einmal, dass es keinen Sinn ergab. Sein Hemd war leicht aufgeknöpft, seine Krawatte hing locker um seinen Hals und Mila fragte sich, wie man selbst im Schlaf so wachsam aussehen konnte. Seine Wangenknochen stachen ein wenig hervor, die Schatten des Feuers verliehen ihm markante Züge. Die Haare standen leicht ab, und als Mila ihn Zentimeter um Zentimeter weiter musterte, überkam sie eine Gänsehaut. Sein Hals, seine Schultern, seine …

»Du bist wach.«

Beim plötzlichen Klang seiner rauen, tiefen Stimme zuckte Mila zusammen. Ihr Blick huschte zu Ashers Gesicht zurück.

Sie entgegnete nichts. Sie wartete ab.

Noch hielt er die Augen geschlossen, sah aus wie zuvor. Mila wurde bewusst, dass er schon wach gewesen sein musste, als sie ihn eben unverhohlen gemustert hatte.

Bewegungslos verharrte sie an ihrem Platz, während Asher sich aufrecht hinsetzte und endlich die Augen aufschlug. Unsicherheit machte sich mehr und mehr in ihr breit, doch sie widerstand dem Drang zurückzuweichen.

Asher fuhr mit einer Hand locker durch sein Haar, räusperte sich und legte den Kopf schief wie ein Panther, der seine Beute fixierte und überlegte, ob er zuerst mit ihr spielen oder sie direkt fressen sollte.

Aus Reflex straffte Mila ihre Schultern, ahmte seine Bewegung nach, dabei wäre sie am liebsten davongelaufen.

Auf Ashers Gesicht breitete sich unerwartet ein Grinsen aus, und als er seine Hand hob, beobachtete Mila ihn genau. Er schnipste und neben ihr stoben die Flammen im Kamin nach oben, sodass sie vor Schreck zusammenfuhr. Sie sah vom Feuer zu Asher zurück und konnte ihren Fluchtinstinkt kaum unterdrücken.

Ist das gerade wirklich passiert? Nein, nein, das war … Zufall. Genau.

»Spar deine Kräfte, Liebste«, wisperte er und Mila wusste, er wollte sie provozieren, indem er erneut diesen Spitznamen verwendete. »Die Türen sind verriegelt.«

Geschmeidig erhob er sich aus dem Sessel, richtete sein Hemd, zog die Krawatte ab und legte sie lässig über die Sessellehne. Danach fuhr er sich ein-, zweimal über seinen Nacken.

»Außerdem«, fuhr er fort, »ist dies momentan womöglich der sicherste Ort, an dem du sein könntest.«

»Wer bist du?«

»Es enttäuscht mich, muss ich gestehen, dass du mich so schnell vergessen hast. Genau genommen binnen weniger Stunden.«

Er vergrub seine Hände in den Hosentaschen, blieb aber, wo er war, und bedrängte Mila nicht, die sich aufgrund seiner Aussage ein Augenrollen verkneifen musste.

»Asher. Ich weiß. Und du weißt auch genau, was ich gemeint habe.«

»Bitte, setz dich.«

Statt auf sie einzugehen, deutete er auf einen zweiten Sessel, von dem sie sich fragte, ob er eben schon dort gestanden hatte. Zögerlich trat sie vor und glitt hinein. Asher tat es ihr gleich. Als hätte er sich nur zu ihrer Begrüßung erhoben.

»An was erinnerst du dich?«

An zu viel, dachte Mila und wich seinem Blick aus, starrte stattdessen auf die beiden Tiere auf dem Bett rechts von ihr. »Sind das Hunde?«

»So etwas in der Art. Tut mir sehr leid.«

Irritiert richtete Mila ihre Aufmerksamkeit wieder auf Asher, der auf ihre Bluse deutete. Sie sah hinab, doch da war nichts. Dann fuhr sie mit der Hand darüber – sie war nass.

»Sie haben wirklich ein grauenhaftes Sabberproblem.«

Mila verkniff sich ein Lachen, denn irgendwie erschien es ihr unpassend. Deshalb setzte sie eine ernste Miene auf und nickte. Wenn nur ihre Lippen nicht so verräterisch zucken würden.

»Also, was ist passiert?«

Wenn Mila diese Frage beantwortete, gäbe es kein Zurück mehr. Keine Ahnung, wovon, aber sie wusste, es wäre ein Schritt, den sie nicht rückgängig machen könnte. Und sie spürte, Asher würde nicht lockerlassen. Wieso sollte sie ihm alles verraten? Wie erklärte sie, was sie selbst nicht verstand? Wie erklärte sie etwas so Verrücktes? Und wo sollte sie beginnen? Schließlich gab es da noch ihren Fluch.

»Mila?«

Es war die Art, wie er ihren Namen sagte, und die Tatsache, dass er ihn wirklich aussprach, die Mila dazu bewegten, es einfach zu versuchen. Aber zuerst musste sie selbst ein paar Dinge erfahren.

»Ich weiß nicht, wo ich anfangen soll. Und ich weiß nicht, warum du hier bist oder ich, wo wir sind und warum ich dir vertrauen sollte.«

Ein Bein über das andere schlagend, schwieg Asher und dachte nach. Mila wurde unruhig, zwang sich, nicht nervös in dem Sessel hin und her zu rutschen oder Asher aus den Augen zu lassen. Oder weiterzureden.

»Es scheint, als wären wir da zu zweit. Denn auch ich weiß nicht recht, wo ich beginnen soll.«

Mila konnte deutlich erkennen, wie sein Kiefer mahlte und sich seine Gesichtszüge anspannten, obwohl der Rest seines Körpers so viel Gelassenheit ausstrahlte.

»Dies sind meine Gemächer und ich habe dich hergebracht, damit dir nichts passiert. Und natürlich, weil ich neugierig bin.«

Gemächer. Wer benutzte dieses Wort heute noch?

»Du fragst dich jetzt, was dir hätte widerfahren können.«

»Eigentlich habe ich mich gefragt, warum du möchtest, dass ich in Sicherheit bin«, entgegnete Mila und für einen kurzen Augenblick glaubte sie, dass die Temperatur des Zimmers kühler wurde.

»Du kannst mir noch nicht vertrauen, das stimmt. Vertrauen muss man sich erst verdienen. Aber ich bin kein Lügner.«

Mila glaubte ihm – und sie fluchte innerlich, weil es so war. Weil sie hier saß und nicht weggerannt war, um Prag sofort zu verlassen. Weil sie selbst zu wissbegierig und neugierig war. Sie verstand langsam, warum ihre Mutter dies nicht immer als eine Tugend gesehen hatte.

»Ich habe auf jemanden gewartet«, begann sie. »Da brach der Mann, mit dem ich mich treffen wollte, plötzlich zusammen.« Mila hielt inne, schluckte schwer und sah Viktors farbloses Gesicht vor sich. Konnte sie es aussprechen? Was hatte sie zu verlieren?

»Er war ein Grauer.«

Asher lehnte sich zurück. »Ein Grauer?«

Eine einfache Frage, ohne Belustigung oder Wertung.

»Ja. So nenne ich sie. Manche Menschen sind grau, sie haben keine Farbe. Sie wirken, als wären sie aus einem schwarz-weißen Foto ausgebrochen.« Mila atmete tief ein und aus. »Ich habe schnell gelernt, welchen Unterschied es zwischen ihnen und den anderen Menschen gibt«, flüsterte sie.

Asher beobachtete Mila fasziniert, unterbrach sie jedoch nicht.

»Diejenigen, die grau sind, werden bald sterben. Sie … es gibt keinen Weg zurück. Zumindest denke ich das. Bisher war es immer so. Manchmal dauert es Tage, manchmal Wochen oder Monate. Aber ihr Tod steht fest. Sobald sie grau sind, findet ihre Farbe nie mehr zurück. Ich habe es schon zu oft beobachtet.«

Die Stille, die danach entstand, war so laut, dass Mila sich die Ohren zuhalten wollte. Stattdessen krallte sie ihre Finger in den Stoff ihrer Jeans.

»Ich hole uns einen Drink«, war alles, was Asher dazu sagte, und das erleichterte Mila fürs Erste.

Er lachte sie nicht aus, schrie oder schimpfte. Ein Drink gehörte eindeutig auf die Liste der positiven Reaktionen. Und während er zu einem der Schränke an der Wand ging, stand Mila auf, nur um sich kurz darauf auf der Kante des Bettes wieder niederzulassen. Sie kraulte einen der beiden winzigen Hunde, der daraufhin kräftig gähnte und sich streckte. Er kroch über die Bettwäsche zu Mila und kuschelte sich an sie. Ihre Finger fuhren durch das Fell. Es war dicht, gleichzeitig weich und zart und mit nichts ihr Bekanntem vergleichbar. *So knubbelige Beine,* dachte sie bei sich, *und so riesige Augen.*

Als der Zweite das mitbekam, torkelte er hinterher und machte es sich direkt auf Milas Schoß gemütlich, wo er sich einrollte. Wärme breitete sich in ihr aus, es war ein schönes Gefühl. Vielleicht Geborgenheit mit einer Prise Sicherheit.

Sie streichelte beide und einen Moment dachte sie … aber nein, das war nicht möglich. Den Rauch musste sie sich eingebildet haben. In dem nur spärlich beleuchteten Raum war das durchaus möglich. Nach kurzem Blinzeln besah sie die beiden trotzdem genau, doch es war nichts zu sehen.

Mila war erschöpft, daran musste es liegen.

Dann hielt Asher ihr ein Glas Wein hin, und obwohl Milas Mund trocken war, zögerte sie. Alkohol war nie ihre erste Wahl gewesen, sie hatte nie Gefallen daran gefunden.

»Ich bringe dir ein Wasser«, hörte sie Asher sagen, als hätte er ihre Gedanken erraten.

Einen Augenblick später reichte er es ihr bereits und sie nickte dankend, bevor sie einen großen Schluck trank. Es tat gut, sie war durstiger, als sie vermutet hatte.

»Sie mögen dich.« Asher lehnte sich gegen den Sessel und trank selbst ein Glas Wein.

»Du meinst deine Hunde? Ist das ungewöhnlich?«

In Milas Ohren klang es nach mehr als das. So, als wäre es schlicht unmöglich.

»Oh ja«, hauchte er gedehnt. »Das da« – er zeigte auf das Knäuel auf ihrem Schoß – »ist Pan. Das andere ist Mim.«

»Das sind schöne Namen.«

»Finde ich auch.« Er ließ den Wein in seinem Glas kreisen. »Und nun zurück zu dem, was geschehen ist. Du siehst die Menschen in Farbe und in Grau? Richtig?«

»Ja«, bestätigte sie. »Schon seit ich denken kann.«

»Und du glaubst, es bedeutet, dass sie sterben müssen?«

»Ich bin mir sehr sicher. Nein.« Sie schüttelte den Kopf. »Ich weiß es! Früher oder später war es immer so. Es ist, als würde nichts mehr daran vorbeiführen.«

»Interessant.«

»Beängstigend wohl eher.«

Das war es für Mila schon immer gewesen und sie war bemüht, es geheim zu halten. Sich nicht zu oft zu sehr dafür zu schämen, dass sie anders war. Nicht, dass sie seit ihrer Kindheit mit vielen darüber gesprochen hätte. Niemand hatte ihr geglaubt und niemand war nach der Offenbarung ihres Geheimnisses bei ihr geblieben. Dieser Fluch verdammte Mila zu einem einsamen Leben, das sie nicht wollte. Ja, es war beängstigend.

»Das heißt, du glaubst mir? Warum?« *Wieso macht es dir keine Angst?*, fügte Mila in Gedanken hinzu.

»Zu dieser Frage kommen wir später. Versprochen. Du hast also einen Grauen gesehen und bist stehen geblieben. Was ist danach passiert?«

Einige Wimpernschläge lang maßen sie sich mit Blicken. Das Knacken des Holzes im Kamin war deutlich zu hören. Sie war stur, wollte, dass er zuerst ihre Fragen beantwortete, aber Asher bewies eindeutig mehr Geduld.

Mila gab nach. Sie stellte das leere Glas Wasser auf dem Boden ab und achtete darauf, dass Mim und Pan nicht herunterrutschten. Ihr Trotz war groß, doch der Wunsch, über ihren Fluch zu reden, vielleicht endlich zu erfahren, was es damit auf sich hatte, war weitaus größer. Endlich Antworten zu erhalten, egal wie schlimm sie waren. Ja, mittlerweile war es ihr egal,

Hauptsache, sie bekam sie. Diese Chance hier war womöglich eine der wenigen, die sie hatte, und auf keinen Fall würde sie sie verspielen. Es war zu wichtig.

Leise seufzend blickte sie zu Asher, dann fing sie an weiterzuerzählen und strich dabei unaufhörlich über Pans und Mims Fell.

»Es war anders als sonst. Es war …« Sie rang nach Worten. Nach solchen, die Sinn ergaben und dem gerecht wurden, was sie beschreiben wollte. »Mächtiger. Spürbarer.« Mila schloss die Augen, um sich besser konzentrieren zu können. Sie begann erneut, alles sprudelte aus ihr heraus – jedes Bild, jedes Gefühl. »Die Zeit verging anders, still und schnell zugleich. Es war, als würde sich in mir drin etwas bewegen. Ich sah Risse, goldene Flüsse – und ja, ich bin mir bewusst, wie das klingt. Dann hörte ich plötzlich in all dem Chaos und in all der Ruhe meinen Namen. Und ich wusste, dass ich Angst haben sollte – aber sie kam nicht. Nicht sofort.«

Mila öffnete ihre Augen, sah Asher direkt an, der jedoch keinerlei Regung zeigte. Sie hielt seinen Blick gefangen.

»Ich sah Schwärze, Rauch, sah verschwommene Ebenen und Welten.« Mila rann eine Träne die Wange hinab. »Ich habe den Tod gesehen.«

19

Tariel

Wenn die Ewigen um sie herum wüssten, was sie gerade erfahren hatten …

Tariel stand mit Micael und Ezechiel in der Zentrale, sie waren gerade angekommen. Eigentlich waren sie nur Ezechiel gefolgt, der gleich hierhergestürmt war.

»Zech, um des Lichtes willen, beruhige dich!«

Er war ziemlich blass und Micael tat sein Bestes, um ihn zu beruhigen. Auf seine Art natürlich. Eben hatte er ihn vor allen geohrfeigt.

»Mich beruhigen? Hast du sie noch alle?«

»Sei still, du Idiot, nur wegen dir sind wir hier.«

»Ja, weil es richtig ist. Wir müssen zum Rat.«

»Einen Scheiß müssen wir!«

Während die beiden heiß diskutierten und sich beschimpften, ließ Tariel das Geschehene ein weiteres Mal Revue passieren. Er konnte es nicht glauben.

Die Ewigen, die an ihnen vorbeischritten, musterten sie mittlerweile unverhohlen, starrten und gafften. Tariel konnte es ihnen nicht verdenken, denn sie sahen in ihrer bunten Kleidung aus wie Menschen und diskutierten hier wie Kinder.

Das Knacken der Lautsprecher ertönte und Tariel ahnte, was nun folgen würde. Es verwunderte ihn nicht.

»Sie verstoßen gegen die gewünschte Kleiderordnung. Ihre Erscheinungsbilder sind nicht angemessen. Bitte holen Sie sich Ihre Mahnschreiben in Gebäude V ab«, näselte die Stimme, die es natürlich nicht unterließ, sie beim Namen zu nennen, obwohl jeder genau wusste, wer gemeint war. Tariel ärgerte sich. Micael hingegen zeigte der Anlage wütend beide Mittelfinger.

»Diese obszöne Geste bringt Ihnen ein weiteres Mahnschreiben ein …«

Bevor Micael auf den Gedanken kam, die Lautsprecher und Kameras aus Frust zu zerstören, schnappte sich Tariel seine beiden Freunde und zog sie in einen der Gänge hinter der Haupthalle. Weniger Augen, weniger Ohren.

»Es reicht!«, zischte Tariel.

»Wir. Müssen. Zum. Rat!«, wiederholte Ezechiel eindringlich. »So etwas haben wir noch nie zuvor erlebt. Oder? Ich meine: Was war das?«

»Wir sollten erst mal in Ruhe darüber nachdenken und reden und …«

»Nein«, unterbrach Tariel Micael. »Er hat recht. Ich gehe zum Rat. Allein. Wir treffen uns bei mir zu Hause.«

Tariel hatte nicht gedacht, dass er so schnell wieder seine Hände auf die Türen des Ratszimmers legen würde. Er schüttelte das ekelerregende und schmerzhafte Gefühl ab, als er eintrat. Dieses Mal fand er nur Artas vor – zu seinem Glück, denn heute hatte er weitaus weniger die Muße, sich von Raquel verspotten zu lassen. Es würde auch so schlimm genug werden, alles zu berichten.

Tariels Turnschuhe, die er hasste, machten keinerlei Geräusche auf dem Boden, als er sich Artas näherte. Wenn das hier vorbei war, fand er bestimmt den Nerv dazu, seine Kleidung zu verändern. Gerade hatte er andere Sorgen. Artas saß nicht auf seinem Sessel, sondern stand auf der gegenüberliegenden Seite des Zimmers mit auf dem Rücken verschränkten Händen vor einem der Regale.

»Tariel, ein so baldiger erneuter Besuch? Ich bin erstaunt.«

Seine klare Stimme hallte von den Wänden wider und Tariel unterdrückte ein Schaudern, als Artas sich zu ihm umdrehte und auf ihn zukam.

»Ja, die Umstände lassen es leider nicht anders zu.«

Artas deutete nun auf die Sessel, beide ließen sich nieder. Dass er dabei nichts sagte, war nur eine stille Aufforderung fortzufahren. Tariel wusste nicht recht, wie er sitzen, wie er sich verhalten und was er sagen sollte. Ein Umstand, der ihm neu war. Immerzu klangen Ezechiels Worte in seinem Kopf: *»Falls an dieser Sache etwas dran sein sollte, muss ich dir nicht erklären, was passiert, wenn man Fehler, die sich ins System und somit in dieses Universum eingefügt haben und keinerlei Probleme machen, anstößt. Sie fallen um wie Dominosteine und reißen alles mit sich, was um sie herum ist. Es wäre also möglich, dass du derjenige bist, der den Fehler findet, ihn aber dadurch auslöst.«*

Oh ja, das hatte er.

»Ich habe die Anomalie gefunden.«

»Hast du das?«

In Artas' Gesicht fand sich keine Regung und es kostete Tariel Kraft, den Blick nicht abzuwenden, weil er das hier so sehr hasste. Weil er es hasste, selbst Fehler zu machen. Artas vollführte eine kreisende Bewegung mit seiner Hand und sofort erschien ein Glas Wasser darin, aus dem er einen Schluck trank, bevor er es auf den Tisch stellte.

»Erzähl weiter.«

»Es ist ein Menschenmädchen namens Mila, Aufenthaltsort … Prag.«

»Bist du sicher?«

Ihm war Tariels Zögern nicht entgangen.

»Es *war* Prag. Bevor … Gerade ist der Aufenthaltsort unbekannt«, gab Tariel zu.

»Du hast einen direkten Befehl missachtet und weiter nach dem Fehler gesucht?«

»Nein. Es war ein ungünstiges Zusammenspiel der Ereignisse.« Das war nicht einmal ganz gelogen.

»So nennst du das?«

Tariel riss sich zusammen und begann, Artas alles zu berichten. Von der Sache im Park bis hin zu dem Vorfall, der sich erst vor wenigen Momenten ereignet hatte.

»Ihr habt euch eingemischt. Aller Wahrscheinlichkeit nach wurde die Anomalie durch eure Anwesenheit aktiviert und ist jetzt kein bloßer Fehler mehr, sondern ein Problem. Beseitigt es.«

»Wir wissen nicht, was passiert ist und welche Kräfte sie hat. Ob nicht noch etwas oder jemand anderes eine Rolle dabei spielte. Wir wissen zu wenig.«

Mit Nachdruck hatte Tariel die Worte ausgesprochen und er glaubte daran. Langsam und gezielt beugte sich Artas vor, seine Stimme war wie Eis.

»Das macht keinen Unterschied. Sie ist nun ein aktiver Störfaktor, der beseitigt werden muss. Ein Geschwür, das wir nicht kontrollieren können. Sie hatte bisher die Fäden in der Hand, ohne sie zu bewegen. Nun nutzt sie diese und zerrt daran. Sie kann das Gleichgewicht zerstören. Du hast einen Auftrag erhalten.« Er lehnte sich wieder zurück. »Gib Bescheid, wenn er erfüllt worden ist.«

Es war klar, was Artas von ihm verlangte, und er wollte sich dem entziehen. Er wollte widersprechen. Aber Tariel war ein Feigling. Er tat es nicht. Vielleicht auch, weil er tief in sich drin daran glaubte, dass es richtig war und gemacht werden musste. Weil diese Konsequenz weniger grausam war als die, die ihnen drohte, wenn er diesen Befehl verweigerte.

Der Wunsch, Micael und Ezechiel nicht zu sich nach Hause bestellt zu haben, wurde übermächtig, als er das Portal zu seinem Heim durchquerte. Tariel fühlte sich nicht gut, ihm war schlecht. Am schlimmsten waren die Wut und auch die Ratlosigkeit, die sich in ihm ausbreiteten. Er war wütend auf sich selbst, weil er Mila nicht früher in Ruhe gelassen hatte.

»Scheiße«, fluchte er leise, bevor er seine Tür öffnete.

»Und?«, fragte Ezechiel sofort und eilte zu ihm, während Micael mit verschränkten Armen auf der Couch saß und ihn nur streng musterte. »Löst der Rat das Problem?«

»So in der Art«, antwortete Tariel ihm, was Micael die Augen zusammenkneifen ließ.

»*So in der Art?* Ja oder nein, was nun?«

Man merkte, wie sehr das Ganze Ezechiel beschäftigte, wie große Sorgen er sich machte. Erst jetzt nahm Tariel den Zucker, das Mehl und den Teig wahr. Ezechiel war damit bedeckt. Genauso wie seine Küche.

»Er backt, Ty. Er backt!«, beantwortete Micael seine unausgesprochene Frage. »Das letzte Mal, als er gebacken hat, war kurz nach der Sache mit Asher. Du erinnerst dich?«

Tariel fuhr sich seufzend übers Gesicht, bevor er Ezechiel erneut musterte, der nun halb beschämt und halb schmollend vor ihm stand.

»Ich backe gerne. Dabei entspanne ich mich. So etwas nennt sich Stressabbau.«

»So was nennt man *Überreaktion*. Bei dir gleicht es zusätzlich einem leichten Schub von Wahnsinn.«

Ezechiel ignorierte Micael und ging zur Arbeitsplatte. Die Küche war vollkommen verdreckt.

»Wo hat er das ganze Zeug her? Ich hatte nichts hier.«

»Hat er extra besorgt.«

Tariel schritt auf Micael zu. »Hast du irgendwann in der Zeit, in der ich weg war, versucht, ihn davon abzuhalten?«

»Komm mir nicht so! Wegen dir haben wir die Scheiße hier überhaupt!«, zischte Micael. »Also, was hat der Rat gesagt?«

»Artas. Es war nur Artas da und ...«

Ezechiel drehte sich um und hörte zu. Micael blickte Tariel erwartungsvoll an.

»Der Auftrag lautet, Mila zu finden.«

»Also tut der Rat nichts.«

»Nein. Aber ich. Es wird alles gut.«

In diesem Moment stand Micael auf, ging zu Ezechiel und redete ihm gut zu. »Du hast Tariel gehört. Alles wird gut. Du solltest heimgehen und dein Backzeug mitnehmen. Ruh dich aus.«

Er bot ihm einen Ausweg. Weil er wusste, wie sensibel Ezechiel war und wie sehr er Mila ins Herz geschlossen hatte. Und weil Micael schon immer gut darin gewesen war, zwischen den Zeilen zu lesen. Ezechiel zögerte, doch schließlich tat er es.

»Wenn ihr mich braucht, lasst es mich wissen.«

»Versprochen«, erwiderte Micael.

Kurz darauf zeugte nur noch die chaotische und verdreckte Küche davon, dass er einmal hier gewesen war.

»Du hast also einen neuen Auftrag.«

»Genau.«

»Mila zu suchen.«

»So will es Artas. Mila ist der Fehler und aktiv. Asher hat sie in seiner Gewalt. Deshalb müssen wir sie finden und dem Rat Bericht erstatten.«

»Das war's?«

Micael trat argwöhnisch auf Tariel zu und dieser tat etwas, das gegen jede einzelne seiner Prinzipien verstieß: Er belog seinen ältesten Freund.

»Ja.«

Es war deutlich spürbar, dass Micael noch überlegte, ob er ihm glauben oder doch ein weiteres Mal nachhaken sollte. Aber er beließ es dabei.

»Gut. Was tun wir jetzt? Wir können ja schlecht in Ashers Wohnzimmer spazieren und Hallo sagen. Abgesehen davon, dass wir keine Ahnung haben, wo das ist. Wie willst du sie ausfindig machen?«

»Durch einen Zauber.«

»Wieso habe ich keine Lust darauf? Ach ja, weil andauernd etwas schiefgeht, wenn wir damit anfangen.«

»Du weißt, wie sehr ich Sarkasmus verabscheue.«

»Ich hab keine Ahnung, warum wir zwei befreundet sind«, sagte Micael scherzhaft, dennoch mit einem ernsten Unterton.

Tariel ging nicht darauf ein, er dachte nur an Mila, an das, was er verursacht hatte, und an seinen Auftrag. An seine Lüge.

Mit einem beklemmenden Gefühl in der Magengegend schritt er durch das Wohnzimmer zu einem seiner langen großen Schränke und hob die rechte Hand. Er ließ sie direkt davor in einer flüssigen Bewegung in einem Bogen von links nach rechts gleiten. Die Luft begann zu flimmern, Tariels Energie wurde sichtbar und die Regale teilten sich. Eine Tür erschien und schwang von selbst nach innen auf.

»Komm mit, wir sollten uns beeilen.«

Micael war noch nie ein Freund von Zauberei gewesen. Seine eigene Magie einzusetzen war etwas anderes, schließlich war sie ein Teil seiner selbst. Für Zauber benötigte man mehr als das, was bereits gegeben war, und das ließ seine Skepsis jedes Mal aufs Neue wachsen. Vor allem, weil sie zu selten mit Zaubern hantierten und zu oft etwas nicht richtig funktionierte. Oder sie einen Tribut forderten. Und weil es Zauber gab, von denen man die Finger lassen sollte.

Der Raum war nicht sonderlich groß, dafür aber gut bestückt. Sobald Tariel mit Micael eingetreten war, gingen die verschiedenen kleinen Leuchten an den Wänden an. Die Tür schloss sich hinter ihnen. Staub hatte sich wie ein Mantel über den antiken Tisch und die vielen deckenhohen Regale an den Wänden gelegt. Die Luft roch abgestanden und gleichzeitig nahm man die Mischung der unterschiedlichen Kräuter wahr, die hier gelagert wurden. Die Bretter waren befüllt mit kleinen und großen Dosen und Gläsern, die wiederum bekannte oder gar sehr seltene Inhaltsstoffe verwahrten. Giftige, gefährliche.

»Ich hoffe, du weißt, was du tust.«

»Es wird ein einfacher Suchzauber. Du kennst ihn bestimmt.«

»Ich kenne ein paar«, gestand Micael.

»Späher«, sagte Tariel schlicht und Micael nickte.

Auskundschafter. Spitzel. Man konnte sie nennen, wie man wollte.

Dann suchte Tariel zwischen all den losen vergilbten Buchseiten im Regal und auf dem Tisch nach dem Zauber, den er benötigte. Er hatte ihn erst ein Mal durchgeführt und erinnerte sich an ihn, wollte aber sichergehen, dass nichts schieflief.

»Setz deine Macht ein«, ertönte es von Micael, der mittlerweile mehr als gereizt war.

»Das geht nicht. Ich habe die Zauber geschützt, damit sie nicht einfach aufgerufen werden können.«

Micael lachte trocken auf. »Sehr passend, wenn man es schafft, Ordnung zu halten.«

»Ich benutze dieses Zimmer nie, hör auf, mich zu nerven!«

Tariel zog ein Stück Papier nach dem anderen heraus und legte es wieder weg, teilweise war die Tinte nicht mehr lesbar. Dennoch würde er nie zugeben, dass Micael recht hatte.

Das nächste Blatt musste er auseinanderfalten.

»Das ist es.«

Micael trat näher, stellte sich direkt neben ihn vor den Tisch, während Tariel den Zauber las.

»Ich brauche mehrere unbeschriebene Papiere«, sagte Tariel und Micael prustete los, zumindest so lange, bis er böse angestarrt wurde und entschuldigend die Hände hob. In diesem Zettelchaos welche zu finden, war unmöglich.

Suchend blickte er sich um und entschied sich für die einfachste Variante. Seine Hand knapp über dem Tisch schweben lassend, schloss er die Augen, dachte an Papier, an seine Struktur und seine Eigenschaften. Er fügte Teilchen um Teilchen zusammen, erschuf etwas Neues, bis einige Blätter vor ihm lagen. Dann öffnete er die Augen und nahm seine Macht zurück, bevor er Tariel das Papier zuschob.

»Danke. Außerdem benötigen wir ein Messer oder eine Nadel.«

»Das hier geht auch, oder?«

Micael griff nach einem kleinen Brieföffner. Er zögerte nur einen Moment, als Tariel ihm seinen Finger hinhielt, danach drückte er die Spitze fest in dessen Haut und zog eine Linie, bis unsterbliches Blut heraustropfte. Tariel schrieb mit dem blutigen Finger auf jedes Blatt Milas Namen. Einmal musste der Schnitt erneuert werden, weil die Wunde zu schnell geheilt war.

Als das Blut getrocknet war, begann Tariel, die Seiten zu je einem kleinen Vogel zu falten. Besonders die Flügel knickte er mit viel Sorgfalt und Genauigkeit. Vorsichtig stellte er die Papiervögel auf den Tisch und griff nach der Rolle mit Garn, die auf dem Regal lag. Er trennte ein Stück des Garns ab, legte es um die Papiervögel und nahm beide Enden in die Hand.

»Was fehlt noch?«, fragte Micael und beobachtete die Szenerie gespannt.

»Die Verbindung.«

Das Band hielt er so fest wie möglich, ohne die Papiervögel zu beschädigen. Seine ureigene Kraft erwachte, strömte aus seinen Fingern und übertrug sich auf das Band, das sich langsam golden färbte, genau wie die Blätter. Das Garn leuchtete auf, glühte, und als das Licht am anderen Ende ankam, begannen die Vögel zu erzittern, das Papier raschelte. Die Energie floss weiter, das Band schwebte von allein, erhob sich und schlang sich mit einer schnellen Bewegung fest um Tariels Handgelenk. Wie eine Schlange, die sich festbiss. Das flüssige Gold brannte sich wie Lava in seine Haut ein und er musste die Zähne zusammenbeißen, weil es mehr schmerzte, als er es in Erinnerung gehabt hatte.

Die Papiervögel reckten sich, streckten ihre Flügel aus und bewegten sie behutsam. Dann schlugen sie mit ihnen, immer schneller und schneller, bis sie sich in der Luft halten konnten und vor Tariel flogen. Sie verblassten mit jedem Flügelschlag, bis sie unsichtbar waren, genauso wie das Gold der Schnur, die nun getränkt war von Tariels Blut. So tief hatte sie sich in seine Haut eingebrannt.

»Findet Mila! Folgt ihr und wartet auf mich.«

20

Asher

Jemand wie Asher sollte das Wort *unmöglich* nicht einmal denken. Gerade er sollte es besser wissen. Doch nach Milas geschilderten Erlebnissen kam es ihm beinahe über die Lippen. Er nahm einen Schluck Wein, um das Wort darin zu ertränken.

»Den Tod«, wiederholte er stattdessen ruhig. »Bist du dir sicher?«

»Ja«, erwiderte sie und wischte sich die Tränen von den Wangen. Ihr Blick war voller Trauer und gleichzeitig voller Trotz, voller Leid und … Akzeptanz.

Asher fragte sich, was sie schon alles gesehen hatte und was seither auf ihren Schultern lastete. Ab jetzt würde es sogar noch weitaus schlimmer werden, aber das war ein Thema für einen anderen Zeitpunkt.

Sie war nicht nur irgendein Fehler. Sie war *der* Fehler. Es gab kein Gegenstück für sie, da sie nicht existieren dürfte. Niemand wusste, was sie ausrichten konnte, nur, dass sie die außergewöhnlichste Anomalie war, die seit Jahrhunderten aufgetaucht war. Ein Fehler dieser Größe und von solcher Macht, ohne etwas, das ihm die Waage hielt … Und nun, da ihre Kraft erwacht war …

»Okay«, sagte Asher, mehr zu sich als zu Mila. »Hat der Tod etwas getan? Konntest du ihn klar erkennen?«

Die Falte zwischen Milas Augenbrauen wurde sichtbar. Man konnte ihr so vieles ansehen: wenn sie nachdachte, wenn sie Angst hatte und mutig sein wollte. Es war aufregend, sie zu beobachten.

»Ein Glas«, wisperte Mila zusammenhanglos. »Er … er war bei Viktor – dem Grauen – und seine Konturen waren verschwommen, trotzdem konnte ich ihn sehen. Ganz in Schwarz wie die Dunkelheit selbst. Lange knorrige Finger und eine Kapuze, die sein Gesicht verhüllte.« Sie hielt inne, schluckte und ließ von Mim und Pan ab, rieb sich selbst über die Arme, als wäre ihr plötzlich kalt. »Er hielt ein Glas in der Hand und zog eine Flüssigkeit hinein. Direkt aus dem Grauen. Das … das war alles, was ich erkannt habe, bevor …«

Sie brach ab. Asher konnte es verstehen und weitere Worte waren auch nicht nötig. Er wusste genug. Genug, um sich Sorgen zu machen.

»Eine Seele«, begann Asher leise. »Das ist das, was du im

Glas gesehen hast. Etwas, das niemand sehen sollte, außer der Tod selbst.«

Mila erhob sich ruckartig und schüttelte den Kopf, wobei ihr schönes braunes Haar in Wellen um sie herumtanzte. »Nein, das kann nicht wahr sein. Das muss ein Traum gewesen sein.«

Asher stellte sein Getränk neben dem Sessel ab, bevor er aufstand und zu Mila ging. Knapp vor ihr blieb er stehen, wusste nicht, was er tun oder sagen sollte. Wie sie reagieren würde. Sie war kleiner und zierlicher als erwartet. Zerbrechlicher. Und etwas in Asher hatte das Bedürfnis, sie zu beschützen. Vielleicht, weil er ahnte, was ihr bevorstand. Weil er nicht glaubte, dass sie das verdient hatte. Als Lyah plötzlich vor seinem inneren Auge erschien, biss er die Zähne zusammen und verscheuchte das Bild, so schnell es ging. Sie hatte ihr Schicksal ebenso wenig verdient gehabt.

Dann hob er beruhigend die Hände. »Mila, ich wünschte, das wäre so, aber du weißt, dass das nicht stimmt. Du warst schon lange vorher besonders, nicht wahr? Dies ist Teil deiner Gabe.«

Besser konnte er es nicht beschreiben, andere Worte konnte er nicht finden, trotzdem hoffte er, dass er Mila damit erreichte.

Als sie endlich aufhörte, den Kopf zu schütteln, und ihn stattdessen hob, um ihn anzusehen, wartete er geduldig auf eine weitere Reaktion.

»Dieser Teil hier macht mir sogar weitaus mehr Angst«, gab sie mit rauer Stimme zu und Asher schluckte schwer.

Er kannte Mila nicht. Nicht wirklich. Dennoch begann er

bereits jetzt, sie zu schätzen. Für die Dinge, die sie tat und sagte. Für den Mut, ihre Ängste darzulegen. Denn sie machten verwundbar. Er respektierte sie dafür.

Und aus einem Mittel zur Rache wurde plötzlich mehr.

Ohne darüber nachzudenken, umklammerte er sanft ihre Oberarme und hielt sie fest.

»Ich kann dir deine Angst nicht nehmen. Aber ich werde mein Bestes tun, damit diese Sache schnell ein Ende findet.«

Ein gutes, fügte er stumm hinzu. Mila entspannte sich, er konnte es fühlen und erkannte so etwas wie Dankbarkeit in ihrem Gesicht.

Dankbarkeit, die plötzlich wieder Sorge wich.

»Was passiert mit mir? Warum kann ich diese Dinge sehen? Bitte, sag es mir. Sag mir, wer du bist«, flehte sie. »Was du bist«, setzte sie so leise hinzu, dass Asher es beinahe überhört hätte.

»Du bist sehr aufmerksam. Das wundert mich nicht.«

Asher strich mit seinen Händen über ihre Oberarme, hoch und runter – und hörte sofort auf, als er es bemerkte.

»Du solltest dich lieber wieder setzen.«

Er ließ sie los, seine Finger kribbelten, während Mila einen Schritt von ihm wegtrat und sich erneut auf der Bettkante niederließ.

»Anders als die bekannten Theorien besagen, entstand die Welt weder durch irgendwelche Götter noch durch Zufall. Sie entstand durch die zwingende Notwendigkeit eines Gleichgewichts, das sich als Erstes entwickelte.« Mila hörte aufmerksam zu, deshalb erzählte Asher weiter. »Die Dunkelheit war da, also wurde Licht geschaffen, der Unendlichkeit wurde eine Endlichkeit gegeben, dem Leben der Tod. Daraufhin folgten unzählige Gegensätze, die alle ihren Teil zum Gleichgewicht dieser Welt beitragen. Ihr Menschen seid ein Gegenpart zu anderen Lebewesen.«

Asher hielt inne, überlegte, ob er es ihr wirklich sagen sollte. Einfach so. Ob er lieber warten sollte. Aber nein, sie war bereits ein Teil von zu vielen Sphären, ein zu großer Teil der Ewigkeit, und sie war keine Närrin. Sie musste es erfahren.

»Wir nennen uns Ewige. Wir wurden geformt aus Schatten oder Licht, aus Rauch und Magie – aus der Energie, die durch alles fließt. Wir wurden der Unendlichkeit geraubt und mit Endlichkeit gemischt. Ihr seid unser Gegenpart. Ihr seid die Endlichkeit, der man Unendlichkeit mitgab, die Seele. Wir sind eure Begleiter, euer Spiegel. Wir sind euer Fluch. Denn wenn wir euch zu nahe kommen, kann unsere Energie auf euch abfärben. So kann ein Ungleichgewicht entstehen.«

Asher trat einen Schritt zurück, ließ seine Kraft aus ihrem Käfig und erschuf seine Flügel, bis er den gewohnten Druck auf seinem Rücken spürte. Sie waren schlichte Zeichen seiner Energie und Macht. Je älter ein Ewiger war, umso stärker konnte er das Universum und all seine Teilchen gestalten, sie erfühlen und sogar sehen. Seine Flügel waren ein Ausdruck seiner Gedanken und seines Willens. Geformte Materie, kontrollierte Energie.

Das Glänzen in Milas Augen, der Unglaube und die Faszination, die sich darin mischten, erweckten in Asher so etwas wie Aufregung. Er verzeichnete jede ihrer Regungen und jeden Atemzug. Noch hatte sie sich im Griff, noch hielt sie ihrer Angst und dem verzweifelten Wunsch, das hier möge nicht wahr sein, stand.

Asher beobachtete sie ganz genau – und fluchte innerlich, weil er beinahe jeden von Milas Blicken auf seinen Flügeln spüren konnte.

Weil er es genoss.

21

Mila

Das war … verrückt. Es musste ein schlechter Scherz sein. Mila kannte die Grauen schon ihr Leben lang, solange sie denken konnte, und ihr war klar, dass das nicht normal war, nicht gewöhnlich. Aber es gab immer Besonderheiten auf der Welt. Sie dachte einfach, sie wäre eine davon.

Zu merken, dass alles noch weitaus schlimmer war, lähmte sie von innen heraus.

Und jetzt saß sie hier, im Zimmer eines Mannes, den sie nicht wirklich kannte – nachdem sie zuvor etwas gesehen hatte, das sie nicht hätte sehen dürfen und das sie weiterhin versuchte zu verkraften –, da breitete Asher vor ihr plötzlich Flügel aus. Echte, große Flügel, schwarz glänzend, in verschiedenen Schattierungen.

Mila starrte, sie wusste es. Ihr Mund stand offen, ihre Lippen bebten, doch sie konnte nichts daran ändern. Sie war zu gebannt von diesem Anblick und zu festgefahren in dem Wunsch, jemand möge sie aufwecken.

Das hier war zu viel. Viel zu viel.

Die Sicht verschwamm vor ihren Augen, sie kniff sie zusammen, musste sich vorbeugen, weil ihr schlecht wurde. Das Rauschen in ihren Ohren war so laut und mächtig, dass es wehtat, genau wie die Gedanken in ihrem Kopf. Sie waren wie Gewichte, die sich über sie legten und drohten, sie unter sich zu begraben. Währenddessen konnte Mila nur dasitzen und sich darauf konzentrieren, Luft zu bekommen. Sie atmete zu schnell und zu intensiv, sie hyperventilierte und kämpfte dagegen an.

Das Letzte, was sie wollte, war, ohnmächtig zu werden, oder schlimmer – sich zu übergeben.

»Nein, nein, nein«, stammelte Mila wieder und wieder. Durch den Nebel, der sie umgab, durch den Dunst aus Chaos und unerfüllten Wünschen, durch Ängste und Hoffnungen, drang Ashers Stimme zu ihr.

»Du musst atmen. Alles ist okay.«

Sie glaubte, seine Hand auf ihrem Haar zu spüren und mit ihr eine Welle der Ruhe, die sich in ihr ausbreitete. Wenn sie das Gefühl hätte beschreiben müssen, hätte sie es nicht gekonnt, aber sie merkte, wie es die Übelkeit vertrieb und ihr Klarheit verschaffte.

Langsam konnte Mila wieder regelmäßiger und kontrollierter

atmen. Das Schwindelgefühl war nur noch dumpf wahrnehmbar, also hob sie vorsichtig den Kopf und setzte sich aufrecht hin.

Ashers Hand lag tatsächlich auf ihrem Kopf. Er hockte vor ihr, mit einem Knie auf dem Boden, und beobachtete sie genau. Nun war er auf Augenhöhe mit ihr, ganz nah. Das entging Mila nicht und sie war fasziniert von all den Details, die sie jetzt zum ersten Mal in seinem Gesicht wahrnahm. Die kleine und fast unsichtbare Narbe über der rechten Augenbraue und die größere am Kinn oder die Tatsache, dass seine Augen nicht einfach dunkel waren, sondern Blau darin schimmerte. Wie ein tiefer See bei Nacht.

Schwer schluckend musterte sie ihn weiter, konnte sich nicht von seinem Anblick losreißen, während seine Hand langsam von ihrem Kopf über ihre Haare nach unten auf ihre Schulter glitt.

Irgendetwas hatte er mit ihr gemacht und ihr damit geholfen, da war sie sich sicher. Ob das realistisch war oder nicht, spielte keine Rolle mehr, denn wenn Mila ehrlich zu sich war, hatte sie diesen Punkt längst überschritten.

»Danke«, brachte sie hervor.

»Keine Ursache.«

Sie wollte weiterreden, aber die Worte waren verschwunden, versteckten sich in ihr und fanden nicht richtig zusammen. Also ließ Mila ihren Blick zu den Flügeln wandern, die noch immer da waren.

Kein Traum, keine Illusion.

Wie von selbst streckte Mila die Hand aus, ihre Finger wollten wissen, wie sich die Federn anfühlten, wie weich sie waren. Doch Asher versteifte sich, deshalb hielt sie inne.

»Darf ich?«

Ein Schaudern ging durch seinen Körper, sie spürte es an seiner Hand, die auf ihrer Schulter ruhte.

Schließlich nickte er. Mit angespannter Miene und ernstem Blick, aber er stimmte zu.

Also reckte Mila ihre Finger, der Flügel hielt so still wie Asher selbst, und als sie die erste Feder erreichte, empfand sie auf einmal so viel, dass ihr Tränen in die Augen stiegen. Sie vergrub sanft die Finger in den Schwingen. Die kleinen und großen Federn waren weich und fest zugleich, samtig und schwer, dennoch sehr beweglich. So war nicht nur ihre Struktur, sondern auch das, was sie auf Mila übertrugen. Wärme und eine gewisse Energie. Sie biss sich auf die Lippe und dachte angestrengt nach, woran das Gefühl sie erinnerte. An eine statische Ladung, an Strom! Ja, als würde Strom durch sie fließen, als wären sie aufgeladen. Aus einem Impuls heraus schloss sie die Augen. Es war, als spürten die Schwingen selbst etwas, als wären sie mehr als nur ein Teil von Asher.

Er war auch ein Teil von ihnen.

Es war erstaunlich und berührte Mila tief. Eine Gänsehaut zog sich über ihre Arme, während sie ihre Hand Zentimeter um Zentimeter über den Flügel gleiten ließ. Zart und vorsichtig.

Ihre Neugierde wuchs. Sie wollte wissen, wie es sich anfühlte, Flügel zu haben, woher sie kamen und wohin sie verschwanden.

Die Energie unter ihren Fingern wurde auf einmal stärker und Mila öffnete die Augen. Kleine goldene Risse und Linien hatten sich auf einzelnen Federn gebildet und glänzten sanft. Es war wunderschön. Ein Lächeln schlich sich auf ihre Lippen, bevor sie sich dazu zwang, ihre Hand zurückzuziehen.

Ihr Blick wanderte wieder zu Ashers Gesicht, dem sie nun um einiges näher war. Sie war faszinierter denn je, als sie sah, dass aus dem Schwarzblau seiner Augen nun flüssiges Gold geworden war.

»Ich denke, das genügt für den Moment.«

Asher zog sich ruckartig zurück, der Glanz in seinen Augen erlosch und ohne Vorwarnung lösten sich seine Flügel in einzelne Partikel und Rauch auf. Wie versteinert blieb Mila sitzen und beobachtete das Szenario.

Sie waren fort.

Asher lehnte sich wieder an die Rücklehne des Sessels, verschränkte die Arme vor der Brust und Mila beschlich das Gefühl, er wollte Abstand gewinnen. Er hatte ihr zwar erlaubt, seine Flügel zu berühren, aber sie fragte sich, ob es für ihn wirklich in Ordnung gewesen war oder ob er nur aus Höflichkeit nicht verneint hatte.

»Sie sind wunderschön«, brachte Mila schließlich hervor.

Asher reagierte nicht.

»Du hast dich Ewiger genannt, richtig?«, redete Mila weiter und legte dabei den Kopf schief. Sie konnte nicht mehr sitzen, ohne herumzuzappeln, deshalb erhob sie sich. Kurz darauf drückte Asher sich vom Sessel ab, als müsste er sich auf etwas vorbereiten, und stellte sich breitbeinig vor sie.

»Seid ihr Engel? Bist du ein Engel?«

Mila konnte kaum glauben, dass sie diese Frage stellte. Dass sie jemanden so etwas fragte. Aber es war die naheliegendste Erklärung. Momentan war sie auf alles gefasst.

Ashers Mundwinkel zuckten.

»Nein, ich bin kein Engel. Ich bin ein Ewiger. Das ist ein Unterschied. Ihr habt uns irgendwann den Namen *Engel* gegeben, doch das Bild, das die Menschen von diesen imaginären Geschöpfen haben, stimmt nicht mit dem überein, was wir sind.« Er machte eine demonstrative Pause. »Ihr Menschen fragt euch immerzu, warum euer Gott nichts tut und wo seine Schutzengel sind. Ganz einfach: Er existiert nicht. Es gibt keinen Gott und keine Schutzengel. Es gibt Licht und es gibt Schatten. Ohne das Chaos wäre die Ordnung nur halb so schön. Wer würde wohl das Gute als solches erkennen, gäbe es kein Unheil? Es gibt nur das Gleichgewicht.«

»Und du? Was bist du? Licht oder Schatten? Gut oder böse?«

Mila atmete schwer und trat einen Schritt vor. Sie wusste nicht, woher sie den Mut nahm, aber sie wollte Asher in die Enge treiben. Wegen ihm war sie hier. Sie hatte ein Recht auf klare Antworten und nicht bloß auf halbherzige Erklärungen.

Obwohl Asher angespannt wirkte, setzte er eine überhebliche Miene auf. Das dazu passende Grinsen und der leicht blasierte Ton folgten.

»Oh, meine Liebste, enttäusch mich nicht! Ich dachte, du hättest einen schärferen Verstand.«

Er wollte Mila provozieren. Sie erkannte die Absicht hinter seinen überspitzten Worten, dennoch fiel es ihr schwer, nicht verletzt zu sein oder wütend zu werden. Das Kinn nach vorne reckend, schritt sie auf ihn zu, blieb dicht vor ihm stehen und spiegelte seinen Gesichtsausdruck, ahmte sein Grinsen und seinen Tonfall nach.

»Oh, Liebster, enttäusch mich nicht! Ich dachte, wir wären über diese Scharade hinaus und müssten uns nicht länger hinter einer Maske verstecken.«

Innerlich war der Anflug von Angst deutlich für Mila spürbar, da sie Asher nicht einschätzen konnte, doch äußerlich gab sie nicht nach. Sie konnte und sie wollte nicht.

Bis sie die veränderte Luft wahrnahm, die Anspannung im Raum, der stetig dunkler wurde, und Ashers verschlossene, undurchsichtige Miene.

Er beugte sich vor, seine Wange streifte die ihre und er flüsterte ihr ins Ohr: »Ich schätze deinen Mut, aber werde nicht leichtsinnig. Besonders dann nicht, wenn du deinem Gegner nicht gewachsen bist.«

Sein Atem erzeugte eine Gänsehaut an ihrem Hals, die ihren Rücken hinunterwanderte, während seine Wärme und sein Duft sich um Mila legten. Er roch nach Feuer und Rauch und nach der Luft einer klaren dunklen Winternacht. Die Warnung kam bei ihr an und ließ sie erschaudern.

Asher zog sich zurück und musterte sie dabei unentwegt. Mila entging das nicht und sie tat es ihm unbewusst gleich.

»Um auf deine Frage zurückzukommen …«, begann er mit verändertem, lockerem und freundlichem Ton, nachdem er wieder Abstand zu Mila gewonnen hatte – aber sie kam ihm zuvor.

»Schatten, du bist ein Schatten. Licht steht dir nicht. Und da du meine Frage für unklug gehalten hast, gehe ich davon aus, dass sie dich auf irgendeine Art beleidigt hat. Also … Es gibt Licht und Dunkelheit und es gibt Gut und Böse. Beides ist nicht dasselbe. Licht bedeutet nicht gut und dunkel nicht gleich böse.«

Asher grinste nur und nickte ihr anerkennend zu. Mila hatte das Gefühl, mehr zu wissen und gleichzeitig immer weniger. War das möglich?

»Wo liegt der Unterschied? Wenn es nicht gut und böse ist, was dann?« Mila runzelte die Stirn, war ehrlich interessiert.

»Das ist kompliziert.«

»Das ist es immer.«

Einen Augenblick blieb Asher still. Mila dachte schon, er würde ihr nicht antworten und ausweichen.

»Alles hat ein Gegenstück, alles in diesem Universum braucht eines. Das Gleichgewicht ist nicht nur das höchste Gut, es ist auch das Bestreben aller Teilchen. Wenn es Licht gibt, muss es Schatten geben. Wenn es Gutes gibt, muss es Böses geben. Doch gibt es keine zwingende Verbindung dieser Elemente. Ein Schatten kann beides sein, genauso wie ein Ewiger des Lichts. Der Unterschied zwischen uns liegt in der Materie und Energie. Ich bin ein Schatten, weil ich der Dunkelheit entspringe. Ich bin ein Kind der Nacht und ziehe aus Asche, Rauch und Schatten mehr Magie als aus Licht. Meine Sphäre, mein Lebensraum, ist die Dunkelheit.«

All die Worte kreisten in Milas Gedanken umher und sie bemühte sich, das Gehörte zu verstehen und zusammenzusetzen.

»Was tut ihr?«

»Manche Ewige haben es sich zur Aufgabe gemacht, die Balance zu halten und zu schützen. Koste es, was es wolle. Ich gehörte einst dazu.«

»Und was …« Mila wollte weitere Fragen stellen, doch Asher unterbrach sie.

»Ich bin mir sicher, dass du noch genug Fragen hast, aber vielleicht sollten wir zu denen kommen, die momentan wirklich am wichtigsten für dich sind. Wer, liebste Mila, bist du und warum bist du hier? Und wer sind eigentlich Tariel, Micael und Ezechiel in Wirklichkeit?«

Milas Augen weiteten sich, die Puzzleteile begannen, sich plötzlich vor ihrem inneren Auge zu sortieren, setzten sich zusammen und stoben danach wieder auseinander. War es möglich? Hatten sie Mila absichtlich getroffen und an der Nase herumgeführt?

»Du meinst, sie sind auch …?«

»Ja. Sie sind wie ich. Nur …«

»Licht«, beendete Mila seinen Satz.

»So ist es.«

»Ihr seid also Ewige. Keine Engel. Seid ihr unsterblich?«

»Ja und nein.«

Mila schnaubte. »Diese halben Antworten machen mich verrückt.« Sie lief auf und ab, kämmte ihre Haare mit den Händen, nur um irgendetwas zu tun. Es beruhigte sie. »Wieso haben sie Zeit mit mir verbracht? Zufall war es wohl nicht.«

»Nein, nicht wirklich. Tariels und meine Geschichte ist eine andere, doch er war der Grund, warum ich auf dich aufmerksam wurde. Er hat dich schon vorher getroffen.«

Mila nickte. »Im Park. Ich war spazieren. Ich wollte zu einem Restaurant und wurde angegriffen. Man wollte mich berauben …« Sie schüttelte den Kopf und blieb stehen, drehte sich wieder zu Asher. »Tariel war da, nachdem der Dieb verschwunden war.«

Asher zog die Stirn in Falten, fuhr sich mit den Fingern über sein Kinn und schwieg einige Sekunden lang.

»Irgendetwas muss geschehen sein. Und da wir nun wissen, was du kannst, muss er deine Energie gespürt haben. Ist etwas Besonderes vorgefallen?«

»Der Dieb wurde zu einem Grauen. Ich … ich wollte etwas beschützen, das mir sehr am Herzen liegt, und da … Es ist etwas mit mir passiert, das ich nicht erklären kann. Ich wollte meine Tasche behalten. Allerdings war ich nicht nur voller Angst. In mir hat sich eine Kälte ausgebreitet, die sich nicht kalt angefühlt hat. Das klingt wirklich dämlich.« Mila lachte auf. »Aber so war es. Und als ich den Dieb dann berührte … nun, er wurde grau.«

»Er wurde grau?«

»Ja.«

»Das bedeutet …«

»Dass ich der Auslöser gewesen sein muss. Er wird sterben – wegen mir«, brachte Mila nur schwer hervor. Es endlich ausgesprochen zu haben tat weh. Mehr als sie gedacht hatte.

»Verstehe. Du wolltest also etwas beschützen?«

Mila zuckte zusammen, ihre Augen weiteten sich und sie keuchte. »Ich muss zurück!«, rief sie panisch und wollte zur Tür rennen. »Ich muss es holen.«

Sie kam keinen Meter weit, da stand Asher bereits vor ihr und versperrte ihr den Weg.

»Bitte!«, flehte sie. »Geh zur Seite. Ich muss ins Hotel.«

Mila wollte ihn wegschieben oder sich an ihm vorbeizwängen, aber es gelang ihr nicht. Asher hielt sie fest. Nicht so sehr, dass es schmerzte, doch fest genug, um sie aufzuhalten.

Ihre Trauer und ihr Wille verwandelten sich, das Gefühl, von dem sie eben noch berichtet hatte, kam auf, schnell und heftig wie ein Sturm auf hoher See. Die Kälte brannte in ihr und brachte Ruhe mit sich.

»Mila, du kannst nicht dahin zurück. Tariel wird dich suchen und … Mila?«

Ashers Gesichtszüge veränderten sich, als sie aufhörte, gegen ihn anzukämpfen. Sie musste ihr Foto holen und es verwahren. Es war ein Teil ihrer Mutter und ihrer selbst, ein Stück Vergangenheit und Zukunft. Es war ihr kostbarstes Gut.

Also ließ sie aus einem Impuls heraus das Gefühl durch ihren Körper strömen. Sie ließ der Kälte in sich freien Lauf.

22

Asher

Die Veränderung war spürbar. Die Energie, die von Mila ausging. Jetzt war Asher klar, was Tariel in den Park gezogen hatte. Wenn er gerade durch Zufall in der Nähe gewesen war und *das* bemerkt hatte …

Asher kniff die Augen zusammen, ließ Mila nicht los und mahnte sie auch nicht, damit aufzuhören. Wahrscheinlich war sie sich dessen, was sie tat, nicht einmal bewusst. Umso wichtiger war es herauszufinden, was gerade in und mit ihr passierte und welche Art von Magie sie besaß.

Vorsichtig streckte er seine Fühler aus, tastete mit seiner eigenen Macht danach. Als er sie schließlich fand, war er nicht auf den inneren Schmerz vorbereitet, der ihn traf. Es war sogar mehr als das. Es war wie ein tiefes Loch – dunkel, einsam, kalt.

Es war wie eine Wolke, so dicht, dass man ihr nicht entkommen konnte. Asher nahm seine Energie sofort zurück und war einen Wimpernschlag lang wie gelähmt. Das reichte für Mila aus, um sich von ihm zu lösen und zur Tür zu eilen. Sie ruckelte am Knauf, riss daran, aber sie würde ihn nicht öffnen können.

Dass sie es bis dahin geschafft hatte, war schon erstaunlich. Ein zweites Mal würde ihr das nicht gelingen, jetzt, da Asher wusste, worauf er achten, wogegen er sich wappnen musste.

»Die Tür wird sich nicht bewegen. Beruhige dich und lass uns darüber reden.«

Ohne Vorwarnung brach Mila an der Tür zusammen, sank auf den Boden, krümmte sich und zog ihre Beine an. Ihre Arme schlang sie fest darum und bettete ihren Kopf darauf. Dann erklang ein sorgenvolles Schluchzen, das Asher mehr traf, als er zugeben wollte.

Wieso tat er sich das an? Wieso hatte er sie hergebracht? Letzteres wollte Mila wohl genauso dringend wissen wie er, doch er konnte bisher nur davon ablenken und dieser Frage ausweichen, weil er es selbst nicht wusste. Eine Möglichkeit war, dass er nicht wollte, dass Tariel sie fand. Er ahnte, was dann passieren könnte. Aber tat er das Richtige? Asher hatte vor langer Zeit aufgegeben, herausfinden zu wollen, was richtig und was falsch war. Eine Sache konnte richtig sein, bis man den einen fand, dem sie schadete oder den sie verletzte. Machte das aus einer richtigen nicht eine falsche? So oder so, seine Rache würde er bekommen. Egal, welche Entscheidung er sonst noch traf.

Nach kurzem Zögern ging Asher zu Mila, blieb vor ihr stehen und überlegte, was er tun sollte. Schließlich tat er das, was er für am sinnvollsten hielt. Sie saß auf dem kalten Steinboden, also beugte er sich hinunter und schob einen Arm vorsichtig unter ihre Beine und den anderen schlang er um ihren Rücken. In einer flüssigen Bewegung erhob er sich mit ihr, drückte sie an sich und ließ sie weinen, während er sie zum Bett trug. Sie musste sich erst einmal beruhigen.

Mim und Pan waren mittlerweile wach und beobachteten ihn aufmerksam. Er war erstaunt, als die beiden plötzlich die Lefzen hoben und ihre winzigen Zähne zeigten. Sie knurrten nicht, trotzdem war die Warnung deutlich. Seltsam, eben hatten sie noch mit Mila in einem Bett geschlafen und sich an ihre Seite geschmiegt.

Behutsam kam er näher, bis die beiden ein Stück zurückwichen, damit er Mila auf dem Bett absetzen konnte. Das war nicht so einfach, denn sie drückte sich an ihn und klammerte sich an seinem Hemd fest. Sie roch nach einem Garten im Frühling und ihr zierlicher Körper fühlte sich in seinen Armen unerwartet gut an. Als sie weiterweinte, jetzt leiser, aber nicht weniger heftig, beschloss er, sich mit ihr hinzusetzen.

Mila landete halb auf seinem Schoß und mit den Beinen auf dem Bett. Mim und Pan kamen auf sie zu, was Asher in Bereitschaft versetzte. Jetzt knurrten sie, doch …

Erstaunt riss er die Augen auf, beobachtete, wie Mim auf Milas Schoß kletterte und versuchte, an ihrem Gesicht zu schnüffeln. Wie Pan Ashers Arm wegschob, um sich an ihren Rücken zu schmiegen. Nicht Mila war das Problem, sondern er. Sie knurrten *ihn* an.

Das war wirklich bemerkenswert. Pan fing sogar an, undeutliche Worte zu nuscheln, die nie jemand verstand, aber dem Tonfall nach zu urteilen, war er wütend auf Asher.

»Ja, ja, ich habe es verstanden! Ich bin schuld, dass sie weint. Beruhigt euch wieder«, grummelte er leise und verzog das Gesicht, als Pan ihm seine lange Zunge rausstreckte.

Einige Minuten blieb Asher reglos sitzen und war einfach nur für Mila da. Zumindest hoffte er das. Er hielt sie, bis die Tränen versiegt und Mim und Pan nicht mehr allzu wütend auf ihn waren. Währenddessen schaute er zum Kamin, beobachtete, wie die Funken hin und her stoben. Seine Gedanken waren ganz woanders.

Mila war ein Fehler in dem System, in dem sie lebten, und er wusste, wie man mit Fehlern umging. Man löschte sie aus. So war es schon immer gewesen. Zum Glück war das bisher nicht oft passiert oder nötig gewesen. Asher vertrat ohnehin die Ansicht, dass es andere Wege geben musste, dass nur niemand gewillt war, sie zu suchen oder gar zu beschreiten. Sie waren zu sehr gefangen in alten Denkweisen. Zu lange hatten sie daran geglaubt, dass Licht etwas Gutes war und es dort nichts Böses geben konnte. Aber das Schlechte fand seinen Weg überallhin. Das Gleichgewicht dieser Dinge befand sich in jedem von ihnen. Bosheit hatte viele Gesichter, Dunkelheit und Licht ebenso.

Mila war nicht nur irgendein Ungleichgewicht. Wenn es stimmte, was sie erzählt hatte und was Asher sich zusammengereimt hatte, war sie ein verdammt großes. Sie konnte den Menschen ansehen, dass sie bald sterben werden. Sie sah den Tod. Sie konnte Seelen erkennen und den Äther dieser Welt. Asher schüttelte leicht den Kopf. Ihre Kräfte wurden stärker, prägten sich aus. Er war sich sicher, dass sie bestimmt noch schlummern würden, wenn sie nicht mit anderen Wesen der Ewigkeit – mit Tariel, Micael, Ezechiel und ihm selbst – konfrontiert gewesen wäre. Wieder und wieder … Wenn sie nicht entdeckt worden wäre. Vielleicht hatte die Stadt selbst einen Beitrag geleistet. Mila sagte, sie wäre in Prag aufgewachsen. So oder so war es nun zu spät und kein Wenn oder Falls änderte etwas an ihrer Situation. Sie war gefunden worden und ab jetzt würde sie gesucht werden.

Wenn Mila herausfand, aus welchen Gründen … Nein, das musste Asher für sich behalten. Zumindest vorerst.

Wie viel Tariel wohl wusste? Wahrscheinlich genug. Selbst wenn nicht, würde er wieder stumpf einem Befehl folgen, ohne ihn zu hinterfragen. Er war ein Patriot, ein reiner Vertreter des Lichts. Ein Idealist und ein Träumer.

Er war ein Narr!

Er konnte nicht verstehen, dass Licht auch immer Schatten erzeugt. Dass Licht nicht bedeutete, richtiger und wertvoller zu sein. Etwas zu differenzieren und sich ihm wahrhaftig zu stellen – das waren nie seine Stärken gewesen. Oder zu lieben. Sonst wäre Lyah …

Asher schluckte schwer, verlagerte aus Versehen zu ruckartig sein Gewicht, sodass Mila sich rührte. Er sah zu ihr, lockerte seinen Griff, damit sie nicht das Gefühl hatte, bleiben zu müssen. Ihre Hand fuhr über seinen offenen Hemdkragen und Asher hätte sie am liebsten fortgerissen.

»Bitte«, flehte sie mit kratziger Stimme.

Er wusste, worum sie erneut bat, und auch, dass es Irrsinn war. Absolut unsinnig. Er wollte Mila nicht allein hierlassen und auch nicht mitnehmen. Das Risiko war zu groß.

Doch was wäre, wenn er die Situation ausnutzte, um etwas auszuprobieren? Zu testen?

»Warum ist dir das so wichtig? Was möchtest du holen?«

»Es ist ein Polaroid. Es ist … Es zeigt mich als Mädchen in Prag. Es ist das Einzige dieser Art. Das Einzige, das bezeugt, dass ich diese Stadt kenne und sie mich. Meine Mutter ist mit mir fortgezogen und wollte nie wieder zurück. Es ist ein Beweis für eine Erinnerung, die ich nicht mehr finde.« Mila atmete zitternd ein und aus. »Meine Mutter war eine Graue.«

War. Sie lebte nicht mehr. Wie von selbst mahlte Asher mit dem Kiefer, rieb über Milas Rücken und antwortete: »Wir werden zusammen gehen.«

Das war der Moment, in dem Mila sich zaghaft von ihm abdrückte und von seinem Schoß auf das Bett rutschte. Sie beobachtete ihn genau.

»Ich nehme an, ich *darf* nicht alleine gehen?«

»Sehr gut erkannt.«

»Bin ich eine Gefangene?«, fragte sie so direkt, dass es Asher Unbehagen bereitete.

Wenn er sie auf diese Weise beschützen konnte, schlicht weil sie unschuldig war, dann würde er sie auch wegsperren. Natürlich war er nicht so dumm, ihr das zu sagen.

»Nein, du bist ein Gast. Aber einer, der Schutz braucht. Daher solltest du meinem Urteil Glauben schenken, wenn es um deine Sicherheit geht.«

Asher verließ das Bett, denn er konnte Milas Nähe nicht länger ertragen. Er richtete sein Hemd und seine Hose, bis alles wieder angemessen saß, schnappte sich sein Jackett und zog es mit einer eleganten, schwungvollen Bewegung über.

»Na schön. Dann gehen wir zusammen. Ich möchte nur meine Sachen holen, sonst nichts. Ich möchte nur Ruhe und endlich Antworten finden.«

Mila zog sich ihre Schuhe an.

»Dafür wirst du viel Geduld brauchen. Komm.«

Asher hielt ihr seine Hand hin, die sie nach kurzem Zögern ergriff, und führte sie ans Ende des Raumes. Dort hinter dem Kamin gab es eine weitere Tür, kaum sichtbar und im Schatten liegend. Sie schwang auf und unendliche Dunkelheit sprang ihnen entgegen. Plötzlich grummelte es und Asher erkannte, dass Mim und Pan vom Bett gesprungen waren und ihnen folgten.

»Ihr zwei bringt mich noch um den Verstand.«

Sie knurrten, nuschelten komisches Zeug und Asher wusste, sie wollten mit. Sie würden Mila nicht gehen lassen.

»Na schön.« Asher drehte Milas Handgelenk und krempelte den Ärmel ihrer Bluse nach oben, bis zum Ellenbogen. »Bitte erschreck dich nicht.«

Seine Finger berührten ihre Haut, verharrten dort, bis sich schwarze Linien darauf bildeten und sich um ihren Unterarm schlangen. Eine dunkle Kette entstand, wand sich um Milas Arm, schmiegte sich wie eine zweite Haut um ihre und in der Mitte setzte sich Partikel um Partikel ein schwarzer Stein zusammen. Je mehr er Form annahm, umso mehr verblassten Mim und Pan. Sie wurden in ihn hineingesogen, legten sich darin schlafen, bis man sie rief.

Als Asher fertig war, holte er kräftig Luft, wartete einen Moment und überprüfte den Stein. »Fertig.«

Mila blickte erstaunt auf das Kunstwerk, auf den Schmuck, der keiner war.

»Wie hast du das gemacht? *Was* hast du gemacht? Wo sind Mim und Pan?«

»Sie wollten uns begleiten und hätten keine Ruhe gegeben. In ihrem normalen Zustand können wir sie aber nicht mitnehmen.« Asher fuhr mit seinen Fingern über die matte Oberfläche. »Sie sind in dem Stein. Stell es dir wie einen Korb vor, in dem wir sie tragen. Es geht ihnen gut.«

Mila bestaunte den Stein weiter, bis Asher erneut ihre Hand in seine nahm und sie ihm ihre Aufmerksamkeit schenkte.

»Egal, was geschieht, lass meine Hand nicht los.«

Sie nickte, wollte anscheinend auf Nummer sicher gehen

und hielt sich mit der anderen Hand zusätzlich an seinem Arm fest.

»Was ist das für eine Tür?«

»Die Frage lautet: Was liegt dahinter?« Asher grinste Mila belustigt an. »Sie ist nur der Deckel eines Topfes. Sie beherbergt ein Portal, zu dem nur ich Zugang habe. Und da die Frage gleich kommen wird, beantworte ich sie schnell: Portale sind gebündelte und gefestigte Energiefelder. Du kannst sie dir wie ein Beförderungsmittel vorstellen, das dich ohne größere Anstrengungen von einem Ort zum nächsten bringen kann. Jedoch sollte man sie nicht leichtsinnig benutzen. Es gibt unendlich viele Wege und Abzweigungen, sodass man nicht aus den Augen verlieren darf, wohin man möchte.«

»Verstehe«, erwiderte Mila leise. »Deshalb soll ich mich festhalten.«

»Deshalb – und weil du sonst dein Leben verlierst«, fügte Asher nüchtern hinzu. »Du bist ein Mensch. Die Energie würde dich verschlingen wie ein Raubtier. Also, noch einmal, Liebste: Lass nicht los.«

Er versuchte, Mila abzulenken, damit sie ihre Ängste hinter sich ließ, aber es brachte ihm nur einen kurzen finsteren Blick ihrerseits ein.

»Los geht's.«

Zur Sicherheit verstärkte er den Griff um ihre Hand, legte ein unsichtbares Band um sie, bevor er mit Mila durch die Tür trat. Es war wie fliegen, nur ohne Kontrolle, geleitet von dem

Strom des Portals, den Asher mit seiner Macht und dem Ziel in seinen Gedanken lenkte. Energie zu Energie. Es dauerte nur wenige Sekunden, bis sie wieder ausgespuckt wurden und er Milas heftiges Atmen vernahm. Asher sah sich um. Das Portal hatte sie in einer Nebengasse in Prag entlassen, die ihm nicht bekannt war.

»Ist bei dir alles in Ordnung?«

Mila hielt sich weiterhin an ihm fest, ihre Wangen waren gerötet, ihre Augen glänzten förmlich vor Aufregung.

»Das war … unbeschreiblich!«

»Also geht es dir gut?« Er hasste es, Fragen zu wiederholen.

»Erst war es dunkel und ich dachte, ich hätte losgelassen, aber dann war da dieses Licht. Die Dunkelheit war wie ein Schleier und unter ihm lag ein Strom aus goldenen Linien. Wie Adern pulsierten sie und ich konnte spüren, dass … dass sie lebendig sind.«

Voller Ehrfurcht sprach sie die Worte aus und Asher war erstaunt, wie viel sie von seiner Welt tatsächlich wahrnahm. Seine Frage war aber eine andere gewesen. Er wollte genervt ein weiteres Mal ansetzen, da lächelte sie ihn an.

»Du musst nicht noch einmal fragen. Ja, es geht mir gut. Ich hab dich schon beim ersten Mal gehört.«

Asher rieb sich über die Schläfe und verkniff sich einen Kommentar. Sie hatten keine Zeit für Plänkeleien, sie mussten zügig zu Milas Hotel gelangen und danach schnell wieder zurück in seine Gemächer. In Sicherheit.

Die beiden verließen die Gasse. Es dämmerte, der Abend war nah, die Nacht folgte ihm auf dem Fuße. Als Asher sich umsah, erkannte er, wo sie waren. Der Alte Jüdische Friedhof.

»Hier entlang«, sagte er und zog Mila mit sich.

»Du weißt doch gar nicht, wo wir hin…« Mila stolperte hinter ihm her, ihre Hand noch immer warm und weich in seiner liegend.

»Du weißt, wo ich wohne«, stellte sie nüchtern fest.

Natürlich tat er das. Hoffentlich fragte sie ihn nicht nach dem Warum, er war diese Fragen wirklich leid.

»Ich kann uns nicht teleportieren, weil ich nicht weiß, wie du die Teleportation vertragen würdest. Ein weiteres Portal nützt uns nichts, es wäre ohnehin zu weit weg. Also werden wir gleich fliegen. Dahinten, siehst du die Nische?«

»Es sind keine zehn Minuten zu Fuß, wir können auch laufen«, protestierte Mila, woraufhin Asher sofort stehen blieb und sie in ihn hineinlief.

Er drehte sich um, packte sie und nur mit Müh und Not gelang es ihm, nicht zu schreien. »Du bist hier nicht sicher. Versteh das bitte. Das hier ist kein Spaziergang. Ich weiß nicht, was ich tun muss, um dir den Ernst der Lage zu erklären, sodass du ihn verstehst!«, zischte er eindringlich.

Sie standen da, schnell atmend, Gesicht an Gesicht, und nach seiner Standpauke konnte er deutlich sehen, wie sich Milas Züge im Sekundentakt veränderten. Von überrascht zu ängstlich, zu nachdenklich und jetzt zu wütend.

»Du könntest damit anfangen, mir zu sagen, was man mit mir vorhat! Du sagst, du beschützt mich, aber wovor?«

Sie war so stur. Ashers Blick wanderte von ihren Augen über die zarte Nase zu ihren fest zusammengepressten Lippen, den knallroten Wangen und wieder zurück. Seine Miene wurde weicher, als er von ihr abließ. Er wollte es nicht aussprechen.

»Also? Was ist es?«

»Ich will nicht, dass du stirbst«, würgte er schließlich bemüht gleichgültig hervor.

Mila formte ein O mit ihren Lippen, doch kein Ton kam über sie. Er wartete auch nicht darauf, sondern griff wieder nach ihrer Hand und eilte los.

In der Nische, eine Gasse weiter, war niemand zu sehen. Asher streckte seine Fühler aus, konnte jedoch nichts Ungewöhnliches entdecken. Das hatte nichts zu bedeuten, die Ewigen waren Meister der Tarnung, wenn sie es darauf anlegten. Er würde eine größere Menge an Energie benutzen müssen, um ganz sicherzugehen, und dadurch mehr Zeit opfern. Das konnte er nicht. Es musste so klappen.

So schnell es möglich war, formte er seine Flügel, breitete sie aus und zog Mila mit einem Ruck an sich.

»Bitte halt dich gut fest.«

Sie erwiderte nichts, sah ihn nur an und legte beide Hände um seinen Hals. Währenddessen verstärkte Asher seinen Griff um ihre Hüfte. Wie von selbst spreizte er seine Finger und erwischte ein Stück frei liegender Haut unter ihrer Bluse. Er schluckte, verdrängte das Gefühl, das sich in ihm anbahnte, und konzentrierte sich auf seine Aufgabe.

»Was tust du da?«, flüsterte Mila, wahrscheinlich in dem Versuch, ihn nicht zu stören.

Bei der Dunkelheit, wenn sie wüsste, woran er gerade gedacht hatte. Daran, dass er sie nicht loslassen wollte und wie weich ihre Haut war.

»Schutzschild«, presste Asher rauer und schroffer als beabsichtigt hervor.

Er musste seine Magie um sie legen und einen Schild errichten, damit sie kein Sterblicher entdeckte. Es war noch zu hell, sie konnten nicht einfach losfliegen und riskieren, entdeckt zu werden. Und das würde mit Sicherheit passieren.

Als Mila zusammenzuckte, war Asher sofort in Bereitschaft. »Was ist los?«

»Ich kann es fühlen. Es ist wie ein dünnes Tuch. Als würde man in ein Spinnennetz laufen.«

Asher konnte sein Lächeln nicht unterdrücken. Sie faszinierte ihn. Ihre Gabe war unglaublich ausgeprägt auf geistiger und emotionaler Ebene.

Sie war gefährlich.

»Es geht los.«

23

Mila

Ich will nicht, dass du stirbst.

Dieser Satz ließ sie einfach nicht los. Es war etwas anderes gewesen als der Moment vor dem Portal. Diesmal klang es persönlicher. Emotionaler.

Sterben. Sie hatte nie wirklich darüber nachgedacht oder Angst davor gehabt. Graue Menschen waren seit jeher Teil ihres Lebens und grau bedeutete tot. Sie wusste, dass auch sie irgendwann grau werden würde.

Aber Asher die Worte sagen zu hören, zu erahnen, dass ihr Tod vielleicht näher war, als sie dachte, ließ sie erschaudern. Mila liebte das Leben, diese Welt, und dachte an all die Dinge, die sie entdecken und erleben wollte.

Ich will nicht, dass du stirbst.

Nein, das wollte Mila auch nicht. Vor allem nicht, ohne zu wissen, warum. Asher hatte ihr nicht alles verraten und sie war entschlossen, später noch all die Dinge herauszufinden, die er ihr verschwieg.

Mit einem Ruck stieß Asher sich und Mila nach oben, schlug mit den Flügeln. Die Kraft, die er dafür aufbrachte, war nahezu greifbar. Mila fühlte die angespannten Muskeln seines Nackens, dort, wo sie sich festhielt, spürte sie an seinem Oberkörper. Seine warmen großen Hände stützten sie und sie traute sich kaum, sich zu rühren, aus Angst zu fallen. Aber nach einer Minute ließ die Panik von ihr ab. Sie drehte ihren Kopf ein Stück und blickte hinab.

Euphorie durchströmte sie, als sie Prag von oben sah. Die alten Gebäude, die winzig wirkenden Menschen, die ersten Lichter, die angingen, weil die Nacht bald hereinbrechen würde. Die beeindruckende Karlsbrücke und die Moldau.

Atemberaubend war das erste Wort, das Mila dazu einfiel. Wenn sie gekonnt hätte, wäre sie ewig so weitergeflogen. Am liebsten über die ganze Welt.

Leider endete der Flug bereits zwei, drei Minuten später. Viel zu schnell.

Asher brachte sie zurück auf den sicheren Boden, in eine kleine unscheinbare Gasse direkt neben dem Hotel. Das Adrenalin strömte unaufhörlich durch Mila hindurch, die nicht anders konnte, als zu lachen, während Asher seine Flügel verschwinden ließ. Sie stand da in seinen Armen und lachte. Weil sie lange nicht mehr so eine Freude verspürt hatte, so eine tiefe Freiheit.

»Schön, dass es dir gefallen hat«, sagte Asher und grinste schief.

»Das müssen wir wiederholen! Bitte sag mir, dass wir zurückfliegen.«

Nun war er es, der auflachte und den Kopf schüttelte. »Ich wünschte, du hättest etwas mehr Angst. Es würde dir guttun.«

»Ich habe öfter Angst, als mir lieb ist«, entgegnete sie und zog eine Grimasse.

Als Asher sich langsam von ihr löste, bemerkte Mila, dass sie ihn immer noch umklammert hielt, und ließ zu hastig los. Mit einem Satz sprang sie zurück und schwankte, verlor kurz das Gleichgewicht.

»Alles okay, alles in Ordnung«, sagte sie eilig, als Asher nach ihr griff. Er folgte ihr auf dem Fuße, als sie an ihm vorbei ins Hotel ging.

Sie steuerten Milas Zimmer an. Mila suchte den Schlüssel in ihrer Hosentasche und war beruhigt, ihn dort zu finden. Die Tür schwang auf und da es ziemlich muffig roch, öffnete Mila sofort das Fenster, um etwas frische Luft hineinzulassen. Danach ging sie zum Nachtschränkchen und zog die Schublade auf. Das Polaroid lag noch darin und sie stieß einen erleichterten Seufzer aus. Liebevoll strich sie darüber und verstaute es in ihrer Hosentasche.

Asher stand am Fenster und schaute hinaus. Er wirkte konzentriert und auf der Hut.

»Ich bin gleich fertig.«

Schnell schloss sie die Schublade und ging Richtung Bad.

»Hast du das Foto?«

»Ja, aber ich würde gerne ein, zwei andere Sachen mitnehmen!«, rief sie ihm aus dem Badezimmer zu.

Die Zahnbürste! Sie steckte sie sofort in ihre kleine Kosmetiktasche. Ihre Tasche war samt Handy irgendwo am Rathausplatz. Die Zahnpasta folgte, das Deo war bereits drin. Danach eilte sie zu ihrem Koffer.

»Du brauchst das nicht.«

Oh doch! Und wie sie das brauchte. Mila würde alles geben für eine Dusche und saubere Klamotten. Sie würde wenigstens frische Unterwäsche mitgehen lassen.

»Mila, du musst nichts davon einpacken«, wiederholte Asher ungeduldig und trat zu ihr. »Ich kann dir neue Sachen besorgen.«

Das erweckte ihre Aufmerksamkeit und sie sah zu ihm auf. »Du möchtest also für mich einkaufen gehen?«

»Nein.« Wieso grinste er so dämlich? »Ich kann sie dir einfach … erschaffen.«

»Das ist ein Witz, oder?«

»Es ist das gleiche Prinzip wie bei meinen Flügeln. Dinge entstehen durch Materie. Durch Teilchen, die beliebig zusammengesetzt werden können. Durch unsere Magie.«

Das war alles wunderbar, aber Mila konnte ihn ja schlecht bitten, ein Höschen für sie zu zaubern. »Also, das ist wirklich … toll. Ja, genau. Richtig toll …«

Mila wühlte weiter, während ihr die Schamesröte ins Gesicht stieg und sie immer stärker stotterte. Wo war die blöde Unterwäsche?

»Liebste«, ertönte ihr neuer Spitzname. Seltsam melodisch und irgendwie neckend.

Als sie sich wieder zu Asher drehte, hielt er eine Unterhose in der Hand. Aus Spitze. In Rot. Sie baumelte an seinem Finger und verspottete Mila. Fast mehr als er selbst.

»Ich kann das auch mit Unterwäsche.«

»Woher … ich meine, was …?«

»In dem Koffer liegen gut sichtbar Socken, ein Kleid, eine Hose und Shirts. Da du weitersuchst, gehe ich davon aus, dass du Unterwäsche brauchst. Liege ich da richtig?«

Mila wollte tough sein, sich nichts anmerken lassen oder wenigstens etwas Cooles erwidern. Etwas nur minimal Peinliches hätte schon gereicht. Stattdessen stöhnte sie auf, bemerkte dann, wie unpassend das war, und vergrub ihr Gesicht in den Händen.

»Ich kann nicht glauben, dass das gerade passiert«, nuschelte sie.

Plötzlich ertönte ein seltsames Geräusch direkt an ihrem Ohr, das sie ablenkte. Aus Reflex schlug sie mit ihrer Hand danach wie nach einer Fliege.

Anschließend hob sie den Kopf und sah Asher trotzig an. Sie hob den Zeigefinger. »Denk ja nicht, dass das irgendwie komisch für mich wäre.«

»Ich würde jetzt gerne noch einen Witz machen, aber ich denke, das würdest du nicht verkraften. Lass uns gehen.«

Mit einer Handbewegung war der Slip verschwunden und Mila stand vom Boden auf.

Da war es wieder! Sie fuchtelte in der Luft herum, ohne zu wissen, wonach sie schlug, doch das Geräusch war noch da. Es klang wie ein Flirren, viel zu hoch und absolut nervig. Als es kurz darauf aufhörte, tat sie es mit einem Schulterzucken ab, verabschiedete sich stumm von ihrem wenigen Hab und Gut und folgte Asher hinaus. Verließ mit ihm und ihrer Kosmetiktasche in der Hand zuerst das Zimmer, danach das Hotel.

Draußen angekommen, blieb er stehen und musterte sie. Mila erkannte diesen Gesichtsausdruck wieder.

»Du hast eine Frage. Oder du möchtest etwas. Ich bin mir noch nicht ganz sicher«, sprach sie ihre Vermutung aus und legte dabei ihren Finger ans Kinn, als würde sie gründlich darüber nachdenken.

»Gut aufgepasst. Beides. Siehst du die Menschen dahinten am Ende der Straße? Wird einer von ihnen bald sterben? Spürst du sonst irgendwas? Erkennst du jetzt gerade irgendwo die goldenen Linien, von denen du gesprochen hast?«

»Das ist ganz schön viel auf einmal. Ja, ich sehe die Menschen.

Ja, da ist ein Grauer. Die Frau mit der großen Tasche und den schönen langen Haaren. Direkt vor der Treppe.«

Mila deutete auf sie.

»Mit der roten Tasche?«, fragte Asher und Mila lachte.

»Ja, genau. Nur sie selbst wird grau, ihr ganzer Körper, nicht ihre Tasche oder ihre Hose. Falls das Teil deiner Frage war. Und nein, ich spüre nichts und sehe keine goldenen Linien. Zumindest nicht jetzt.«

»Interessant.«

»Du sagst das, als wäre ich ein Versuchsobjekt.«

»Es ist nur so, dass ich es nicht sehe. Kein Ewiger kann graue Menschen sehen. Es gibt nur eine Handvoll, die das können, und sie sind sehr – besonders. Du hast gesehen, wie eine Seele den Körper verließ. Aber das ist kein Thema für diesen Ort. Wir sollten gehen.«

»Was denkst du, wieso ich die goldenen Linien nicht mehr finde?«

»Ich vermute, deine Kraft liegt auf zwei Ebenen. Die eine ist die der Grauen. Du erkennst sie einfach, diese Fähigkeit wurde ein Teil von dir. Es ist quasi, als wäre der Schleier, der die Welt dahinter verdeckt, bei dir einfach zerrissen worden. Du musst deine Energie dafür nicht bewusst einsetzen. Und auf der zweiten Ebene, tiefer in dir, versteckt sich eine weitere Gabe, die dir nicht bekannt war und die geschlafen hat. Die nur manchmal herausbricht und die du erst lernen musst zu kontrollieren.«

Mila dachte über seine Worte nach und wollte ihn noch mehr

dazu fragen. Sie wollte wissen, wie sie diese Gabe wecken konnte. Wann war aus ihrem Fluch überhaupt eine Gabe geworden?

Gerade als sie dabei war, etwas zu erwidern, nahm sie erneut dieses nervige Surren wahr und schlug danach. Wenn das eine Fliege war, war sie riesig und schnell – und hatte ihren Gefallen an Mila gefunden. Sie musste wirklich nicht gut riechen. Ärger breitete sich in ihr aus.

»Wieso schlägst du um dich?«

»Weil diese blöde Fliege mich nicht in Ruhe lässt.«

»Fliege?«, wiederholte Asher überrascht.

»Ja! Du weißt schon: klein, dick, mit Flügeln, sehr hartnäckig. Sie summt schon, seitdem wir ins Hotelzimmer gegangen sind, an meinem Ohr. Es ist eigentlich eher wie ein Luftzug und danach ertönt eine Art Surren. Es nervt mich.«

»Seit dem Hotel? Eine Art Surren?«

Asher verengte die Augen zu Schlitzen, und gerade als Mila dabei war, ihn zu fragen, ob sie irgendwie undeutlich sprach, spürte sie seine Energie wie ein elektrisch aufgeladenes Feld um sich herum. Seine Augen verwandelten sich in flüssiges Gold, die Kraft wurde stärker und Mila traute sich nicht, sich zu bewegen. Asher trat direkt vor sie. Ohne Vorwarnung schoss sein Arm vor und ein ohrenbetäubendes Reißen, gefolgt von einem dumpfen Fiepen, erklang, was sie zusammenzucken ließ. Neben ihr glitt ein Vogel zu Boden – nein, Papier. Es war Papier. Und es brannte. Dann hob Asher seine andere Hand erneut.

Ein weiterer Papiervogel fing Feuer. Mila konnte kaum atmen, weil der Druck um sie herum sich immer mehr erhöhte. Ein drittes Kreischen.

Danach war es vorbei und Mila keuchte, griff sich an die Kehle. Ashers Magie war fort, seine Augen wieder schwarz und sein Blick klar.

»Spitzel«, sagte er leise, aber eindringlich und zeigte auf die Überreste der verkohlten Papiervögel. »Wir müssen sofort hier weg.«

Mila war so klug, keine Fragen zu stellen. Nicht jetzt, nicht an diesem Ort.

»Lauf immer dicht bei mir, schau nicht zurück. Verstanden? Die Menschen sehen uns nicht, sie werden dir nicht ausweichen. Fliegen ist zu gefährlich. Währenddessen kann ich dich nicht verteidigen. Mim und Pan auch nicht. Verstanden, Mila? Renn und bleib bei mir.«

Sie nickte entschlossen.

24

Tariel

»Verfluchte Scheiße!«, brachte Tariel hervor.

»Was ist los? Geht es Mila gut?«

Micael war sofort bei ihm. Sie standen in Tariels Wohnzimmer und er hatte bis eben Milas und Ashers Gespräch gelauscht, das seine Vögel übertragen hatten. Es war in seinen Gedanken widergehallt, sodass Micael es zum Glück nicht hatte hören können. Einer der Vorzüge dieses Zaubers.

Sie hatten Mila gefunden. Jetzt brannte das Band um sein Handgelenk ab, drückte sich tiefer und fester in sein Fleisch, bevor es zerfiel. Die Wunde würde lange brauchen, um zu heilen.

Der Preis des Zaubers.

»Ja, es geht ihr gut. Ich weiß, wo sie ist. Komm mit, wir müssen zurück nach Prag.«

Asher war in den letzten Jahrhunderten anscheinend schwächer geworden oder sentimental. Vielleicht auch schlicht nachlässig. Aber das glaubte Tariel nicht wirklich, sosehr er es wollte. Dieses Risiko war Asher bewusst eingegangen, warum auch immer. Und da Tariels Späher vor Ort vernichtet worden waren, blieb ihm nicht mehr viel Zeit. Mila würde gleich verschwunden sein.

»Los!«, drängte er Micael. »Prag, Milas Hotel.«

Er teleportierte sich. Als er ankam, sah er erst ein, zwei Sekunden verschwommen, da er aus seiner Sphäre in diese gesprungen war. Doch er erkannte gerade noch, wie Asher mit Mila davonlief.

»Es tut mir leid«, flüsterte er leise. Zu sich selbst und irgendwie auch zu Mila.

Dann erschien Micael neben ihm. Tariel deutete auf die beiden Fliehenden und rannte los.

25

Mila

Kondition war nie eine von Milas Stärken gewesen, aber wenn es darauf ankam, konnte man mehr schaffen, als man sich selbst zugetraut hätte.

Also rannte sie weiter, auch wenn ihre Lunge schmerzte, ihr Hals brannte und sich ein Stechen in ihrer linken Seite bemerkbar machte. Asher wollte direkt zum Portal, sie waren gleich da. Nur noch zweimal abbiegen, dann würden sie den Alten Jüdischen Friedhof erreichen.

Das Blöde war nur, dass Mila auf Asher angewiesen war, denn sie konnte das Portal allein weder erkennen noch betreten.

Sie liefen durch eine verlassene Gasse. Und als Mila *seine* Stimme hörte, konnte sie nicht anders, als sich umzudrehen. Das war ein Fehler. Sie kam augenblicklich ins Straucheln, stolperte, und wäre Asher nicht gewesen, wäre sie schmerzhaft über das Kopfsteinpflaster gerutscht, wie ihre kleine Kosmetiktasche es jetzt tat.

Asher wirkte gefasst und ruhig. Mila ahnte, dass sie es nicht schaffen würden. Dass Asher sie deshalb nicht länger dazu antrieb, weiterzurennen.

»Mila.«

Mic, nein *Micael*, rief sie erneut. Er und Tariel standen einige Meter entfernt von ihnen, am anderen Ende der Gasse, und traten langsam näher.

Mic wirkte wie der, den sie kennengelernt hatte. Wie der Freund, den sie in ihm gesehen hatte – den sie noch immer sah. Aber Tariel. Mila erkannte, dass er nun ein anderer war. Erklären konnte sie es nicht, manche Dinge wusste man einfach intuitiv. Man fühlte sie.

Ihre Bluse straffend richtete Mila sich auf. Asher fragte sie mit einem Seitenblick stumm, ob es ihr gut ginge. Auch eines der Dinge, die sie spürte. Sie nickte nur leicht und konzentrierte sich auf ihre Atmung, holte gezielt Luft. Ihr Puls ging viel zu schnell und sie begann zu schwitzen.

Asher ließ sie nicht los, sie nahm seine Energie wieder wahr, nur schwach, aber sie war da – und dann seine Stimme. Seine Stimme in ihrem Kopf. Mila riss vor Schreck die Augen auf. War das möglich? Doch jetzt war nicht die Zeit, sich darüber Gedanken zu machen oder deswegen auszuflippen.

Wenn ich jetzt *sage, drückst du auf den Stein an deinem*

Arm, rufst Mim und Pan, rennst zum Friedhof und versteckst dich. Ich werde dich finden. Verstanden?

Wahrscheinlich erwartete er keine Antwort, doch sie formte sich wie von selbst in Milas Kopf. Als hätte sie es schon einmal gemacht.

Ja.

Sie erkannte keine Reaktion in seinem Gesicht. Also fügte sie noch etwas hinzu: *Pass auf dich auf.*

Jetzt lächelte er und sie wusste, dass es funktioniert hatte. Er schob sie mit dem Rücken gegen eine der Mauern der Gasse. So konnte sie sehen, was hinter ihnen geschah.

Schließlich stellte Asher sich vor sie. Zwischen sie und die Ewigen des Lichts, die sie belogen hatten.

»Asher«, sagte Tariel in einem Tonfall, der Mila Übelkeit bereitete.

Wie hatte sie sich so sehr in ihm täuschen können? Ihr Blick fiel auf Mic, der sie sanft und beinahe voller Verständnis ansah. Tränen sammelten sich in Milas Augen, doch sie würde keine einzige davon vergießen.

»Tariel.« Ashers Stimme triefte vor Spott und Verachtung. »Immer wieder eine Freude. Was führt euch an diesem schönen Abend nach Prag?«

»Wir wollen Mila mitnehmen. Sie in Sicherheit bringen.«

Bei Mics Worten konnte Mila nicht anders, als aufzuhorchen. Er klang so ehrlich. Asher jedoch legte den Kopf schief und sie hörte ihn leise lachen.

»Oh, Micael. Wie löblich. Aber ich denke, dein guter Freund neben dir und euer ehrenvoller Rat haben da andere Pläne. Nicht wahr?«

Abwartend verschränkte Asher die Arme vor der Brust, während man Mic ansah, wie er mit sich rang. Schließlich ging er darauf ein.

»Wovon redet er, Ty?«

»Ja, Ty? Wovon rede ich?«

Tariels Gesicht verzog sich, er biss die Zähne zusammen und antwortete nicht. Mic trat auf ihn zu.

»Wie lautet dein Auftrag genau? Hast du mir etwas verschwiegen?«, fragte Mic harsch und bestimmt.

»Mila zu finden«, presste Tariel hervor.

»Und?«, fragte Asher mit beinahe übertrieben arroganter Stimme. »Das war es?«

»Ty, sag bitte, dass das alles ist! Du willst doch nicht … Nicht noch einmal, oder?« Mic sah von seinem Freund zu Mila. Erschrocken und blass. »Das kannst du nicht tun! Manche Befehle sollte man verweigern, verflucht!«

»Du hast keine Ahnung, wovon du redest. Sie ist eine Seelenseherin. Sie sieht die Menschen, die sterben werden, und ihre Seelen. Wenn sie in die falschen Hände gerät, wird alles zerbrechen. Wer weiß, was alles in ihr schlummert.«

»Nein«, flüsterte Mic und kniff die Augen zusammen. Seine Hände waren zu Fäusten geballt und seine Miene wirkte plötzlich unerschrocken. In Milas Hals bildete sich ein Kloß, weil sie nicht wusste, zu was er sich wohl gerade entschlossen hatte.

»Geht. Mila wird nicht mit euch kommen.«

»Du kannst sie nicht beschützen, Asher. So wenig, wie du Lyah beschützen konntest.«

Mic zuckte bei diesen Worten zusammen, sah aus, als könnte er nicht glauben, was Tariel da gesagt hatte. Mila spürte, dass er damit einen wunden Punkt bei Asher getroffen hatte. Ihre Armhärchen stellten sich auf, als sich in Ashers Hand ein Schwert formte. Rauch ließ die Konturen des Schwerts verschwimmen und keine Spiegelung war darin zu erkennen. Es war so dunkel, dass man glaubte, es würde jeden Moment alles um sich herum einsaugen. Jedes Licht, jedes Glück.

»Wenn der Tag kommt, an dem ich mich entschließe, deinem jämmerlichen Leben endlich ein Ende zu setzen, werde ich mir Zeit lassen.« Asher sprach jedes Wort gezielt aus, setzte es wie einen Peitschenschlag. Obwohl er die Stimme nicht erhob, klang sie so gefährlich und mächtig, dass selbst Mic einen Schritt zur Seite trat, weg von Tariel. »Und ich werde es genießen«, fügte er hinzu.

»Na, na, na«, ertönte plötzlich eine fremde weibliche Stimme.

Hinter Tariel erschien eine Frau und Mila musste zugeben, dass sie von atemberaubender Schönheit war. Makellose Haut wie Elfenbein. Sie trug einen hautengen weißsilbernen Overall und dazu passende Stiefel. Mila kannte niemanden, der in einem solchen Aufzug nicht lächerlich gewirkt hätte. Aber die junge Frau vor ihr würde wahrscheinlich in allem schön aussehen.

»Raquel.«

»Asher. Du siehst gut aus.« Sie gesellte sich zu Tariel und sah sich um, verschaffte sich einen Überblick.

»Was tust du hier?«, fragte dieser genervt.

»Deinen Job, wie es aussieht.«

»Ich schaffe das.«

»Ja, vielleicht.« Sie strich Tariel gespielt liebevoll über die Wange, bevor sie auf Asher zuschlenderte und ein eigenes Schwert formte.

Das Äußere kann anscheinend nicht lange die darunterliegenden Charakterzüge kaschieren, schoss es Mila durch den Kopf.

»Schnappt euch das Mädchen!«, befahl die Fremde Tariel und Mic.

Ihre Flügel nahmen Gestalt an und schneller, als Mila es für möglich gehalten hätte, auch die von Asher.

»Jetzt!«, schrie er Mila zu, ehe er sich mit Raquel in die Lüfte schwang und Schwert auf Schwert traf. Der Aufprall klang wie Donner im heftigsten Gewitter.

Tariel war auf dem Weg zu Mila. Hektisch schlug sie ihre Hand auf den Stein an der Kette um ihren Arm.

»Mim! Pan!«

Ihr Schrei hallte von den Wänden der Gasse wider und auch,

wenn sie nicht wusste, wie die beiden kleinen Hunde ihr helfen sollten, vertraute sie Asher.

Der Kristall wurde heiß, glühte auf und Mila streckte ihren Arm aus, stieß sich von der Wand ab und war kaum imstande zu glauben oder zu begreifen, was sie sah.

Rauch und Öl flossen aus dem Edelstein heraus, formten Mims und Pans Körper. Es krachte und knackte, goldene Funken stoben umher. Ein Knurren ertönte, so tief und laut, so erschütternd, dass Mila sich die Ohren zuhalten musste. Mims und Pans Beine wuchsen, ihre Körper ebenso, aus ihren kleinen Mündern wurden angsteinflößende Mäuler mit grau-goldenen Zähnen, deren Spitzen blutrot waren. Jeder einzelne war so groß wie Milas Hand.

Als Pan sich umdrehte, waren aus seinen Kulleraugen längliche große Schlitze geworden, trotzdem erkannte sie ihn. Der Sabber lief aus seinem Maul und dampfte. Sein Fell rauchte nur noch leicht, doch hier und da lief eine schwarze ölige Flüssigkeit seine Beine hinab. Sein Rücken war riesig, übertraf Milas Größe, sodass sie den Kopf leicht in den Nacken legen musste.

Tariel kam ruckartig zum Stehen, zog selbst ein Schwert und rief nach Mic. Mim und Pan schlichen währenddessen auf Tariel zu, drängten ihn zurück, wobei jede ihrer Pfoten ein paar Sekunden lang glühende Abdrücke auf dem Boden hinterließ.

Mila war wie gelähmt, konnte das Bild, das sich ihr bot,

kaum mit den kleinen süßen Hunden vereinbaren, die neben ihr im Bett gelegen hatten.

Tariel schwang sein Schwert.

Laufen. Du musst laufen!, erinnerte sie sich selbst und rannte los.

26

Asher

»Das lange Sitzen auf einem Thron hat dich träge werden lassen, Raquel.«

Asher versuchte, sie hinzuhalten und zu provozieren, damit sie einen Fehler beging. Nur einen einzigen, mehr brauchte er nicht.

»Das spielt keine Rolle. Du bist so abgelenkt von dem Mädchen, dass ich mich gar nicht anstrengen muss.«

Asher grinste und ließ sich nicht anmerken, wie recht sie damit hatte, als sie sich langsam fliegend in der Gasse umkreisten. Sie hatten einen Schutzschild um sich gebaut, damit die Menschen nichts sahen. Wenigstens keine geflügelten Wesen. Eben hatte er das laute Knurren von Pan vernommen. Mila hatte also auf ihn gehört und die beiden Hunde zu sich gerufen.

Zum Glück. Seine Erleichterung war so groß gewesen, dass er beinahe einen Schlag von Raquel kassiert hätte, weil er nicht aufgepasst hatte. Dabei hatte sie sein Jackett zerfetzt.

Mila war aus der Gasse verschwunden, doch sie war nicht weit gekommen. Er konnte sie noch spüren. Und er entdeckte Mim unter sich, die vor Micael stand und ihn bedrohte, aber nicht angriff, solange er keine Anstalten machte zu kämpfen. Micael konnte sich natürlich teleportieren, doch Mim war schnell, genau wie Pan. Und über kurze Strecken würde ihnen eine Teleportation auch gelingen. Sollte Micael in Milas Nähe landen, wäre Mim sofort bei ihr.

»Übrigens«, begann Raquel und rieb mit ihrem Daumen über ihr Kinn. »Die Narbe steht dir gut.«

Sie hatte sie ihm mit ihrem Schwert vor Jahrhunderten selbst zugefügt. Mit der Waffe eines Ewigen. Diese Wunden heilten mit etwas Glück, aber es waren die einzigen, die bei ihnen Narben hinterließen.

»Miststück«, fluchte Asher, als Raquel lachend auf ihn zuflog und ihn angriff. Während sie mit ihrem Schwert zuschlug und er parierte, schuf sie eine zweite Waffe, der Asher ausweichen musste. Ihr glockenhelles Lachen erklang und er hätte sich gerne die Ohren zugehalten, weil er es so sehr hasste. Oder ihr gleich die Stimmbänder herausgerissen. Zusammen mit ihrem kalten Herzen.

Raquel war leider nicht nur arrogant und widerwärtig, sie war auch eine exzellente Kämpferin. Das musste man ihr lassen.

Sie wand sich, duckte sich stets flink weg und jede Abwehr verwandelte sie in einen Angriff.

Gerade als Asher sich gegen ihren nächsten Schlag wappnen wollte und zugleich eine Druckwelle auf sie abfeuerte, teleportierte sie sich weg.

Kurz darauf spürte er ihre Präsenz. Hinter sich! Er wäre nicht schnell genug, das wusste er sofort, daher gab er seine Flügel auf. Die Federn stoben davon und verschwanden, nur Staub blieb zurück. Während Asher Richtung Boden fiel, sah er, dass er das keinen Moment zu spät getan hatte, denn Raquels Schwert zog sich gerade durch die Staubschicht, an deren Stelle er eben noch gewesen war. Sofort schuf er sich neue Flügel. Kurz vor dem Aufprall auf einem der Dächer flog er damit erneut empor.

»Nicht schlecht, Asher. Dennoch denke ich, jetzt hast du verloren!«

Sie schaute nicht ihn an, sondern zu einem Punkt irgendwo hinter ihm und sah dabei sehr selbstgefällig aus. Ihr Grinsen war eisig. Es war eine Falle, aber die Angst um Mila überwog, deshalb machte er etwas, das kein Kämpfer je tun sollte: seinem Feind den Rücken kehren.

Doch Raquels Worte waren keine Finte.

»Mila!«

27

Mila

Der Friedhof. Es war nicht mehr weit, sie konnte ihn sehen. Sie rannte weiter, bis Tariel unerwartet wenige Meter vor ihr erschien und sie schlitternd zum Stehen kam. Beinahe hätte sie vor Schreck laut aufgeschrien.

Völlig außer Atem und gleichzeitig vollgepumpt mit Adrenalin, dachte sie an Asher, Mim und Pan und fragte sich, ob es allen gut ginge.

»Mila«, begann Tariel und sie glaubte so etwas wie Bedauern in seiner Stimme zu hören. So brauchte er ihr nicht zu kommen! Als ob es ihm wirklich leidtäte.

Den Kopf schüttelnd, wich sie ein, zwei Schritte nach hinten, dann schob sie sich an dem Haus hinter sich entlang, wollte zurück in die Gasse. Beinahe wäre sie über einen hohen Stein gestolpert, denn sie achtete nur auf Tariel und sein langes glänzendes Schwert. Er trat näher und Mila kam sich so hilflos vor. Wie gerne würde sie kämpfen, wie gerne würde sie ihm ins Gesicht schlagen. Wozu hatte sie diese Kraft oder diesen Fluch, wenn sie nichts damit ausrichten konnte?

Dennoch nahm sie Ashers Worte ernst. Mut sollte man nicht mit Leichtsinn verwechseln.

»Es tut mir leid, Mila.«

Sie glaubte kaum, was sie da hörte, und schnaubte laut. »Das kannst du dir sparen! Wenn es so wäre, wärst du nicht hier.«

»Du verstehst das nicht«, erwiderte er durch zusammengebissene Zähne.

»Oh, ich verstehe genug. Du bist ein Lügner!«

Nach Milas harschen, aber wahren Worten wich jedwede Freundlichkeit aus Tariels Gesicht.

Seine Schritte beschleunigten sich so plötzlich, wie er wieder innehielt und sich nicht mehr rührte. Einen Wimpernschlag lang war Mila verwundert, bis sie die Asche, das Feuer und das Öl roch und eine Energie spürte. Bis ein Kopf und gefletschte Zähne über ihrer Schulter auftauchten. Pan.

Mila hätte beinahe vor Erleichterung laut aufgeschrien. Erschöpft lehnte sie sich einen kurzen Moment an Pan an.

»Diese Köter sind wirklich nervig.«

Tariels Worte quittierte dieser mit einem so tiefen und furchterregenden Knurren, dass der Boden unter ihnen zu beben begann.

Mila war nutzlos, konnte nichts weiter tun, als wegzulaufen – und bis zum heutigen Tag war ihr nicht klar gewesen, wie schrecklich beschämend dieses Gefühl war.

Pan setzte sich in Bewegung, machte einen Schritt nach dem anderen und Mila mit ihm. Sie drückte sich von ihm ab, krallte ihre Hand in das Fell seiner Flanke. Es war unerwartet weich, doch fester und dicker als zuvor. Die Vibrationen seines Atems und das Pochen seines Herzens waren deutlich spürbar. Eine eigene Art von Zauber umhüllte ihn.

Schritt um Schritt führte Pan sie an der Hausmauer entlang, weg von der Gasse und um Tariel herum, der sich zu ihnen drehte, aber keinen Angriff gewagt hatte. Bis jetzt.

Auf einmal ging alles so unglaublich schnell.

Milas Herz schlug ihr bis zum Hals, ihre Hände zitterten. Tariel sprang auf sie zu und Pan ihm mit gefletschten Zähnen entgegen. Mit einer kraftvollen Druckwelle, die Mila gegen die Mauer katapultierte und sie jeden ihrer Muskeln spüren ließ, wurde Pan zur Seite geschleudert. Er lag meterweit von ihr entfernt, bewegte sich kaum noch, als Tariel wieder auf dem Boden landete.

»Pan!«, schrie Mila.

Tariel. Dieser Mistkerl! Diese Aktion hatte ihn sichtlich geschwächt und sie hoffte, er hatte Schmerzen.

Pans Anblick zerriss etwas in Mila.

Es wurde ruhig in ihr und kalt. Die Angst zog sich in die hintersten Winkel ihrer selbst zurück und ihre Kraft erwachte.

Mila erkannte das Gefühl und sie fürchtete sich nicht mehr. Sie war anders und vielleicht begann sie gerade, diesen Teil von sich zu akzeptieren. Vielleicht war ihr Fluch auch eine Gabe.

Ihre Sorge um Pan wuchs. Sie dachte an Asher und Mim, wenn ihnen etwas zugestoßen sein sollte … Nein! Voller Wut schrie Mila auf. Mit einem Ruck schleuderte sie die Energie, die sich in ihr angestaut hatte, hinaus und riss Tariel damit zu Boden. Erschöpft landete Mila auf den Knien. Ihr Atem raste. Sie hatte das nicht geplant, wusste nicht, wie sie das gemacht hatte. Es war einfach passiert.

Tariel schaffte es kaum aufzustehen. Sein Gesicht war zu einer wütenden Fratze verzogen.

»Was war das?«, fauchte er und in dem Moment kamen Mic und Mim um die Ecke.

Mim schlich zu Pan, ohne Tariel aus den Augen zu lassen. Mic kam zu ihr und sofort rutschte Mila fort von ihm, hob abwehrend die Hände.

»Alles wird gut, ich bringe dich von hier weg.«

»Nein«, widersprach sie vehement. »Wo ist Asher? Und was ist mit Mim und Pan? Ich gehe nicht ohne sie.«

»Sie kommen nach. Sie werden es schaffen!«

Mic hielt ihr seine Hand hin und er wusste genau, dass er sie um einen verdammt großen Vertrauensvorschuss bat.

Nach einem Moment des Zögerns legte Mila ihre Hand in seine und ließ sich aufhelfen. Sie schwankte.

»Lass meine Hand nicht los!«

Mit seiner anderen Hand fuhr er in kreisenden Bewegungen über den Boden und mit jeder davon sah Mila allmählich einen Strudel wachsen.

»Ein Portal?«, fragte sie und Mic nickte. »Hier gibt es irgendwo eines. Irgendwo beim Friedhof.«

»Wir verschwinden gleich durch dieses. Ich renne mit dir nicht noch durch Prag.«

»Warum hat Asher keins erschaffen?«

»Wahrscheinlich, weil es einen Moment braucht. Außerdem sind Portale unberechenbar und kosten viel Kraft. Er hätte nicht gleich kämpfen können.«

Sie standen mit dem Rücken zur Mauer, ihnen gegenüber Tariel, der sich sammelte, während Mim auf ihn zuging. Stinkwütend. Sie glomm und rauchte wie Lava, die auf Wasser traf. Mic machte weiter, das Portal vergrößerte sich. Nach einer gefühlten Ewigkeit stoppte er und lächelte.

»Nicht loslassen!« Er nahm Milas Hand.

»Ich weiß.«

Dann erschien Raquel, tauchte einige Meter neben ihnen auf und schleuderte ihr Schwert. Mic fluchte, drehte sich um und warf sich vor Mila. Daraufhin krachte er gegen sie, wodurch sie den Halt verlor.

Ihren Halt und Mics Hand. Das Letzte, das sie sah, bevor sie fiel, war Ashers Gesicht, als er kurz darauf eintraf.

Das Portal verschluckte sie.

28

Asher

Raquels dreckiges Grinsen, das sie Asher schenkte, bevor sie verschwand, brannte sich in sein Gedächtnis ein. Genauso wie das, was er zuvor hatte mit ansehen müssen.

Das konnte unmöglich wahr sein.

Raquel war fort. Mila war ins Portal gefallen, Micael hinterher. Wut und Verzweiflung loderten in Ashers Adern. Er drehte sich vom Portal weg, das sich gerade geschlossen hatte, und blickte in Tariels Gesicht, das keinerlei Regung zeigte, bis der Feigling sich schließlich auch wegteleportierte.

Die Ruhe war ohrenbetäubend.

Asher würde Tariel zugrunde richten, sobald er die Gelegenheit dazu bekam. Oh, und er würde eine finden. Aber zuerst musste er Mila suchen, erfahren, aus welchem Portal sie herauskam. Verdammt! Er hoffte so sehr, dass sie es geschafft hatte, und verdrängte dabei die Realität. Portale waren nicht geschaffen für Sterbliche.

Fluchend eilte Asher zu Pan. Er lebte, war nur etwas angeschlagen. Mim ging es gut. Asher strich ihnen über das Fell und pfiff leise. Der Befehl, sich zurückzuverwandeln.

Ihre Konturen verschwammen langsam und ihre massigen Körper schrumpften zurück auf ihre vorherige Größe. Asher hob beide hoch und teleportierte sich direkt nach Hause. Er hatte keine Zeit zu verlieren.

In seinen Gemächern angekommen, setzte er Mim und Pan behutsam ab, die winselten und mit ihren kleinen Stummelschwänzchen wedelten. Mim leckte Pan übers Gesicht, weil er noch ziemlich benommen war. Sie machten sich ebenso wie er Gedanken um Mila und Asher fragte sich, wann er angefangen hatte, sich um sie zu sorgen.

Frustriert fuhr er sich durch die Haare, riss sich danach das Jackett vom Leib, das ohnehin von Raquels Schwert zerfetzt worden war. Er konnte froh sein, dass es nicht seine Haut gewesen war.

Am liebsten würde er ein Bad nehmen. Mim und Pan würde er auch reinschmeißen, sie stanken. Aber zuerst …

»Asher, endlich! Wir haben da ein Problem.« Ceto stand unerwartet in seiner Tür. »Scheiße, wie siehst du denn aus?«

Asher schritt auf ihn zu, baute sich vor ihm auf. »Hat sich in den letzten Minuten irgendwo in dieser Sphäre ein Portal geöffnet?«

»Was ist das bitte für eine Frage? Natürlich! Hunderte! Hier öffnen sich andauernd irgendwelche Portale«, erwiderte Ceto mit zusammengezogenen Augenbrauen, was Asher zur Verzweiflung trieb.

Er musste los.

»Entschuldige, ich hab was Wichtiges zu tun, berichte mir später von dem Problem.« Asher drängte sich an Ceto vorbei.

»Also es öffnen sich natürlich wirklich viele Portale, aber bisher noch nie eines, das einen Lichten und eine Sterbliche ausspuckt. Die Sterbliche trägt deine Markierung.«

Asher blieb sofort stehen, versteifte sich. »Was hast du gesagt?«

»Dass das Portal …«

»Ja, ich weiß. Wo sind sie?«

»Sie sind im Krater gelandet«, erwiderte Ceto. »Reia ist bei ihnen, doch sie wird die Schatten nicht ewig fernhalten können. Ist sie das Mädchen aus Prag, von dem du mir erzählt hast?«

Asher ignorierte die Frage. »Mim!«

Die kleine Kugel kam mehr zu ihm gerollt als gerannt und Asher hob sie hoch.

»Tut mir leid, ich weiß, du bist müde. Aber wir haben Mila gefunden.«

Mim knurrte leise.

»Lass uns gehen.«

Asher nickte seinem Bruder zu und konnte es kaum erwarten, im Krater seine aufgestaute Wut und Sorge rauszulassen. Am Abschaum dieser Sphäre.

Der Krater war ein tiefes, versifftes und dunkles Loch mit zahlreichen Labyrinthen, umgeben von altem Sandstein. Die niedrigsten Schattenwesen und untersten Ewigen wohnten dort. Menschen nannten sie Dämonen. Diese Ewigen entsprachen voll und ganz dem Bild, das die Menschen von ihnen hatten. Sie waren niederträchtige Wesen, böse durch und durch, und rotteten sich gerne im Krater zusammen, blieben lieber unter sich. Meist waren es jüngere Ewige, nur eine Handvoll ältere waren unter ihnen.

Asher materialisierte sich, Ceto direkt neben ihm. Mit einem Energiestoß feuerte er einen Lichtball in Richtung unendliche Decke. Er wollte, dass die Kreaturen hier sahen, wer sie besuchte.

Es roch nach abgestandener Luft, nach Dreck und Moder, nach verkohltem Boden. Stimmen erhoben sich. Zischend und tuschelnd sammelten sich die Schatten und Wesen.

Mim sprang von Ashers Arm und verwandelte sich ohne seinen Befehl, wurde wieder zu der großen Bestie, die in ihr schlummerte. Auch sie hatte für heute genug und war stinksauer. Sie würde jeden hier zerfetzen, wenn sie Mila nicht rausrückten. Ihr lautes Knurren erschütterte den Krater, brachte die Wände zum Beben und ließ die Steine hinabregnen. Mim trat vor und spaltete dabei die Menge, während Asher seine Magie aus sich strömen ließ, mehr und mehr. Einzelne Ewige gingen zu Boden, andere wichen zurück. Alles verstummte. Sie wussten, wer er war und zu was er fähig war.

»Sie sind dahinten, Asher.«

Selbst Ceto hielt Abstand, erkannte die angespannte Lage und das zarte Band, an dem Ashers Geduld hing und das jeden Moment zu zerreißen drohte. Er glich einer tickenden Bombe, von der niemand wusste, wann sie explodieren und was sie alles zerstören würde.

Asher folgte Mim, hielt dabei den Lichtball über ihnen. Wenige Meter später, hinter einer Biegung, entdeckte er Mila und Micael bewusstlos auf dem Boden liegen und bei ihnen war Reia. Ceto eilte sofort zu ihr und stützte sie. Sie sah erschöpft aus. Kein Wunder, um sie herum sammelten sich einige Leichen von niederen Dämonen, und viele andere trugen Spuren ihrer Magie.

Als sie Asher sahen, duckten sie sich vor Angst, versuchten zu fliehen, aber er hob seine geöffnete Hand und drückte dann langsam zu, sodass die Kreaturen röcheln mussten. Kurz bevor sie erstickten, ließ er locker. Sie krochen davon, während Mim hinterhersprang und nach ihnen schnappte. Er war froh, dass andere verhasste Kreaturen oder Ewige gerade nicht im Krater waren.

Asher wäre gerne sofort zu Mila gerannt, nachdem er sie am Boden erblickt hatte, doch er durfte keine Schwäche offenbaren. Nicht an diesem Ort.

Daher schritt er nur langsam zu ihr, wobei er keinerlei

Regung in seinem Gesicht zeigte. Er ging vor Mila in die Hocke, ließ den Lichtball erlöschen und gab dem Drang nach, ihr eine Strähne aus dem Gesicht zu streichen. Sanft fuhr er mit seinen Fingerspitzen über ihre Wange. Sie rührte sich nicht. Er wusste nicht einmal, ob sie noch lebte, konnte nicht erkennen, ob sie atmete.

Er würde Tariel und dieses Biest Raquel umbringen, er würde alles niederbrennen. Für Mila. Und auch für Lyah.

»Bring Reia von hier weg, bring sie zu mir. Dann komm wieder und hol den Lichten«, befahl er Ceto leise, der diesen Ort sofort mit seiner Geliebten verließ.

Asher hob Mila hoch, wobei ihr Kopf nach hinten sackte. Sie war so blass und kalt, dass er erschauderte. Mit ihr aufstehend drehte er sich zu Mim und pfiff. Mit einem Satz sprang sie auf ihn zu, verwandelte sich im Flug zurück und landete auf Mila. Sie leckte ihr über die Wange und winselte. Ceto war gerade wieder zurückgekommen und hatte sich Micael geschnappt, aus dessen Mitte noch immer Raquels Schwert ragte, als die Geräusche um sie lauter wurden, nur um direkt darauf völlig zu verstummen.

Asher sah sich um und entdeckte Rólan, samt einer kleinen Schar Dämonen, die ihm folgten. Verfluchter Dreck! In seinem Zustand hatte er keinerlei Nerv, sich mit jemandem auseinanderzusetzen. Vor allem nicht mit Rólan.

Während die anderen Kreaturen zur Seite krochen, ihm Platz machten, gab Asher Ceto ein Zeichen, sofort zu verschwinden.

Hoffentlich hatte Rólan die beiden nicht gesehen und den Lichten nicht erkannt.

»Asher«, begann Rólan mit einem scheinheiligen Grinsen und breitete dabei die Arme aus. Währenddessen war Asher bemüht, keine Aufmerksamkeit auf Mila zu lenken. Er musste fort von hier, bevor das Licht auf sie traf.

»Man hat mich gerufen, weil angeblich Unbefugte den Krater betreten und einen Kampf begonnen haben sollen. Und nun finde ich dich hier vor.«

Nur zu gern würde Asher ihn in Flammen aufgehen lassen, aber dazu hatte er jetzt keine Zeit. Rolán dachte wirklich, der Krater gehörte ihm, und verfiel wieder und wieder dem Irrglauben, er hätte irgendetwas zu sagen.

»Rólan. Wie immer ein Vergnügen. Leider habe ich jetzt keine Zeit für dich.«

Asher machte keinen Hehl daraus, was er von diesem Ort und seinen Bewohnern hielt, und jede Faser von ihm, jedes Wort, spiegelte das wider.

»Wag es ja nicht, mich hier stehen zu lassen«, zischte Rólan, doch Asher verschwand bereits mit Mila.

Er teleportierte sich, weil er keine Zeit hatte, ein Portal zu schaffen. Denn falls Mila den Fall in Micaels Portal überlebt hatte, würde sie auch eine Teleportation überstehen. Das Risiko ging er ein. Alles war besser, als dass Rólan sich für sie zu interessieren begann.

In seinen Gemächern waren Reia und Ceto bereits damit

beschäftigt, den verletzten Lichten zu versorgen. Eine Blutspur zog sich von der Mitte des Raumes bis hin zu ihnen.

»Sei vorsichtig«, ermahnte Reia Ceto gerade eindringlich, während sie ihm half, Micael auf einer neu erschaffenen Pritsche neben Ashers Bett abzulegen. Sorge und Ärger zeichneten sich auf ihrem Gesicht ab und legten sich nur teilweise.

Die Pritsche hatte ein Loch in der oberen Hälfte, sodass sie den Lichten auf den Rücken legen konnten trotz des Schwerts in seiner Brust. Entweder hatte Reia bisher keine Zeit gehabt, es zu entfernen, oder sie konnte es nicht. Verflucht! Asher hätte auf seinen Instinkt hören sollen. Doch wenn er ehrlich war, war Raquels Auftauchen eine Überraschung gewesen. Tariel allein wäre kein Problem gewesen, aber Raquel …

Mila ruhte noch immer leblos in seinen Armen. Behutsam trug Asher sie zu seinem Bett, legte sie ab und hob Mim von ihr, die sich direkt wieder an sie kuschelte. Währenddessen versuchte Pan, obwohl er so geschwächt war, vergeblich, das Bett zu erklimmen. Asher half ihm, woraufhin dieser sich an Mim schmiegte.

Als Asher sich umdrehte, hielt sein Bruder Reia im Arm. In einer Mischung aus Angst und Wut redete Ceto auf sie ein, während sie sich beharrlich wehrte, um seiner Umklammerung zu entfliehen.

»Du Idiot, ich liebe dich auch! Nur lass mich jetzt meine Arbeit machen, sonst muss ich dir wehtun.«

»Danach sprechen wir darüber.«

Er küsste sie stürmisch, legte seine Hände sanft um ihre Wangen und sie schmiegte sich an ihn. Sie gab für einen kurzen Moment nach, bevor sie sich von ihm löste und sich Micael zuwandte, dem ein gequältes Stöhnen entwich. Er lebte also wirklich noch.

Asher war nicht herzlos, aber es war ihm gleich, solange Mila vor ihm lag – blass, kalt, ohne ihr Lächeln. Er nahm ihre Hand, fuhr mit seinen Fingern darüber. Sie war so klein und zierlich.

Zu ihr hinuntergebeugt flüsterte er: »Wehe, du kommst nicht zurück! Komm zurück, bitte, komm zurück.«

Als er sich wieder erhob, schrie er Reias Namen. »Kümmere dich um Mila. Sofort!«

»Was ist hier los, verflucht noch mal! Asher, hörst du mir zu?«, wollte Ceto wissen. »Und ganz nebenbei: Ich glaube, der Ewige braucht Reia mehr.«

»Rede bitte nicht weiter«, sagte Reia eindringlich. Natürlich ignorierte er sie.

»Ich meine, er ist ein Ewiger, wenn auch ein Lichter, sie nur ein Mensch.«

»Ceto«, warnte Reia und Asher konnte seine Wut kaum zügeln. Etwas in ihm vergaß, dass der Ewige vor ihm sein Bruder war, sein ältester und bester Freund.

»Das Mädchen wird sowieso nicht überleben«, redete Ceto weiter, was Reia frustriert aufseufzen und sich die Hand an die Stirn schlagen ließ, als ahnte sie, was kommen würde.

Die Wut in Asher explodierte, löschte das Feuer des Kamins

und der Kerzen an den Wänden und tauchte den Raum in Dunkelheit. Der Boden bebte, alles in Asher drohte zu zerreißen und am liebsten würde er genau das auch mit seinem Bruder tun. Mit einem Satz war er bei ihm, mit einer schnellen Bewegung packte er ihn und hob ihn hoch.

»Ich sagte, Reia soll sich um Mila kümmern«, zischte Asher bedrohlich, sein Grollen hallte von den Wänden wider, Wind und Sturm brachen herein. Lange würde der Raum diesem Machtausbruch nicht standhalten. Mim und Pan knurrten hinter ihm.

»Aber sie ist nur …«, begann Ceto erneut, während Reia schrie: »Halt die Klappe, du Idiot!«

Asher schleuderte ihn mit voller Kraft gegen die Wand, Steine brachen heraus und fielen herunter, Blitze schlugen im Raum ein. Bis Asher eine kühle Hand auf seinem Arm wahrnahm, die eine beruhigende Energie ausstrahlte.

»Asher, sie wird es schaffen, ich kümmere mich um sie.« Reia. Sie drehte sein Gesicht zu sich. »Hörst du mich? Sie schafft es.« Mehr als ein Nicken brachte Asher nicht zustande. »Du musst jetzt aufhören. Sperr deine Kraft ein. Sofort!«, flehte sie eindringlich.

Es war anstrengend, sich zu zügeln, besonders, wenn man am liebsten alles in Schutt und Asche gelegt hätte. Denn es war nicht nur Mila, um die er sich sorgte. Alte Wunden rissen auf, alte Sorgen vermischten sich mit neuen und verschwammen.

Mit einem Ruck war alles vorbei, die Macht zog sich in sein

Inneres zurück, der Sturm legte sich, das Beben und Grollen verstummte und die Lichter der Kerzen brannten wieder. Asher schnipste und das Feuer im Kamin loderte erneut. Voller Emotionen glühten seine Augen, Rauch strömte aus jeder seiner Poren und sein Brustkorb hob und senkte sich zu schnell und zu heftig.

»Scheiße, was war das denn?« Ceto rappelte sich vom Boden auf.

»Ich flehe dich an, hör auf zu reden«, bat Reia genervt und erschöpft.

»Wieso bin ich denn jetzt schuld? Kann mir einer mal erklären, was das war?«

»Wie steht es um den Lichten, Reia?«, begann Asher mit einer erschreckenden Ruhe, anstatt auf Cetos Fragen einzugehen.

»Nicht gut. Das Schwert umgibt ein besonderer Zauber, eine Art Gift. Ich muss mir das genauer ansehen. Nachdem ich mich um Mila gekümmert habe.«

Asher nickte ihr dankend zu, bevor er sich an Ceto wandte. »Schnapp dir deine Schatten. Du musst jemanden entführen.«

29

Tariel

»Du miese Schlange!«, brach es aus Tariel heraus, während sich Raquel elegant in den Sessel des Ratsraumes gleiten ließ und süffisant lächelte.

Dieses Biest! Schon immer hatte Tariel sie abstoßend gefunden, über all die Jahrhunderte keinerlei Sympathie für sie entwickeln können, aber heute … seit heute empfand er nicht mehr als Hass.

»Hüte deine Zunge«, mahnte Artas, der Raquel gerade etwas zu trinken anbot. »Sei dankbar, dass Raquel sich dir verbunden gefühlt und sich deiner Sache angeschlossen hat.«

Tariel wusste nicht, ob er lachen, schreien oder den beiden vor die Füße kotzen sollte.

»Sie hat Micael verletzt, vielleicht ist er tot!«, schrie er frustriert und es war ihm egal, wie wenig Respekt er in diesem Moment vor dem Rat zeigte.

»Wärst stattdessen lieber *du* verletzt oder getötet worden? Raquels Bericht zufolge hatte Asher seine zwei Köter dabei. Wir dachten, es wäre bloß ein Gerücht, aber anscheinend hat er den Zauber wirklich durchführen können.«

»Micael und ich hätten das geschafft.«

»Du Narr«, gurrte Raquel. »Micael hat sich gegen dich gestellt und gegen unser Ziel. Er hat sich gegen die Lichten und für eine Sterbliche entschieden.« Das Wort *Sterbliche* spuckte sie angewidert aus, als wäre es ein Parasit, den sie loswerden musste.

»Es muss einen Grund dafür geben.«

»Oh, den gibt es mit Sicherheit. Verrat.«

»Nein!«, beharrte Tariel. Das konnte nicht sein. Nicht nach allem, was sie durchgemacht hatten. »Micael ist ein Lichter. Auch er hat seine Überzeugungen.«

»Anscheinend sind es die falschen«, mahnte Artas, bevor auch er sich in einem der Sessel niederließ. Niemand bat Tariel Platz zu nehmen.

»Einer von uns ist in den Händen der Schatten, schwer verletzt, und es ist euch egal?«

»Vielleicht ist sein Leid schneller vorbei, als du denkst, lieber Tariel. Mach dir keine Gedanken darum. Kümmere dich lieber um das Mädchen. Finde heraus, ob sie überlebt hat.«

Raquel erhob ihr Glas, prostete ihm zu und trank genüsslich einen Schluck.

»Was meinst du damit?«

»Geh! Du bist entlassen.«

Artas machte eine wegwischende Handbewegung, als könnte er Tariel damit aus dem Raum kehren.

»Nein, wir sind hier noch nicht fertig«, widersprach Tariel.

Zum ersten Mal widersetzte er sich. Er wollte sich nicht abwimmeln lassen, bevor er seine Antworten hatte. Wollte verstehen, warum einer von ihnen durch die Hand des Rates zu Schaden hatte kommen müssen. Aber vor allem wollte er wissen, ob es wirklich richtig war. All das.

30

Mila

Es ist dunkel, ich fühle mich zerrissen, anders und fremd. Das hier kommt mir bekannt vor. Die Kälte, die Brüche in Gold, dieses Gefühl in mir. Und der Rauch.

Ich kenne diesen Ort.

Ich habe diesen Platz in meinem Traum besucht, erkenne Teile davon wieder. Ist es wirklich derselbe Ort? Ist das hier auch ein Traum?

Langsam und vorsichtig setze ich einen Fuß vor den anderen. Etwas knarzt unter meinen Schuhen. Vielleicht Gestein. Die Dunkelheit wird erleuchtet von goldenen pulsierenden Linien. Ich habe sie schon einmal gesehen, am Brunnen auf dem Rathausplatz.

Die Stimme ist nicht da. Bin ich diesmal allein?

Ich schreite voran, ohne den Weg vor mir genau ausmachen zu können oder gar ein Ende. Ich weiß nicht einmal, ob es ein Ende gibt. Da ist nur Schwärze. Aber sie ruft mich. Ich glaube, sie meinen Namen flüstern zu hören.

Mit geschlossenen Augen konzentriere ich mich darauf. Tief einatmend bleibe ich stehen … Erde, Asche. Manche Gerüche prägen sich ein und diesen werde ich nie vergessen.

»Milena.«

Diese Stimme. Eine Gänsehaut breitet sich auf meinem Körper aus, bedeckt meine Arme, meinen Nacken und zieht sich sogar über meine Beine.

Wieso habe ich keine Angst?

Er tritt vor mich und scheint doch so weit entfernt zu sein. Sein Gesicht kann ich nicht erkennen, aber er sieht genauso aus wie am Brunnen. Seine Energie springt in Funken auf mich über, erfasst mich wie kleine Stromschläge. Es tut nicht weh. Etwas in mir pulsiert und es ist, als würde es Hallo sagen.

Ich schlucke schwer und warte ab.

»Oh, Milena«, sagt er wehmütig.

»Woher kennst du meinen Namen?« Meine Stimme klingt fest.

»Ich kenne jeden Namen und jedes Wesen. Das ist meine Aufgabe.«

»Du bist der Tod.«

»So nennt man mich.«

»Wo bin ich hier? Wieso bist du hier?«

»Das hier ist eine Zwischenwelt. Der kleine Spalt zwischen den Sphären. Der Raum zwischen Hier und Dort.« Er macht eine Pause, bevor er weiterspricht. »Niemand sollte lange hier sein. Es ist kein Ort zum Verweilen, es ist eine Brücke, nicht mehr.«

Ein Gedanke formt sich in meinem Kopf, den ich nicht wahrhaben möchte. »Bin ich tot?«, wispere ich.

»Noch nicht. Aber du wirst es sein, wenn du nicht gehst.«

»Ich habe so viele Fragen«, bricht es aus mir heraus.

»Und ich viele Antworten. Doch manche sind nicht für dich bestimmt.«

»Wie … ich meine … weißt du …?« Ich sammle mich, versuche, nicht zu stottern. »Wieso kann ich dich sehen?«

»Weil du hier bist. Und weil ich mich dir zeige.«

»Aber …«, setze ich an und ich will fragen, wie das sein kann. Was ist in Prag passiert? Warum ich ihn und die Grauen sehen kann.

»Ich darf dir nicht helfen. Du musst gehen, Mila. Ich möchte dich nicht mitnehmen müssen. Noch nicht heute.«

Seine Stimme entfernt sich, er selbst verblasst und ich schreie, er solle warten. Ich schreie und schreie und renne auf ihn zu, will ihn festhalten, aber ich fasse ins Nichts und falle zu Boden.

Er ist weg.

»Wie soll ich hier verschwinden? Ich weiß nicht einmal, wie ich hergekommen bin«, wispere ich verzweifelt und anstatt aufzustehen, bleibe ich am Boden und lasse die Dunkelheit

gewähren, als sie sich wie eine Decke über mich legt – und rolle mich in ihr ein.

Ich weine.

»Wehe, du kommst nicht zurück!«, hallt unerwartet laut eine Stimme in mir wider. Ich horche auf, setze mich aufrecht hin und lausche aufmerksam. »Komm zurück, bitte, komm zurück.«

Asher.

Ich rappele mich auf, reiße mich zusammen. Ich muss zurück. Ich will leben. Also schüttele ich die Dunkelheit und die Verzweiflung, die mit ihr gekommen ist, ab und besinne mich auf das, was zählt: der Wille, nicht sterben zu wollen. Zu leben.

Ich möchte zu Asher, zu Mim und Pan. Ich möchte diesen Ort verlassen.

Mic*, schießt es mir durch den Kopf und ich erinnere mich wieder an das, was geschehen ist.*

Ich will zurück, weil ich endlich etwas gefunden habe, für das sich das Zurückkehren lohnt.

Ich kämpfe. Ich werde es schaffen!

31

Asher

»Ich muss mich für ihn entschuldigen.«

Reia sah Asher mitfühlend an.

»Was meinst du?«

»Ach, tu doch nicht so! Ceto hat es vielleicht nicht erkannt, aber beleidige mich nicht, indem du annimmst, ich wäre genauso begriffsstutzig.«

Reia beugte sich über Mila und ließ ihre Magie durch Milas Körper fließen, um ihren Zustand besser einschätzen zu können. Asher wartete ab. Mehr konnte er ohnehin nicht tun.

»Ich denke, du magst sie«, nahm Reia den Faden wieder auf, was Asher überhaupt nicht passte. Er wollte es nicht hören. Dass er vor wenigen Momenten so die Kontrolle verloren hatte … So etwas passierte nie. Nicht ihm.

»Es ist die Art, wie du sie ansiehst.« Reia wandte sich ihm zu und lächelte sanft. »Jetzt, wo ich dich so betrachte, glaube ich, du hast es gerade selbst noch nicht bemerkt. Du und Ceto seid euch ähnlicher, als ich dachte. Beide schwer von Begriff.«

Asher schnaubte und Reia kicherte.

»Wie geht es ihr?«

Reia hob eines von Milas Lidern vorsichtig an. Ihre Augen waren gräulich-weiß, mit einem sanften Schleier bedeckt. »Ehrlich gesagt, bin ich mir nicht sicher. Ihr Körper arbeitet normal, sie ist nur etwas kalt. Aber …« Sie wollte Mila zudecken, was Mim und Pan erschwerten, weil sie stur auf der Decke sitzen blieben. »Kommt schon, ihr zwei!«

Sie zog heftig an der Decke, sodass die beiden herunterkullerten. Danach setzte sie sie auf Milas Bauch.

»So ist es besser. Haltet sie schön warm!« Sie tätschelte ihnen den Kopf. Dann drehte sie sich zu Asher um. »Das Problem ist ihr Geist. Oder ihre Seele, wie die Menschen es nennen. Der endliche Teil ist wohlauf, aber der unendliche ist …« Verzweifelt rang sie nach Worten. »Ruhelos? Nein, das trifft es nicht ganz. Es ist mehr so, als ob er nicht zurückfindet. Man könnte sagen, er ist nicht dort, wo er sein sollte, sondern hat sich in sich selbst verloren. Vielleicht auch in unserer Welt. Vergiss nicht, auch die Menschen sind damit verbunden. Mila ist dort gefangen, und wenn sie nicht wiederkommt …« Reia schluckte schwer, während sie Ashers Blick mied.

Dann würde sie sterben. Reia musste es nicht aussprechen.

»Wir können nichts tun, außer abwarten. Es gibt zu viele Sphären, du würdest ihren Geist nicht rechtzeitig erreichen. Er könnte überall sein. Und wenn er noch in ihr ist, hättest du gar keine Chance.«

Reia kannte ihn besser, als ihm lieb war. Also schwieg er und ließ sich seine Frustration über ihre Antwort nicht anmerken.

»Und was ist mit unserem Lichten hier?«

Sie schritten beide zu Micael hinüber, der eingeschlafen war und schwer atmete. Schweißtropfen liefen an seinen Schläfen hinab.

»Sieh dir das an«, bat Reia, bevor sie Micaels Shirt nach oben zog. Um an die Wunde zu gelangen, hatte sie sein Hemd bereits zerrissen. Flüssiges Gold und pures Licht drangen hinaus. Zusammen mit … zähflüssigem roten Blut?

»Wie ist das möglich?«

Das Schwert steckte noch immer in Micaels Bauch, oberhalb des rechten Hüftknochens. Diese Schwerter waren aus Äther geschmiedet und je nach Verletzung absolut tödlich. Doch hier spielte ein weiterer Faktor eine Rolle: Ewige bluteten nicht rot. Außerdem dehnten sich dunkle Linien über seinen Bauch aus.

»Es werden immer mehr und sie verbreiten sich schnell.«

»Was glaubst du, was es ist?«

»Gift oder ein Zauber, der über das Schwert gelegt wurde. Die Wunde hätte er vermutlich überlebt, aber das hier … Er wird sterblich, Asher. Seine Heilkräfte versagen, bald werden sie ganz verschwunden sein. Meine wirken nicht. Und … es hat ihm den Bauchraum zerfetzt – das Schwert ist mit Widerhaken versehen.«

»Ja, ich kenne Raquels Schwert«, stieß er durch zusammengebissene Zähne hervor.

»Ich bin gut, das weißt du. Das hier … das übersteigt schlicht meine Heilkraft. Ich müsste einen Gegenzauber anwenden und dafür einen Preis bezahlen. Doch selbst dann gäbe es keinerlei Garantie.«

»Kannst du das Schwert entfernen?«

»Es macht keinen Unterschied. Er hätte nur noch größere Schmerzen.«

»Besser als mit Raquels Schwert im Leib zu sterben«, erwiderte Asher.

»Sehe ich auch so«, ertönte es nuschelnd von Micael. Er wurde wach. Sein Atem ging schnell, er schwitzte, sein Brustkorb hob und senkte sich in immer kürzeren Abständen. Die Haut war fahl und Blut lief ihm aus der Nase. Rotes Blut.

»Ich wusste es nicht«, brachte er röchelnd hervor und begann zu husten. Sein Gesicht verzog sich vor Schmerzen, weshalb Reia ihm beruhigend zuredete.

»Ich besorge einen Lappen und kaltes Wasser.«

Bevor sie in Ashers Bad verschwand, steckte Reia dem Lichten ein Kissen unter den Kopf, damit er es etwas bequemer hatte. Sie gab den beiden einen Moment alleine.

Asher trat näher zu ihm.

»Ich kann nicht glauben … Ich kann nicht …«

Micael musste durchatmen, seine Lunge gab seltsame Geräusche von sich. Als er erneut zum Reden ansetzte, legte Asher ihm seine Hand auf die Schulter.

»Er hätte das mit Lyah nicht sagen dürfen.« Seine Worte waren so leise, dass Asher sich noch weiter vorbeugen musste, um ihn verstehen zu können. »Und ich dachte nicht, dass er so einen Befehl ein zweites Mal ausführen würde.«

Asher schon, aber das sagte er ihm nicht.

»Wie geht es Mila? Hat sie es geschafft?«

»Sie lebt. Dank dir.«

»Das ist gut, das ist gut«, wiederholte er wie ein Mantra, während er vor Schmerz die Augen zusammenkniff.

Reia kam mit Dutzenden kleiner Tücher aus dem Bad zurück, einer Schale mit Wasser und einer Dose mit einer Paste, die widerlich roch. Streng und säuerlich.

»Hilf mir mal bitte«, bat Reia mit vollbepackten Armen.

»Natürlich, entschuldige.«

Er setzte neben Reia einen Beistelltisch zusammen und nahm ihr die Handtücher mit der Dose ab.

»Danke.« Sie stellte die Schale mit Wasser ab und griff nach der Paste, die sie wahrscheinlich gerade aus ihren Gemächern geholt hatte.

»Eigene Rezeptur. Eine Mischung aus Lavendel, verschiedenen Kräutern und … Glaubt mir, ihr wollt es eigentlich nicht wissen. Es ist gegen die Schmerzen und sollte helfen, das Ganze ein wenig zu verlangsamen. Zumindest vorerst.«

Mit zwei Fingern fuhr sie in die Paste und schmierte sie auf die Wunde rund um das Schwert. Micael zuckte zuerst zusammen, aber entspannte sich dann sichtlich.

»Und? Wirkt sie?«

Er nickte. »Der Schmerz wird weniger und der Druck lässt nach. Danke.«

»Dank mir nicht. Das wird nicht lange andauern«, gab Reia voller Bedauern zu. »Also. Was tun wir?«

Asher wusste, was sie meinte. Sie hielt es für Irrsinn, das Schwert auch nur anzufassen, erst recht, es zu bewegen. Das war ihm klar. Wieso unnötig mehr Schmerzen verursachen? Am Ende würde es keinen Unterschied machen. Sie hatte recht, keine Frage. Trotzdem würde Asher an Micaels Stelle versuchen, das Schwert herauszuziehen, sich notfalls einen Teil seines Körpers abtrennen, nur um es loszuwerden. Alles wäre besser, als mit Raquels Schwert im Leib aus dieser Welt zu entschwinden. Es war Stolz, der eine Rolle spielte. Und so töricht es vielleicht war, war er doch eins der Dinge, die am Ende blieben. Stolz, nicht Bedauern.

Er betrachtete Micael, und als dessen Blick den seinen fand und er nickte, wusste Asher, was zu tun war.

»Geh zur Seite, Reia«, bat er sie freundlich, aber bestimmt.

»Das ist Wahnsinn! Wir können das Schwert nicht einmal umformen oder zerbrechen. Es wird ihn zerreißen!«

Schwerter geformt aus dem Äther waren die große Schwäche der Ewigen. Und nur derjenige, der eins geschmiedet hatte, konnte es auch zerstören. Egal, welche Magie Asher anwandte, das Schwert würde standhalten.

»Mach schon, Schatten!«

Micael wollte ihn provozieren. Er wusste, dass er sterben würde, und wollte, dass man das verfluchte Schwert schnellstmöglich aus seinem Körper zog. Asher konnte das verstehen. Also griff er danach, umklammerte es und sah Micael ein letztes Mal fragend an.

»Warte!« Reia nahm Micaels Hand zwischen ihre beiden.

»Bereit?«

Micael nickte kurz.

Mit einem Ruck zog Asher an dem Schwert und merkte, dass es langsamer ging als gedacht. Er zog heftiger, holte seine Magie dazu, während Micael erstickt aufschrie und sich krümmte. Raquel war ein Biest und so fies, wie sie selbst war, gestaltete sie auch ihre Waffen.

Ein letzter Ruck und das Schwert war draußen. Es riss Fleisch und Blut mit sich. Angewidert schleuderte Asher es von sich, woraufhin es klirrend auf dem Boden aufkam.

Blut strömte aus der Wunde und erst jetzt sah man, wie groß der Schaden wirklich war, den Raquel angerichtet hatte. Reia befreite ihre Hand aus dem Griff des Ewigen, der nur noch flach atmete. Er driftete weg. Sie reichte Asher zwei Handtücher und schloss mit ihrer Magie das Loch in der Pritsche.

»Schieb ein Handtuch unter ihn und das andere presst du fest auf die Wunde. Den Rest mache ich.«

Asher kam ihrem Befehl nach, doch die Handtücher sogen sich sofort mit Blut voll. Daher fixierte Reia sie mit ihrer Energie.

»Ich verstehe nicht, warum ihr zwei das tun wolltet«, schimpfte sie empört und senkte wutentbrannt ein Handtuch ins Wasser. Sie wrang es aus und legte es zur Kühlung auf Micaels Stirn, der unverständliche Worte nuschelte.

»Es musste sein.«

Reia schüttelte missmutig den Kopf, während Asher sich wieder Mila zuwandte. Es tat ihm leid, dass er für den Ewigen nichts mehr tun konnte.

Wenn Mila es nicht schaffte … Diesen Gedanken verdrängte er sofort wieder. Er wollte sich zu ihr aufs Bett setzen, blieb jedoch stehen. Nicht einmal Mim und Pan kamen zur Ruhe und stupsten Mila unaufhörlich an.

Die Veränderung in der Atmosphäre war für Asher schon einige Sekunden spürbar, bevor etwas passierte. Mims Fell sträubte sich, Pan wollte aufstehen, aber Asher hielt ihn auf, indem er ihm mit erhobener Hand befahl, liegen zu bleiben.

Wenige Augenblicke darauf krachte ein anderer Lichter auf den Boden hinter Micaels Krankenlager, neben ihm Ceto, der Ezechiel einen kräftigen Tritt verpasste, während er sich selbst mit einem Finger über die Lippe fuhr. Sie heilte bereits wieder, doch anscheinend hatte Ceto ein oder zwei Schläge einstecken müssen. Dass Asher die Teleportation schon vorher gefühlt hatte, zeugte davon, wie sehr sich der Ewige gegen die Mitnahme gesträubt hatte.

»Ezechiel, schön, dass du es einrichten konntest«, begrüßte er seinen neuen Gast.

»Asher, ich schwöre dir, das nächste Mal erledigst du deine Drecksarbeit selbst!«, fluchte Ceto und ging zu Reia, während der Lichte sich langsam aufrappelte und alles andere als erfreut wirkte. Das, was ihn gleich erwartete, würde ihn nicht glücklicher machen.

»Scheiße, was soll das? Was tue ich hier? Ich …« Er beendete den Satz nicht, sondern starrte auf die Stelle, an der die Pritsche stand. »Ist das …«, begann er leise und keuchte auf. »Mic! Was habt ihr mit ihm gemacht?«

Er bündelte seine Kraft, die für ihn in diesem Raum nicht besonders nützlich war. Asher hatte seine Gemächer gut abgesichert.

Er schritt auf Ezechiel zu, packte ihn und zwang ihn zuzuhören. »Sieh genau hin.«

Zuerst zeigte er auf Micael, danach auf Mila und im Anschluss auf Raquels Schwert.

Ezechiels Augen weiteten sich vor Schreck, er zog sofort seine Energie zurück. »Was ist passiert?«

»Tariel und Raquel«, erwiderte Asher schlicht und dennoch eindringlich.

»Tariel?«, wiederholte Ezechiel. »Seid ihr euch sicher?«

»Mila und ich waren in Prag. Er hatte Späher auf sie angesetzt. Micael war bei ihm, aber – nun, er wusste anscheinend nicht, worin genau Tariels Auftrag bestand. Er ging über das Finden von Mila hinaus.«

»Nein«, brachte Ezechiel nur leise hervor. Er stand unter Schock. »Sie ist der Fehler …«

»Das wissen wir. Raquel tauchte auf. Micael hat sich vor Mila gestellt und sie vor ihr beschützt.«

Das war alles, was Ezechiel wissen musste. Mehr Details waren nicht nötig.

Asher ließ Ezechiel los, der zu Micael schwankte, wobei sein Blick zwischen seinem Freund und Mila hin und her huschte.

»Werden die zwei wieder gesund?«

Reia und Ceto sahen sich bedeutungsvoll an und traten ein Stück zurück, um Ezechiel mehr Raum zu geben. Asher biss die Zähne zusammen und sprach aus, was ausgesprochen werden musste.

»Bei Mila wissen wir es nicht, es wäre möglich. Wir müssen abwarten. Aber Micael …« Er musste den Satz nicht beenden.

»Nein«, wehrte Ezechiel ab. Er wiederholte das Wort wieder und wieder, griff nach der Hand seines Freundes, und als seine traurige Miene sich in eine wutverzerrte Fratze verwandelte, sagte er mit fester Stimme: »Ich bin gleich zurück.«

Zügig setzte er eine Markierung, damit die Barriere ihn wieder durchlassen würde. Asher ließ ihn gewähren. Sie würde nicht ewig ein Signal senden. Wenn Ezechiel in einer Stunde nicht zurück war, würde sie erlöschen.

»Wo will er hin?«, fragte Reia.

»Ich nehme an, er hat das Bedürfnis, Tariel oder Raquel zu verprügeln. Und ich bin der Letzte, der ihn davon abhalten wird.« Er konnte es Ezechiel nicht verdenken, schließlich war er kurz nach Micael zu den Lichten gekommen, also nur wenige Jahre jünger als er, und seitdem mit ihm befreundet.

Asher zog es schließlich vor den Kamin, er blickte in das Feuer und verlor sich in seinen Gedanken. Danach tigerte er auf und ab, hin und her, fuhr sich durch die Haare und fluchte. Er setzte sich zu Mila, nur um sofort wieder aufzustehen.

»Geht heim«, sagte er irgendwann zu Ceto und Reia. »Ihr habt genug getan. Ich danke euch.«

Als Reia vor ihm auftauchte und ihm stattdessen ein Glas Wein reichte, nahm er es dankbar entgegen.

»Hier, trink einen Schluck.«

32

Tariel

Die Türen gingen auf, krachten plötzlich gegen die Wände und Tariel drehte sich ruckartig, um zu sehen, wer es wagte, den Raum des Rates auf diese Weise zu betreten.

»Du«, knurrte Ezechiel und marschierte wütend auf ihn zu.

Artas stand auf. »Verlass diese Räumlichkeiten. Sofort! Du auch, Tariel, diese Unterhaltung ist lange beendet.«

Für ihn nicht. Er hatte eine halbe Ewigkeit vergeblich auf die beiden eingeredet und konnte dennoch froh sein, dass Artas ihn so lange geduldet hatte.

»Du widerliches Arschloch!«

Tariel schluckte schwer. Ezechiel wusste es.

»Oh, jetzt wird es hier spannend. Endlich!«, säuselte Raquel vergnügt.

»Du bist als Nächste dran«, warnte Ezechiel sie, der außer sich vor Wut war. »Micael liegt im Sterben – nur wegen dir.«

Dann wandte er sich von ihr ab und holte ohne Vorwarnung aus, um seinem Freund einen Schlag zu verpassen. Etwas in Tariels Gesicht knackte. Der zweite Schlag folgte sofort, dieses Mal versetzt mit einem Schub Energie. Das hatte Tariel nicht kommen sehen. Er konnte die Wucht des Angriffs nicht ganz abfangen und wurde durch die Luft geschleudert, landete auf dem Glastisch des Rates, der unter ihm zerbrach. Die Splitter stoben in alle Richtungen.

Doch Ezechiel war das noch nicht genug, er kam wutschnaubend auf ihn zu.

»Es reicht!«, donnerte Artas und hielt beide an ihren Plätzen fest. Seine Macht war greifbar, seine Geduld am Ende.

»Seid dankbar, dass ich nicht die Muße habe, euch zu bestrafen. Klärt das unter euch. Tariel, du kennst den Auftrag. Bring ihn zu Ende, falls er bis jetzt nicht erledigt ist.«

Mit einer Bewegung schob er Tariel und Ezechiel ruckartig aus dem Raum. Die beiden krachten an die gegenüberliegende Wand und blieben einen Augenblick reglos liegen, bevor Artas die Türen mit seiner Macht hinter ihnen schloss. Ezechiel stürzte sich sofort wieder auf Tariel, um ihm noch eine zu verpassen.

»Genug!«, brachte Tariel hervor, während er den Heilungsprozess schon spürte. Seine aufgeplatzte Lippe schloss sich und auch der gebrochene Kiefer fügte sich wieder richtig zusammen. Er schleuderte Ezechiel von sich und rappelte sich auf.

»Du hast ihn auf dem Gewissen. Du!«, klagte Ezechiel ihn an und hatte damit nicht unrecht.

Tariel wusste, was und wie viel Micael ihm bedeutete. Dass sein Herz wahrscheinlich gerade brach.

»Es tut mir leid.«

»Das kannst du deinem Hintern erzählen, nicht mir. Manche Dinge werden nicht besser, auch wenn man sich das einredet! Ich weiß, dass der Rat über uns steht und wir gewissen Regeln folgen müssen. Aber denkst du nicht, man sollte irgendwann an den Punkt kommen, sich zu fragen, was man selbst von der ganzen Scheiße hält?«

Seine Worte trafen Tariel. Härter und heftiger, als er gedacht hätte, und er schaffte es nicht, irgendetwas zu erwidern.

»Ich will dich nie wiedersehen. Und ich hoffe, das war es wert. Das alles!«, schrie Ezechiel, bevor er verschwand.

33

Mila

Müde und erschöpft öffnete Mila ihre Augen und blinzelte ein-, zweimal, bevor sie klarer sehen konnte. Ihr Körper fühlte sich schlapp an, wie eingeschlafen. So, als hätte sie eine Ewigkeit hier gelegen. Ihr Mund war trocken, der Geschmack unangenehm.

Langsam richtete sie sich auf und vernahm sofort das freudige Winseln von Pan und Mim, die sie ansprangen. Lächelnd beugte sie sich vor und kuschelte sich an die beiden. Danach wischte sie sich den Sabber aus dem Gesicht, den die zwei hinterlassen hatten.

»Du bist wach, endlich! Ich hatte die Hoffnung beinahe aufgegeben«, drang eine fremde Stimme zu ihr. Weich und klar.

Eine junge Frau saß in Ashers Sessel vor dem Kamin, erhob

sich träge und gähnte dabei herzhaft. Im Schein des Feuers wirkte ihre Haut bronzefarben, ihr glattes hellbraunes Haar endete über der Schulter.

Mila überlegte angestrengt, warum sie sich so erschlagen fühlte. Ihr Kopf war wie in Watte gepackt. Und wer war diese Frau?

Sie blickte zur Seite und sah Asher neben sich im Bett liegen. Auf dem Rücken, mit offenem Mund. Irritiert sah sie zurück zu der Frau, die nun auf sie zukam. Milas Sicht war immer noch leicht verschwommen, erschwert dadurch, dass das Zimmer nun dunkler war.

»Mein Name ist Reia. Ich bin eine Freundin von Asher. Ich bin froh, dass du den Weg zurückgefunden hast.«

Mila zog die Augenbrauen zusammen. »Zurückgefunden?«, fragte sie schließlich, weil ihr Kopf so leer war.

»Du weißt es nicht mehr?«

»Wir waren hier und danach … Wir waren im Hotel und …« Erinnerung um Erinnerung prasselte auf Mila ein. »Sind alle okay? Wo ist Micael?«, wollte sie panisch wissen und sofort aus dem Bett springen, aber Reia hielt sie auf.

»Bitte, bleib liegen. Du bist noch zu erschöpft.«

»Reia, richtig? Wo ist Mic?«

Sie sah Mila lange und bedeutungsschwer an, sodass diese all ihre Kraft aufbringen musste, ihr standzuhalten.

»Wir haben ihn verlegt, einen Raum für ihn geschaffen. Gleich gegenüber. Wir dachten, es wäre das Beste für alle.«

»Bring mich zu ihm.«

»Ich halte das für keine gute Idee, wir sollten auf Asher warten.«

»Fehlt ihm etwas?« Besorgt musterte Mila ihn.

»Ich habe ihn mit einem Schlaftonikum ausgeschaltet. Mehrmals. Er wird mich umbringen, wenn er aufwacht«, gab Reia zu. »Aber er kam einfach nicht zur Ruhe und seine Sorge um dich hat sich zunehmend vergrößert. Ich wusste, dass sich das nicht ändern würde, also habe ich ihn außer Gefecht gesetzt, bis du wieder aufwachst. Das war vor knapp vier Tagen.«

Mila hatte vier Tage geschlafen. Kein Wunder, dass sie sich so erschlagen fühlte.

»Du bist ohne Halt durchs Portal gefallen. Dass du lebst, ist eigentlich unmöglich. Wahrscheinlich war deine unsterbliche Seite schon zu groß. Deine Gabe hat dich wohl vor den schlimmsten Auswirkungen bewahrt.«

»Es war also kein Traum«, wisperte Mila.

»Was auch immer du gesehen hast, es kann passiert sein. Dein Geist, ich meine, deine Seele, war durch die Kraft des Portals von deinem Körper abgetrennt.« Reia legte ihre Hand auf Milas. »Ich bin froh, dass du es geschafft hast. Mim und Pan wollten nichts fressen und waren die ganze Zeit nur am Jammern. Das hat mich wahnsinnig gemacht«, sagte sie und zwinkerte Mila zu. »Komm mit. Aber … Micael sieht schlimm aus, Mila. Er und Ezechiel sind nur noch hier, weil sie warten wollten, ob du es schaffst. Micael hat bisher tapfer durchgehalten.«

An Reias Blick erkannte sie, wie schlecht es wirklich um ihn stand. Übelkeit stieg in Mila auf, als sie Reia folgte und Ashers Zimmer verließ. Sie setzte nun zum ersten Mal einen Fuß in den Flur. Fackeln brannten an den Wänden, der Gang war breit und lang, in dunklen Blau- und Rottönen gehalten. Er machte eine Biegung und wurde von einem großen Nichts verschlungen. Dieses Bild bot sich ihr in beide Richtungen und sie überlegte, wo sie hinkäme, wenn sie dem Gang folgen würde. Doch Reia zog Mila lediglich zu einer Tür auf der gegenüberliegenden Seite, die sie behutsam öffnete. Langsam und leise.

Die Anspannung in Mila wuchs, weil sie nicht wusste, was sie erwartete.

Dieser Raum war deutlich kleiner als Ashers, quadratisch und mit niedrigen Decken. Aber gemütlich und warm. Auch hier brannte ein Feuer und zusätzlich erhellten unzählige Kerzen das Zimmer. Mila fand eine weitere Tür darin, einen großen hellen Teppich auf dem Steinboden und … ein Bett. Am Fuße des Bettes entdeckte sie Zech. Er hatte den Kopf auf seine Arme gebettet und schnarchte leise.

Auf Zehenspitzen schlich sie zu ihm, verschränkte die Arme vor der Brust und schluchzte, als sie Mic erkannte. Er war blass und dünner als zuvor. Alles war voller Blut und – er war grau.

Mila musste einen Moment die Augen schließen, kniff sie

zusammen und schlug sich die Hand vor die bebenden Lippen, die ihre verzweifelten Laute nicht aufhalten konnten.

Sie würde Mic verlieren.

»Mila«, hörte sie plötzlich Zechs müde Stimme.

Also zwang sie sich, die Augen wieder zu öffnen und ihn anzusehen.

»Hey«, sagte er sanft. »Wie geht es dir?«

Er lächelte. Mila konnte nicht glauben, dass er lächelte.

In Mila ging etwas zu Bruch, zerstückelte, zerbarst und sie ließ sich fallen, hinein in Zechs Arme, der sie festhielt und ihr über den Rücken strich. Ihre Knie landeten auf dem Boden, sie drückte sich an Zech und er tröstete sie. Sie konnte es nicht glauben. Sie war schuld. Sie war der Grund dafür. Er musste sie hassen.

»Es tut mir leid«, brachte Mila hervor. Wiederholte es wie ein Mantra, Wort für Wort, während ihr Körper vor Verzweiflung bebte.

Ich hätte ihn retten können, schoss es Mila durch den Kopf. Ihr Leben lang hatte sie ihren Fluch loswerden wollen und jetzt hätte sie diese Kraft das erste Mal gebraucht. Hätte sie ahnen können, dass da mehr war als nur das Erkennen der Grauen? Wie? Hätte sie ihren Fluch akzeptiert, wäre vielleicht alles anders gelaufen. Dann hätte sie Mic und sich selbst womöglich beschützen können. Gewissheit hatte sie nicht, aber die Möglichkeit war da und zerfraß sie.

»Es ist nicht deine Schuld, Mila. Jeder von uns hat seine

Entscheidungen getroffen. Und jeder von uns hat die Konsequenzen zu tragen. Es wäre feige, sie auf jemand anderen abzuladen.«

Er wollte sie trösten, doch die Worte erreichten Mila nicht. Sie verharrte in seinen Armen und trauerte. Um Mic, ihre Mutter, ihr Leben, um das, was nie wieder so sein würde wie vorher. Sie ließ alles heraus, bis nichts mehr übrig war und die Erschöpfung sie niederdrückte.

»Du solltest dich verabschieden«, ertönte eine Stimme, die etwas in Mila anstieß und ihr die Kraft gab, die sie benötigte. Mit zerzaustem Haar und in zerknittertem Hemd stand Asher neben Reia, sein unergründlicher Blick lag auf Mila und sie konnte nicht anders, als ihn zu erwidern.

Sie war so froh, dass es ihm gut ging. Und es war, als müsste sie Asher nicht erklären, was sie fühlte oder warum. Dass es egal war, ob es Sinn ergab oder nicht. Das Gefühl der Schuld war da und es tat weh.

Zech löste seine Arme von Mila. Während sie sich die Tränen wegwischte und die Haare hinter die Ohren strich, bemerkte sie, dass auch er geweint hatte. Stiller als sie.

Mit wackeligen Beinen und schwummrigem Gefühl stand Mila auf und stellte sich neben Mic ans Bett, der aussah, als würde er nicht mehr atmen. Sie erkannte ihn kaum wieder, so schwach, mit eingefallenem Gesicht und ohne sein freches Grinsen auf den Lippen. Vorsichtig nahm sie seine Hand. Sie war kalt, so kalt – und Mila zuckte zusammen, als er ihren sanften Griff erwiderte.

»Hey, Kleines.«

Mila lachte und weinte zugleich. »Hey.«

Es gab so viel mehr zu sagen, aber sie brachte nichts davon hervor. Die Worte steckten fest.

»Ist schon gut«, sagte Mic nur und Mila nahm ihn in den Arm.

Sie gab ihm einen Kuss auf die Wange und versuchte irgendwie, Haltung zu bewahren.

»Jetzt, wo ich hier so jämmerlich liege, kriege ich endlich den Kuss, auf den ich so lange gewartet habe«, scherzte er schwach, bevor sein Lachen in einem Hustenanfall unterging.

»Danke«, flüsterte Mila.

»Es gibt nicht viel in meinem Leben, liebe Mila, das mir weniger leidtut, als diese Entscheidung getroffen zu haben«, sagte er so ernst wie nie zuvor. »Halt dich von Tariel fern.« Er schluckte schwer und verzog das Gesicht. »Ich hätte nie gedacht, dass ich das mal sage, aber … bleib bei Asher. Er wird dich beschützen.« Und ohne auf Milas Reaktion zu warten, wandte er sich direkt an ihn. »Ich vertraue dir. Wenn ihr etwas passiert, schwöre ich dir, finde ich einen Weg zurück und trete dir in deinen schattigen Arsch!«

Asher grinste und nickte ihm respektvoll zu, während Zech lachte. Sie würde Mics Scherze vermissen.

Sie würde *ihn* vermissen.

»Vielleicht sehen wir uns wieder«, sagte Mila voller Hoffnung, während Mics Gesichtszüge weich wurden.

»Vielleicht. Leb wohl, Mila.«

Er drückte ihre Hand ein letztes Mal, dann ließ er los. Zech trat vor und nahm Mila in den Arm.

»Pass auf dich auf!« Zech gab sie frei, nickte Asher und Reia knapp zu, dann griff er nach Mic.

Mila blinzelte.

Sie waren fort.

Das Zimmer war leer.

Die Hände vors Gesicht schlagend, ließ Mila los – sich selbst, ihre Trauer – und spürte Ashers Arme, die sie festhielten, bevor sie auf dem Boden auftreffen konnte.

Wie lange sie so ausharrten, wusste Mila nicht. Sie wusste nur, dass Asher sie irgendwann sanft von sich schob und sie auf einmal nicht mehr in dem Raum standen, in dem sie Mic verabschiedet hatte.

Sie befand sich in einem Badezimmer. Es war riesig, mit schiefergrauen Fliesen besetzt, und eine Seite war komplett verspiegelt. Das Waschbecken bestand aus schwarzem Stein, ebenso wie die im Raum frei stehende Badewanne. In einer Ecke gab es eine Dusche und ein schönes, kunstvoll geschnitztes Regal. Die Decke war ebenfalls schwarz und wirkte, ähnlich wie die von Ashers Zimmer, als wäre sie unendlich.

»Frische Kleidung liegt auf dem Regal hinter dir. Die Größe habe ich geschätzt. Ich hoffe, etwas davon passt. Es sind verschiedene Kleidungsstücke. Dort findest du auch Handtücher. Außerdem steht dahinten eine Kleinigkeit zu essen und eine

Flasche Wasser. Du hast lange nichts zu dir genommen. Probiere etwas davon, geh duschen oder lass dir ein Bad ein.«

Zuerst sah Mila sich weiter um, sichtete das Zimmer, bevor Ashers Worte zu ihr durchdrangen und sie die Augen aufriss. Sie starrte ihn an, schob sich eilig von ihm weg, während ihre Wangen brannten.

»Ich stinke.«

»Nicht, dass ich wüsste«, antwortete Asher mit einem Grinsen im Gesicht. »Ich dachte nur, du würdest dich gerne ein wenig entspannen und brauchst vielleicht Zeit für dich.«

Mila wusste nicht, ob er nur nett sein wollte. Sie hatte seit Tagen kein Bad gesehen und sie war dankbar, dass er sie hierhergebracht hatte.

»Wohin bringt Zech ihn?«, entfuhr es Mila plötzlich.

»In ihre Sphäre.«

»Den Himmel?«

»Wenn du es so nennen willst. Aber eigentlich ist es die Sphäre des Lichts. Eine Sphäre kann aus unzähligen Sphären bestehen. Es ist wie ein Raum mit Dutzenden von Türen und hinter jeder Tür versteckt sich ein weiterer Raum dieser Art.«

»Sind sie wegen mir gegangen?«

»Ich denke, sie wollten einfach zu Hause sein, wenn …«

Mila schluckte schwer und wechselte das Thema. »Danke. Ich werde wohl ein Bad nehmen.«

»Gut. Nimm dir so viel Zeit, wie du brauchst.«

Asher rief nach Mim und Pan. Mila vernahm ein dumpfes

Plopp. Wahrscheinlich waren sie vom Bett gefallen. Jetzt rannten, oder vielmehr rollten, sie ins Bad und kamen schlitternd vor Asher zum Stillstand.

»Schließ ruhig die Tür, aber lass Mim und Pan hier.«

Dass er sich um sie sorgte, rührte Mila. Mehr noch, es berührte sie. Sehr sogar.

Ohne lange darüber nachzudenken, schloss sie die Lücke zwischen sich und Asher, stellte sich auf die Zehenspitzen und gab ihm einen Kuss auf die Wange, knapp neben den Mundwinkel. Sie bemerkte, dass er sich kurz versteifte, bevor er tief einatmete und Mila gewähren ließ.

Es hatte etwas so Intimes an sich, dass sie einfach mit ihren Lippen dort verharrte. An seiner Wange, so nah an seinem Mund. Ihre Nasenspitze berührte seine Haut leicht. Blut rauschte in ihren Ohren.

Sie wollte damit nur Danke sagen. Auch Mic hatte sie einen Kuss auf die Wange gegeben, das war nichts Besonderes. Aber so anders. Das hier war vollkommen anders.

Als ihre Gedanken zurück zu Mic fanden, war das wie eine kalte Dusche. Gerade erst hatten sie ihn verabschiedet. Sie kam zu sich, rückte schnell von Asher ab und schaffte es nicht mehr, ihm in die Augen zu sehen.

34

Asher

Die Tür zum Badezimmer schloss sich hinter Asher und er hörte, wie Mila sich darin bewegte. Hörte das Wasser rauschen und in die Badewanne fließen, während er sich gegen die Tür lehnte und überlegte, was da eben geschehen war.

»Sie ist nett«, vernahm er Reias Stimme.

Verwundert sah er auf und entdeckte sie bei einem seiner Sessel. Ceto stand mit verwirrtem Gesichtsausdruck neben ihr.

»Ja, ich bin noch da. Ich wollte dich nur fragen, ob du zurechtkommst, bevor wir gehen. Und ich wollte mich entschuldigen.«

»Und *ich* bin noch da, weil ich endlich wissen will, was das für eine Scheiße vor ein paar Tagen war.«

»Ceto«, mahnte Reia ihn, aber er schüttelte nur den Kopf und verschränkte die Arme vor der Brust.

»Hör auf damit! Er soll es uns jetzt erzählen.«

»Rede gefälligst leiser. Und nein, er kann es uns morgen erzählen. Er sollte sich jetzt ausruhen.«

»Er hat dank dir vier Tage geschlafen. Wie lange soll er sich denn bitte noch ausruhen?«

Das Seufzen verließ Ashers Mund, bevor er es unterdrücken konnte. Er stand so neben sich, dass er seine Haare – wenn das überhaupt möglich war – mehr durcheinanderbrachte und sein Hemd ganz aus der Hose rutschte. Ein seltener Anblick, doch es war ihm gleich. Die letzten Tage waren schließlich alles andere als normal gewesen.

»Möchtest du dich vielleicht entschuldigen?«, fragte Asher nach, während er auf Reia zuschlenderte.

»Verzeih mir die Sache mit dem Wein und nun ja … den Spritzen und …«, zählte sie weiter auf, weniger reumütig, als er gehofft hatte.

Er hatte sich schon gefragt, wie es ihr gelungen war, ihn auszutricksen. Sie konnte froh sein, dass er sich nicht an die Spritzen erinnerte.

»Der Wein. Gar nicht übel«, lobte er sie.

»Man muss deine Schwächen manchmal für sich ausnutzen«, spaßte Reia, dann wurde sie wieder ernst. »Nein, es tut mir wirklich leid. Aber du warst sehr aufgewühlt und hättest ohnehin nichts tun können. Ich habe das gemacht, was ich für das Beste für dich gehalten habe.«

»Ich hatte alles im Griff.«

Reia lachte bei seinen Worten. »Bilde dir das nur schön weiter ein. Wie gesagt, Ceto ist etwas begriffsstutzig. Dafür kann er nichts. Du schon«, sagte sie vorwurfsvoll und schüttelte den Kopf. »Du belügst dich absichtlich selbst.«

»Hey! Ich stehe neben dir«, warf Ceto beleidigt ein.

»Das ist Unsinn«, brachte Asher gerade so hervor.

»Ach ja? Schau dich doch mal an. Du siehst aus wie … Das letzte Mal, als ich dich so gesehen habe – du weißt, wann das war.« Asher konnte es nicht leugnen und er ahnte, worauf sie anspielte. Lyah. »Das war natürlich etwas vollkommen anderes, das ist mir bewusst. Aber mach dir nichts vor.«

»Du solltest gehen, Reia. Danke für deine Hilfe.«

Abwehrend hob sie die Hände, vielleicht auch resignierend. »Das werde ich. Asher?«

»Was?«

»Beantworte mir noch eine Frage: Wäre es dir egal gewesen, wenn sie gestorben wäre?« Reias Worte, leise und sanft gesprochen, trafen Asher wie scharfe Messerklingen. »Nein«, antwortete sie für ihn. »Es wäre dir nicht egal gewesen. Und ich muss mich unweigerlich fragen, wie einem Ewigen wie dir, der seit Anbeginn der Zeit existiert, das Leben einer Sterblichen so am Herzen liegen kann. Oder spielst du nur mit ihr? Wegen Tariel und deiner Rache? Geht es hier überhaupt um sie? Oder ist es, weil du versuchst, etwas wiedergutzumachen?«

»Nein«, brauste Asher wütend auf und konnte seine Macht gerade so im Zaum halten.

»Dann, alter Freund, solltest du dich fragen, was übrig bleibt.«

Mit diesen Worten verschwand Reia und ließ Ceto zurück.

»Du kannst froh sein, dass sie dir mehr durchgehen lässt als mir – warum auch immer.«

Asher fühlte sich augenblicklich schlecht, weil er so ruppig zu Reia gewesen war. »Sag ihr bitte, dass es mir leidtut.«

»Und ich werde ihr natürlich auch sagen, warum sie ein Mädchen und einen Lichten beschützt und gepflegt hat und warum der große Asher sie angeschrien hat. Ach ja, und ich erkläre ihr auch gleich, warum ihr Gefährte gegen die Wand katapultiert wurde.«

»Sarkasmus steht dir nicht. Du weißt, darin war ich immer der Bessere von uns beiden.«

»Wenn du willst, dass ich dich beleidige, mach ruhig weiter. Ansonsten hol uns endlich was zu trinken und fang an, mir zu erzählen, was hier eigentlich los ist. Ich nehme stark an, Mila ist das Mädchen, das Tariel beobachtet hat?«

Asher gab darauf keine Antwort, kam jedoch Cetos Bitte nach. Er ging zu seinem Schrank und griff nach einer Flasche Whiskey anstatt Wein.

»Du solltest dich lieber setzen. Wir werden viel trinken«, sagte Asher, bevor er Ceto einen Schluck einschenkte.

Ungefähr eine Stunde später sah Ceto so zerzaust aus, wie Asher sich fühlte. Vermutlich sah er auch so aus. Der Whiskey war leer und hatte bei ihnen nichts weiter bewirkt als ein warmes Gefühl im Magen. Das Leid der Unsterblichkeit. Mila lag noch in der Wanne. Zumindest war sie bisher nicht aus dem Badezimmer gekommen. Cetos Gesichtsausdruck war unbezahlbar. Asher wünschte sich, sein Bruder wäre öfter sprachlos.

»Jetzt hast du deine Antworten. Möchtest du etwas darauf erwidern?«

Asher hatte ihm alles erzählt. Beginnend bei dem Moment, als er ohne Vorwarnung während Cetos Streit mit Reia verschwunden war.

»Mir fällt nicht mal ein anständiger Fluch dazu ein. Sie ist *der* Fehler? Tariel und Raquel wollten sie umbringen und Micael hat sich gegen sie gewandt? Und nur fürs Protokoll: Sie ist eine Seelenseherin? Sie hat den Tod höchstpersönlich gesehen und erkennt Menschen, die sterben werden? Und du beschützt sie?«

Cetos Worte waren eine Mischung aus Unglauben und Panik, trotzdem wurde er leiser, weil er nicht wollte, dass Mila etwas davon mitbekam. Manchmal war er doch kein Idiot.

Dann fing er an zu lachen und hörte gar nicht mehr auf.

»Was bitte ist daran so lustig?«

»Jetzt verstehe ich es!«

»Was genau?«, fragte Asher und stellte sein leeres Glas ab.

»Jetzt weiß ich, was Reia meinte, warum du so reagiert hast – einfach alles.«

»Das ist schön, dass ihr beide mehr wisst als ich.«

»Gib es zu, Reia hat recht. Da ist etwas. Und das ist der einzige Grund, warum du eine der mächtigsten, je da gewesenen Anomalien weder ignoriert noch liquidiert oder für deine eigenen Zwecke missbraucht hast. Nein, du beschützt sie. Die Konsequenzen muss ich dir nicht aufzeigen. Du warst immer der Klügere von uns beiden – auch wenn du dich gerade wie ein Narr verhältst.«

Ashers Kiefer knackte, seine Hände waren zu Fäusten geballt. Er war die letzten Tage so gereizt gewesen wie schon lange nicht und er wollte nichts mehr von diesem Blödsinn hören.

»Du magst sie. Das ist okay. Aber … weißt du was? Vergiss, was ich eben gesagt habe, ich werde dir die Konsequenzen unter die Nase reiben.« Ceto beugte sich vor und zeigte mit dem Finger auf ihn. Asher würde ihn gleich brechen oder abreißen, wenn er ihn nicht wegnahm. »Mila ist ein Mensch, keine Ewige. Sie ist eine Anomalie, wir haben keine Ahnung, was sie alles kann und wer sie erschaffen hat. Soweit ich das einschätzen kann, ist sie bereits jetzt gefährlich für unsere Welt. Sie kann das Gleichgewicht zerstören und damit das Universum, wie wir es kennen. Wenn jemand das mit den Seelen erfährt und sie in die falschen Hände gerät, dann …«

»Das wird nicht passieren.«

»Du weißt hoffentlich, worauf du dich einlässt. Du hast eben gesagt, Rólan hätte sie womöglich gesehen. Er ist überheblich und ebenso machthungrig und neugierig. Was, wenn er …«

»Wie ich schon sagte, ich habe alles unter Kontrolle.«

»Wenn dir klar wird, dass das nicht stimmt, bin ich für dich da, Bruder.«

Ohne Vorwarnung war Ceto verschwunden und Asher allein. Und er war dankbar dafür, er konnte dessen nervige und übertriebene Sprüche nicht mehr hören, genauso wenig wie zuvor Reias Vermutungen, dic absolut unsinnig waren.

Natürlich mochte Asher Mila, aber so wie man es mochte, dass es nicht regnete oder dass man seine Ruhe hatte. Nicht, wie man guten Wein mochte oder sein liebstes Buch. Da gab es einen Unterschied.

Er beschützte Mila, weil es das Richtige war. Nicht, weil …

Mit beiden Händen fuhr sich Asher erschöpft übers Gesicht, als er das Klicken der Tür vernahm und aus dem Sessel aufsprang.

Mila kam mit vorsichtigen Schritten aus dem Bad. Sie hatte sich für das Kleid entschieden, nicht für die Jeans. Blau und aus einem Stoff wie flüssige Seide. Sie darin zu sehen … zu sehen, wie ihre noch nassen Haare in Wellen über ihre Schultern und ihr Dekolleté fielen, wie das Kleid an ihr hinabfloss und knapp über ihren nackten Füßen endete. Wie sie Mim und Pan auf dem Arm trug, beide am Schnarchen und Sabbern – und ihn anlächelte. Sie war wunderschön.

Wie versteinert stand er da, starrte sie an und hörte innerlich, wie Reia ihn heimlich auslachte.

Er dachte an alles, was passiert war, an die Momente mit ihr, die erste Begegnung, an die Entscheidungen, die er getroffen hatte.

Und ihm wurde klar: Er war zu nah. Viel zu nah.

Zu nah dran, sich in sie zu verlieben.

35

Mila

Mila hatte lange geschlafen und sich ausgeruht. Albträume hatten sie gequält, ständig sah sie Raquel oder Tariel vor sich oder schlimmer noch – wie das Schwert Mics Bauch durchbohrte. Sie träumte von Dunkelheit und Kälte.

Mim und Pan folgten ihr auf dem Weg zu dem Tisch, auf dem ein Obstteller und ein paar Sandwiches lagen. Sie schnappte sich eines. Genüsslich biss sie ein Stück ab und steckte sich gleich darauf zwei Weintrauben in den Mund. Asher hatte das alles für sie bereitgestellt. Er wollte nur kurz bei Reia und Ceto vorbeischauen und hatte ihr versichert, dass niemand an dieser Tür und den beiden Hunden an ihrer Seite vorbeikommen würde.

Kauend schlenderte Mila zu einem der Regale, in dem ein

paar Bücher standen. Sie fuhr mit den Fingern über die Einbände. Hebräisch, Latein, Russisch. Die Bücher waren teils so alt, dass Mila fürchtete, sie würden unter ihrer Berührung zu Staub zerfallen. Auf Englisch und Deutsch gab es auch welche. Sie handelten von Mythen, Legenden und Magie – aber solche, die nicht von Menschen stammten, sondern von den Ewigen. Neugierig zog Mila eines heraus und schlug es auf. Während sie einige Zeilen las, dachte sie daran, dass sich in ihrem Leben so viel geändert hatte – nur nicht das, was sie hatte ändern wollen.

Sie wusste nicht mehr über ihre Mutter als vorher, nichts über ihre Kindheit. Viktor und seine Erinnerungen waren verloren, ebenso der Artikel, den er ihr hatte zeigen wollen. Vielleicht konnte sie ihn woanders finden. Einen Versuch war es wert. Über ihren Fluch wusste sie auch nicht viel mehr – oder wie man es hier nannte: ihre Kraft. Sie war weiterhin da und Mila konnte sie nicht loswerden. Stattdessen war es schlimmer geworden. Oder besser? Wollte sie denn überhaupt noch dasselbe wie zu Beginn ihrer Reise? Wenn sie ehrlich war, wuchs ihre Neugier darauf, welche Fähigkeiten sie genau besaß. Und diese Neugier wurde größer als der Wunsch, sie loszuwerden.

Frustriert stellte Mila das Buch zurück.

Sie ging zurück zum Bett, griff unter das Kopfkissen und holte ihr Polaroid hervor, das sie darunter versteckt hatte. War es das wert gewesen? Sie wusste es nicht. Asher hatte sie gewarnt, aber wie hätte sie diese Art der Gefahr auch nur erahnen können? Trotz allem war sie froh darum, es bei sich zu haben. Es gab ihr Kraft und Mila glaubte, dass sie sehr viel davon benötigen würde.

Einen Moment später stand Asher neben ihr.

»Wie fühlst du dich?«

Was sollte sie schon erwidern? Gut? Schlecht? Wird schon? Nichts davon änderte etwas. Also stellte sie selbst einige der Fragen, die endlich gestellt werden mussten. Solche, deren Antwort sie bereits kannte und dennoch hören musste.

»Ich muss hierbleiben, oder?«

»Du bist nicht meine Gefangene«, erwiderte Asher. »Aber ja, du bleibst. Es ist einfacher, dich in meinem Reich zu schützen als in der Welt der Sterblichen.«

Mila nickte.

»Tariel wollte mich umbringen. Wieso?« Nun sah sie ihm direkt in die Augen. »Wegen meines Fluchs? Meiner Gabe? Oder was auch immer es sein mag.«

Ashers Bestreben, ruhig zu bleiben, war löblich, aber Mila erkannte deutlich, wie sich seine Züge verhärteten.

»Ja«, erwiderte er schlicht.

»Warum?«, hakte Mila hartnäckig nach.

»Weil niemand deine Macht ermessen kann. Das macht ihnen Angst. Du bist nicht kontrollierbar. Und weil du durch nichts in diesem Universum auszugleichen bist. Nicht mehr.«

»Hatte ich je eine Chance?«, wisperte sie und schluckte schwer.

»Die hattest du.«

Kurz darauf wohnte Mila bei Reia. Man hatte ihr nicht verraten, weshalb. Nur, dass es besser für sie wäre. Eine dümmere Erklärung hatte Mila selten gehört.

Asher war nach ihren Fragen verschwunden, hatte seine Antwort nicht näher ausgeführt, und Milas Gedanken kreisten nur noch um diese eine Sache. Sie hatte eine Chance gehabt, normal zu leben. Eine, nicht verfolgt zu werden. Aber welche? Einen Moment schloss sie die Augen. Beinahe hätte sie gelacht. Mila war nach Prag gekommen, um ihren Fluch loszuwerden, um Antworten zu finden. Jetzt war es schlimmer als je zuvor und die Fragen wurden nicht weniger. Hätte sie doch auf ihre Mutter gehört …

Schwer schluckend betrachtete sie die Bücher vor sich. Gab es nichts, das sie tun konnte? Gab es nirgendwo Antworten? Wie ging es nun weiter?

Trotz all der Ungewissheit begann Mila, sich wohlzufühlen und Reia zu mögen. Deshalb war es weniger schlimm, hierbleiben zu müssen. Vielleicht tat ihr ein Tapetenwechsel ganz gut. Sie hatte die Bücher in Ashers Zimmer, die sie verstehen konnte, beinahe durchgelesen, und keines hatte ihr auf der

Suche nach dem Grund für ihre Gabe weitergeholfen. Es war noch immer seltsam, sie nicht als Fluch zu betrachten.

Asher selbst hatte ihr keine weiteren Antworten auf ihre Fragen geben wollen. Mila wurde das Gefühl nicht los, dass er ihr etwas verschwieg. Und er hatte sie nicht aus seinem Zimmer gehen lassen. Lange hatte sie kein Tageslicht mehr gesehen.

Gerade saß sie auf Reias großem lilafarbenen Sofa, um sich herum Unmengen von Büchern. Reia hatte sie ihr gebracht. Sie besaß selbst eine Sammlung und hatte ein Faible für alte Geschichten. Doch Mila war nicht ganz bei der Sache.

»Kommst du voran?« Reia schob ein paar Bücher zur Seite und setzte sich neben sie.

Mila schüttelte den Kopf.

»Du wirst schon etwas finden, glaub mir«, versicherte ihre Freundin ihr.

»Verrätst du mir endlich, warum ich bei dir wohne? Ständig weichst du mir aus.«

»Da gibt es nicht viel zu erzählen. Du bist hier, weil ich auf dich aufpasse und weil ich dich mag. Asher dachte, du würdest dich hier wohlfühlen.« Reia musterte sie nachdenklich. »Das tust du doch, oder nicht?«

»Doch«, gab Mila schließlich zu. »Aber …«

»Mach dir nicht so viele Gedanken. Asher ist …« Seufzend rang sie nach einem passenden Wort, Mila konnte es ihr ansehen.

»Nervig, besserwisserisch, verschlossen?« Mila verschränkte die Arme vor der Brust.

»Ich hatte eher an *kompliziert* gedacht, aber das trifft es auch ganz gut.« Reia lächelte Mila an und diese konnte nicht anders, als das Lächeln zu erwidern. Bis ihr das Gespräch mit Asher wieder in den Sinn kam.

»Ich hatte eine Chance, Reia.«

»Was meinst du?«

»Ich habe Asher gefragt, ob ich je eine hatte. Ob es für mich eine Möglichkeit gegeben hat, ein ganz normales Leben zu führen, und er sagte Ja. Danach ist er mir ausgewichen.«

Mila entging nicht, wie still Reia wurde. Sie sah ihr direkt ins Gesicht. »Stimmt das?«

»Wahrscheinlich schon«, gab sie geknickt zu.

»Wie habe ich sie verloren?«

»Ich denke nicht, dass … ich meine, du solltest …«

»Reia, bitte!«

Seufzend musterte Reia sie. »Du hattest wohl zu viel Kontakt mit der Ewigkeit. Deine Seele hat sich mit dem vermischt, was bereits in dir war, und die Ewigen, die nicht von dir ablassen konnten – Tariel, Micael, Ezechiel –, haben deine Kraft mehr und mehr geweckt. Vielleicht gab es noch andere Faktoren. Aber das ist der wahrscheinlichste.«

»Und Asher?«, fragte Mila mit belegter Stimme, und als Reia sie nur traurig ansah, nickte sie. »Verstehe.«

»Wir sind bei dir«, sagte Reia und nahm sie in den Arm.

Ja, das waren sie, dachte Mila bei sich.

Und das war der Grund, warum sie hier war. Warum sie sterben sollte.

Die nächsten Tage hatte Reia versucht, Mila abzulenken. Unter anderem mit verschiedenen Büchern und Spielen. Danach hatte Mila Freude daran gefunden, ihrer neuen Freundin ihre Lieblingsgesellschaftsspiele zu zeigen. *Mensch ärgere Dich nicht* hatte nicht lange überlebt. Die Figuren waren nur so vom Tisch geflogen. Das Brett selbst hatte Reia mit ihrer Energie zerrissen, nachdem Mila sie das dritte Mal vollzählig an den Anfang geschickt hatte. Reia konnte gut fluchen, wenn sie verlor. Und das tat sie andauernd. Deshalb hatte sie begonnen, die Spiele vor Mila zu verstecken, was sie unglaublich amüsierte.

Heute hatte Reia jedoch sehr gute Laune, klebte wie eine Klette an Mila und musterte sie auf eine seltsame Weise. So konnte Mila sich nicht konzentrieren. Deshalb klappte sie das Buch zu und stöhnte auf.

»Reia, ich flehe dich an, sag mir, warum du mich die ganze Zeit so ansiehst.«

»Du magst es nicht sonderlich, etwas nicht zu wissen, oder? Du bist Asher sehr ähnlich.«

»So wenig, wie du beim Kartenspielen verlieren kannst!«, erwiderte sie und Reia streckte ihr die Zunge heraus, bevor sie

Mila ein weiteres Mal umkreiste und die Hände in die Hüften stemmte.

Sie lächelte. »Du hast Glück, denn nicht nur darin bin ich ziemlich mies, sondern auch furchtbar schlecht darin, Dinge für mich zu behalten. Besonders, wenn ich mich auf etwas freue. Wir gehen auf eine Feier!«, platzte es aus Reia hinaus.

Wenn Mila ehrlich war, wusste sie nicht, womit sie genau gerechnet hatte, aber eindeutig nicht damit. Sie glaubte nicht, dass sie schon bereit dafür war. Es waren bereits zwei Wochen vergangen, seit sie Mic und Zech verabschiedet hatte. Und vor mehr als einer Woche hatten sie die Nachricht bekommen, dass Mic es nicht geschafft hatte. Mila hatte sich etwas ablenken können, war aber noch nicht darüber hinweg. Am wenigsten über ihre Schuldgefühle.

»Ich weiß nicht, ob das eine gute Idee ist«, gab Mila zu. »Was für eine Feier soll das sein? Und wo steckt eigentlich Ceto? Wohnt er jetzt dauerhaft bei Asher?«

Reia hatte ihr so einiges über sich und ihre Beziehung mit Ceto erzählt und Mila so von ihren düsteren Gedanken abgelenkt.

»Nein, er wohnt nicht bei Asher. Er ist nicht hier, weil …« Sie verstummte abrupt, verzog ihre Lippen ganz komisch und riss die Augen auf.

»Weil?«, hakte Mila nach, aber Reia wechselte so schnell das Thema, dass sie nicht hinterherkam.

»Das Fest *Koena* feiern wir mit einigen Ewigen in einer

separaten Sphäre, und zwar jedes Jahr. Jeder Ewige tut dies auf seine Weise, aber wir alle erinnern uns dabei an das Gleichgewicht und machen uns bewusst, dass wir ein Teil davon sind. Zwar sind wir nicht alle davon überzeugt, dass es nur einen Weg gibt, es zu erhalten, oder dass dies um jeden Preis geschehen sollte. Es ist das eine Fest, dass alle Ewigen feiern, Lichte und Schatten.« Sie lächelte zaghaft. »Ich habe die Einladungen schon verschickt. Die Sphäre, in der die Feier stattfindet, hat Ceto nach einem schlimmen Streit vor ungefähr 350 Jahren als Versöhnungsgeschenk für mich erschaffen. Sie ist hübsch, gleicht einem alten Keller, hat aber viel mehr Platz und vor allem mehr Stil.« Reia grinste sie nun verschmitzt an. »Du wirst dich dort wohlfühlen.«

Mila dachte kurz darüber nach und wie von selbst entwischte ihr ein »Okay«.

Reia jubelte, schnappte sich Milas Hände und streckte sie in die Höhe. »Dann machen wir dich mal fertig.«

»Die Feier ist heute?«

»Ganz genau. Wir stecken dich unter die Dusche, dann werde ich deine bezaubernden Haare frisieren und dir ein passendes Kleid raussuchen. Du könntest meine Größe haben. Ansonsten setzen wir die Teilchen eben etwas anders zusammen. Du magst doch Kleider, oder?«, fragte sie skeptisch.

»Ich mag Kleider«, bestätigte Mila, obwohl sie selbst nur wenige besaß. Wie es im Leben war, gab es oft das passende Kleid, aber nicht die passende Gelegenheit, es zu tragen. Besonders dann nicht, wenn man so war wie sie.

»Ich bin ein Mensch«, platzte es plötzlich aus Mila heraus, was Reia in ihrer Musterung innehalten ließ. »Keine Ewige. Nicht unsterblich. Ich bin nur … nur ein Mensch.« Das bereitete ihr gerade mehr Sorgen, als sie zugeben wollte.

»Das wissen meine Gäste. Und sie akzeptieren das. Ich habe niemanden eingeladen, der andere Ansichten besitzt. Falls doch einer dort sein sollte, werden Ceto und Asher sich darum kümmern.«

»Kann ich Mim und Pan mitnehmen?« Mila fühlte sich in ihrer Anwesenheit sicherer und auch mutiger.

»Auf keinen Fall. In ihrer ursprünglichen Form müsstest du sie tragen oder in deine Tasche packen, die nicht geplant ist, und sie werden dich, dein Kleid und die nicht geplante Tasche vollsabbern. Die zwei können gar nicht anders. Und wenn sie sich verwandeln, würden sie jeden Gast der Feier verjagen. Tut mir leid, das kann ich nicht zulassen.«

»Das sind zwei wirklich gute Argumente. Ich verstehe, warum Ceto bei dir immer den Kürzeren zieht«, scherzte Mila und augenblicklich erklang Reias wundervolles Lachen.

Sie würde Asher trotzdem darum bitten, dass die beiden sie begleiten durften. Vielleicht konnte er den Trick mit dem Stein an ihrem Arm wiederholen.

»Es ist also kein Problem, dass ich ein Mensch bin, aber …«, setzte Mila ein zweites Mal an. »Wissen sie, *was* ich bin?«

Reias Lachen verstummte, ihr Ausdruck wurde weich, beinahe mitfühlend. »Unsere Welt unterscheidet sich in einigen

Dingen nicht von deiner. Vorurteile und Ängste lassen sich nur schwer vernichten. Sie haben natürlich von dem Vorfall am Krater gehört und wissen, dass Asher und Ceto etwas damit zu tun haben. Der Rest ist Spekulation. Bisher hat dich niemand mit Tariel in Verbindung gebracht. Und nein, bisher weiß niemand, dass du der Fehler bist, den man so verzweifelt sucht.«

36

Tariel

Sein Auftrag war klar, nichts daran hatte sich geändert. Aber Tariel verfolgte ihn nicht. Noch nicht. Er saß alleine zu Hause, zertrümmerte alles, ließ seiner Wut freien Lauf, schrie und tobte, nur um danach alles wieder zusammenzusetzen und von vorne damit zu beginnen.

Nachdem seine Wut versickert war, ertrank er in Trauer. Wie gelähmt starrte er an eine seiner Wände, während Stunde um Stunde an ihm vorbeizog.

Micael war tot. Mila lebte.

So wütend und verletzt Ezechiel gewesen war, er war trotzdem gekommen, um es Tariel mitzuteilen. Dabei hatte er Mila versehentlich verraten.

Micael. Tot.

Das war nicht möglich, denn er war immer da gewesen. Er war immer da, um zu helfen oder einen blöden Witz zu machen, um Tariel in den Wahnsinn zu treiben oder …

Er vergrub sein Gesicht in den Händen, kniff die Augen zusammen.

Raquel. Es war Raquel gewesen mit ihrem Schwert. Micael war nicht einfach gestorben, er war qualvoll verendet. Und es war dem Rat egal.

Tariel wünschte sich seinen Freund zurück und Rache an dem Rat. Insbesondere an Raquel. Aber er würde den Befehl dennoch ausführen. Nichts hatte sich an seinen Überzeugungen geändert. Wenn er jetzt aufgeben würde, wäre Micaels Tod sinnlos gewesen. Zumindest redete er sich das ein.

Mila war ein Fehler und somit eine Gefahr. Sie musste ausgelöscht werden, um das erhalten zu können, was ihm wichtig war. Wenn das Gleichgewicht verloren ginge, wäre womöglich auch diese Welt verloren. Alles würde im Chaos versinken, die Dunkelheit würde sich über jeden Winkel des Universums legen und alles zerstören.

Das war zwar nur eine Möglichkeit, aber das genügte. Dieses Risiko durfte niemand eingehen. Er würde Mila noch einmal finden – und dieses Mal würde er es beenden.

Er tat das Richtige. Das einzig Richtige …

37

Asher

»Ich bereue es wirklich sehr, dich überhaupt um Rat gefragt zu haben.«

Asher bekam Kopfschmerzen und massierte sich die Schläfen, während Ceto das Zimmer zum hundertsten Mal umräumte. Sie waren seit Tagen dabei, es zu gestalten. Das musste ein Ende finden.

»Das stimmt nicht, das wissen wir beide. Du hättest dieses Zimmer so eingerichtet wie deines«, spottete Ceto.

»Was ist so falsch daran?«

»Nichts. Nur hast du eine ganze Sphäre, um dich auszutoben, und wohnst bloß in einem großen Zimmer. Dir steht alles offen und das machst du daraus?«

Asher erwiderte nichts, aber in Gedanken spielte er

verschiedene Szenarien durch, wie er Ceto umbringen könnte. Das zauberte ihm ein Lächeln aufs Gesicht.

»Siehst du! Ich habe recht«, freute sich sein Bruder, der Ashers Lächeln vollkommen fehlinterpretierte.

»Ich hätte Reia fragen sollen. Sie wäre schon längst fertig.«

»Reia kümmert sich um Mila. Und da ich in solchen Mädchen- und Emotionsdingen wesentlich schlechter bin, musst du mich ertragen.«

Asher seufzte gequält. »Ich wollte nur ein paar Ratschläge, mehr nicht.«

»Wie oft hast du schon daran gedacht, mich umzubringen?«, fragte Ceto unvermittelt.

»Öfter als ich zählen kann.«

»Okay, dann hören wir vielleicht wirklich auf. Diese Variante gefällt mir bisher auch am besten. Was sagst du?«

»Wärst du damit zufricden, wenn ich sage, dass ich keinen Unterschied zu all den anderen sehe?«

Cetos linke Augenbraue wanderte nach oben.

»Es gefällt mir auch am besten«, ergänzte Asher und beide wussten, dass er das nur tat, um Ceto glücklich zu machen. Und damit das hier endlich ein Ende fand.

»Das weiß ich doch«, ärgerte dieser ihn, bevor er seinem Bruder lachend auf die Schulter klopfte. »Los, wir gehen rüber und warten da auf Reia und Mila.«

Die Tür, die sie durchschritten, verband dieses Zimmer mit dem von Asher. Sie kamen direkt neben dem Kamin heraus.

»Da das geschafft ist, kommst du auch mal wieder zum Schlafen, was?« Ceto schloss die Tür und sie schlenderten gemeinsam zu den Sesseln.

Dessen war sich Asher nicht so sicher. Er wusste nicht, ob es ihn mehr Nerven kostete, Mila dauernd vor seiner Nase zu haben und so tun zu müssen, als würde er sie nicht beobachten oder ganz beiläufig berühren. Oder wenn sie im Nebenzimmer wäre und er sich ständig fragen müsste, was sie wohl gerade tat. Wie jetzt, seit sie bei Reia war. So oder so bekam er nicht viel Schlaf und er befürchtete, das würde sich nicht ändern.

»Asher, noch eine Sache. Ich weiß, das kommt spät, aber … hältst du es für eine gute Idee, zum Fest zu gehen?«

»Es war Reias Vorschlag, nicht meiner, und du warst derjenige, der mich dazu überredet hat. Hast du das schon vergessen? Und nun, wenige Momente bevor es losgeht, kommst du damit an? Wenn ich dich jetzt mit dem Kopf in den Kamin drücken würde, wäre das eine gute Idee?«

»Das hängt vermutlich von der Perspektive ab?« Ceto verkniff sich ein Lachen.

»Zwing mich nicht, es zu tun. Und warum fragst du mich das ausgerechnet jetzt? Du kennst meine Antwort, schließlich habe ich zu der Sache von Anfang an Nein gesagt.«

»Ich hab ein komisches Gefühl. Die Situation wird unübersichtlich und wir wissen nicht, ob die anderen Schatten nicht doch mehr ahnen, als wir denken. Ich mache mir einfach Sorgen.«

»Um dich?«, fragte Asher.

»Um dich! Und um Mila«, gab Ceto zu.

»Weil sie Reia andauernd sagt, wie glücklich sie sein kann, dich zu haben?«

»Um einen der Gründe zu nennen«, murmelte Ceto.

»Dir ist klar, dass sie dir das auch über Reia sagt?«

»Sie macht das wirklich gut«, erwiderte Ceto nachdenklich, was Asher nur den Kopf schütteln ließ.

»Wir passen auf. Wir können Mila nicht alleine lassen, und wenn niemand von uns dieses Jahr feiert, wird es auffallen. Da müssen wir jetzt durch, sonst rollen Köpfe – besonders, wenn Reia nicht zum Fest kann.«

»Es rollt höchstens ein Kopf. Und zwar meiner!«

»Stimmt vermutlich.« Asher grinste Ceto schadenfroh an.

»Ach, hör auf so zu gucken! Los, zieh dich endlich um.«

»Wird gemacht.«

Mit einem lockeren Schwung aus dem Handgelenk formte Asher seine Kleidung um. Sein alter, locker sitzender Anzug verschwand und ein neuer setzte sich zusammen. Doch dieses Mal ließ er die Krawatte weg, trug nur ein Hemd zur Anzughose und passende schwarze Schuhe. Das Hemd war ausnahmsweise nicht dunkel, sondern weiß, und der oberste Knopf stand offen.

»Heute sind wir experimentierfreudig, nicht wahr? Diese Seite an dir ist wirklich Furcht einflößend. Das wollte ich nur mal erwähnt haben.«

Dann machte sich Ceto daran, sein eigenes Outfit zu erschaffen. Es war lässiger als seines und stand ihm gut, aber bevor

Asher Biker Boots und schwarze Lederhosen tragen würde, musste viel passieren.

Sehr viel.

Es klopfte an der Tür.

»Wieso kommt sie nicht einfach rein?«

»Sie ist deine Freundin, verrat du es mir.«

Sofort schwang die Tür auf und Reia steckte ihren Kopf herein. »Hey, Jungs. Seid ihr bereit?«

Asher erwiderte nichts und Reia erwartete auch keine Antwort. Stattdessen öffnete sie die Tür ein Stückchen weiter und trat ein. Ceto pfiff anerkennend und fasste sich theatralisch an die Brust, während Reia sich freudig im Kreis drehte.

Sie sah wunderschön aus. Ihr hautenges goldenes Kleid war hochgeschlossen, aber dafür unten ziemlich knapp bemessen, wie Asher fand. Einige Ewige würden heute Abend ihre Finger verlieren, wenn sie sie nicht bei sich behalten konnten. Denn Reia wusste sich zu verteidigen und sagte stets: »Und wenn ich nackt durch den Krater marschieren würde: Das gäbe niemandem das Recht, mich anzufassen!«

Asher stimmte dem zu. Wenn Reia es nicht selbst tat, würde er die anderen für sie zur Vernunft bringen. Natürlich nachdem Ceto mit ihnen fertig war. Was seine Geliebte anging, verstand er keinen Spaß.

Dann ging Reia zur Seite und gab den Blick auf Mila frei, die die Aufmerksamkeit wesentlich weniger genoss, das konnte man ihr an der Nasenspitze ansehen.

Unsicher trat sie vor – dabei hatte sie gar keinen Grund, nervös zu sein. Sie sah unglaublich aus.

Ein Kleid, wie für sie geschaffen. Vorne geschlossen, wie das von Reia, jedoch ohne Ärmel, in Schwarz und leicht bestickt. Es glänzte sanft und je nach Bewegung schimmerte es rot oder golden.

Ashers Blick glitt an ihr hinab, über die Hüfte, hinunter bis über ihre Knie zu den Knöcheln, wo das Kleid endete. Bis zu ihrer Hüfte lag es eng an, danach lief es flüssig wie Wasser an ihr hinab. Ihr Haar trug sie offen, lockiger als sonst, die Lippen waren dunkelrot geschminkt und stachen aus ihrem zierlichen Gesicht hervor. Als sie lächelte, konnte er nicht wegsehen. Nicht, dass er das überhaupt wollte.

»Dreh dich um«, sagte Reia, die längst in Cetos Armen lag und ihre neue Freundin voller Stolz beobachtete.

Milas Blick traf Ashers, und als sie auf ihre Unterlippe biss, war Asher kurz davor, laut zu fluchen und zu brüllen, dass sie diese Party vergessen sollten. Damit niemand Mila so sehen würde. Er überlegte bereits jetzt, wen er alles töten müsste, wenn er dort gleich mit ihr auftauchte.

Etwas in ihm zog sich zusammen, sein Mund wurde trocken, und als Mila sich drehte, hing seine Selbstbeherrschung an einem seidenen Faden. Ihr Rücken war – nackt. Da war kein Stoff. Nur ihre Haut und die Spitzen ihrer Haare, die bei jeder Bewegung ihres Kopfes darüberwanderten.

Ashers Kiefer mahlte, seine Macht kratzte an ihrem Käfig

und sein Instinkt schrie ihn an, dass er Mila verstecken sollte, damit niemand ihr etwas antun konnte. Damit niemand sie ihm wegnahm.

»Asher?«

Überrascht sah er zu Reia. Ihrem Ausdruck und Tonfall nach zu urteilen, hatte sie ihn gerade nicht zum ersten Mal angesprochen. Asher saß verdammt tief in der Klemme.

»Wollen wir?«

»Sofort«, brachte er heraus und verfluchte seine verräterische Stimme. Er musste sich zusammenreißen. »Ich würde Mila gerne vorher etwas zeigen.«

»Oh ja, das ist eine gute Idee. Wir warten draußen.«

Reia verstand sofort, was er meinte, und zog Ceto mit sich, der ihm noch einen Daumen nach oben zeigte.

Als die beiden weg waren, ließ Asher sich erneut Zeit, Mila zu mustern, die bisher nichts gesagt hatte. Sie gingen aufeinander zu und irgendwann schaffte er es, halbwegs vernünftige Worte hervorzubringen. Auch wenn sie nicht sonderlich eloquent oder einfallsreich waren.

»Du siehst wirklich wunderschön aus.«

Sie sah zu ihm auf, legte den Kopf schief und lächelte breit. »Danke. Du siehst auch nicht schlecht aus.«

Asher grinste zurück, nahm ihre Hand und führte sie zu der neuen Tür, direkt neben dem Kamin. Er öffnete sie und trat mit ihr ein.

38

Mila

Mila fiel es schwer, ihre Augen von Asher abzuwenden, als er eine Tür öffnete, die vorher mit Sicherheit nicht da gewesen war. Als sie in den Raum gingen, entzündeten sich die Kerzen wie von Geisterhand.

Ein riesiges Himmelbett mit unzähligen Kissen befand sich dort drin, ein Kleiderschrank und ein großer flauschiger Teppich quer über dem Steinboden. Sie entdeckte sogar ein Hundebett für Mim und Pan. Ihr Polaroid stand eingerahmt neben dem Bett.

»Gefällt es dir?«

»Musste ich deshalb vorübergehend zu Reia ziehen? Damit du mir in meiner Abwesenheit ein eigenes Zimmer erschaffen konntest?«

»So in etwa. Auch wenn der meiste Dank wohl Ceto und seinem Händchen für die Einrichtung gilt.«

»Wirklich?«, fragte Mila, weil sie das kaum glauben konnte. Der Raum war minimalistisch, mit klarer Linie, und hatte keine Ähnlichkeit mit dem Kitsch und Prunk bei Reia zu Hause.

Asher seufzte, bevor er mit seinen Fingern schnipste, und Mila erkannte, dass er ihr eine Illusion des Raumes zeigte, wie er zuvor gewesen war. Knallbunt und vollgestellt – es war grauenvoll. Sie begann, aus vollem Herzen zu lachen.

»Ich habe es eben schnell geändert, bevor die Kerzen angingen. Bitte verrate es ihm nicht. Oder gefällt dir seine Version besser?«

Es war eine ehrlich gemeinte Frage, die Mila verneinte. »Ich mag es so, wie es ist. Ich danke dir.«

Die letzten Worte flüsterte sie und wie von selbst glitt ihr Blick von Ashers Augen zu seinen Lippen. Von seinen Lippen über seinen markanten Kiefer und sein Kinn hinunter zu seinen Schultern und … Mila räusperte sich. Sie musste sich zusammenreißen.

»Das wäre nicht nötig gewesen. Du hättest dir keine Umstände machen müssen. Aber ich danke dir wirklich sehr.«

Mila musste etwas sagen, sonst hätte sie ihn nur weiter angestarrt wie eine Närrin. Kindisch und albern kam sie sich vor, doch sie konnte sich immer weniger gegen das Gefühl wehren, das in ihr aufflammte, wenn sie bei ihm war. Sie fühlte sich wohl, sie vertraute ihm, doch da war noch so viel mehr, das sie nicht beschreiben konnte. Es hatte sich immer mehr aufgebaut. Verstohlene Blicke, flüchtige Berührungen.

»Wir sollten gehen. Reia und Ceto warten schon.«

Seine dunkle Stimme umschmeichelte sie. Mila liebte ihren Klang. Als die Kerzen erloschen und sie einen Moment von Dunkelheit umhüllt wurden, glaubte sie, Ashers Atem auf ihrem Gesicht zu spüren. Wie von selbst sprach ihr Körper auf ihn an – und das machte ihr Angst.

In diesem Kleid kam sie sich wie eine andere vor. Es war ein Wechselspiel aus Unsicherheit und Selbstsicherheit. Ersteres, weil Mila zu viel Aufmerksamkeit missfiel. Sie war es nicht gewohnt. Denn sie hatte ihr Leben lang versucht, genau das zu vermeiden. Letzteres, weil sie dieses Kleid liebte und sich darin wohlfühlte. Weil ihr nicht entgangen war, wie Asher darauf reagiert hatte, und weil sie wusste, wie viel Mühe Reia sich damit gegeben hatte.

Der Schmuck an ihrem linken Unterarm spendete ihr etwas Trost. Es war die Kette mit dem Stein. Bevor sie gegangen waren, hatte Mila Asher gebeten, Mim und Pan mitnehmen zu dürfen. Zuerst hatte er verneint, aber dann hatte er auf ihre Bitte den Stein erschaffen, auf den sie nur drücken musste, falls sie Hilfe bräuchte.

Asher und Reia gingen vor ihr. Reia hatte sich, als sie aus der

Tür gekommen waren, unerwartet seinen Arm geschnappt. Nun, da sie den Eingang zum Fest passierten, einen schmalen Korridor aus rötlichem Gestein, und danach einen Torbogen durchschritten, rumorte ihr Magen vor Nervosität. Sie war aufgeregt. Auch Ceto, der dicht neben ihr lief und seinen Arm lässig um sie gelegt hatte, konnte daran nichts ändern.

Die Musik war laut, die Lichter und Kerzen gedimmt, gerade richtig, um genug zu sehen. Reia hatte ein perfektes Gespür, was diese Dinge anging.

Mila sah sich beeindruckt um. Der große Raum war voller Menschen. *Voller Ewiger*, korrigierte sie sich selbst. Es gab ein Büfett, eine Bar und eine große Tanzfläche. Dieser Ort glich einem alten Keller mit hohen gewölbten Decken und massiven Steinen, geschmückt mit Laternen. Er hatte Charme, war schick. Seidentücher verzierten die Gänge und verschönerten so manche Ecke. Nebel waberte über den Boden und kroch an Milas Beinen empor. Licht und Dunkelheit mischten sich, Ranken und Blumen ergossen sich über die Decke, bewegten sich, waren lebendig. Reia hatte nicht zu viel versprochen.

»Wir sind da«, verkündete Reia fröhlich und drehte sich mit Asher zu ihnen um. »Ich werde Mila herumführen. Versaut mir das nicht.«

Die unterschwellige Warnung erkannte sogar Mila, obwohl Reias Tonfall von purer Freude zeugte.

»Hast du gehört? Versau ihr das nicht!«, wiederholte Ceto zu Asher, der tatsächlich genervt die Augen verdrehte.

»Ja, mach dich nur lustig. Ich bin am Ende der, der es abkriegt, nicht du!«

Mila lachte, als Reia sie von den beiden wegzog. Aber ihr Lachen verstummte schnell, als sie mitten im Raum stand und bemerkte, wie nahezu jedes Augenpaar auf sie gerichtet war, sie musterte. Das Bedürfnis, sich zu verstecken, war groß, doch sie kämpfte dagegen an.

»Du siehst wunderschön aus, Mila. Das ist der einzige Grund, warum sie dich ansehen. Glaub mir.«

Reia nahm ihre Hand, drückte sie und führte Mila zur Bar.

39

Asher

»Dir fallen gleich die Zähne aus, wenn du sie weiter so fest aufeinanderpresst.«

»Halt die Klappe«, erwiderte Asher wenig galant und trank einen Schluck Wein.

»Hast du es ihr gesagt?«

»Was soll ich wem gesagt haben?«

»Hast du Mila gesagt, dass du sie magst?«

»Ich verspreche dir, wenn du damit nicht aufhörst, bringe ich dich schneller um, als dir lieb ist.«

»Wann bist du so anstrengend geworden?«

»Es ist gut, dass du dir diese Frage endlich mal stellst.«

Daraufhin gab Ceto schließlich auf, ließ Asher in Frieden und nuckelte an seinem Cocktail oder was auch immer dieses unnatürlich grüne Getränk sein sollte. Er musste zugeben, dass er langsam ein schlechtes Gewissen bekam, weil er seinen Bruder so oft vor den Kopf stieß. Aber er konnte seine Seitenhiebe und dämlichen Fragen einfach nicht mehr ertragen. Besonders dann nicht, wenn Mila von Reia durch den Club gezerrt wurde wie Frischfleisch.

Er ließ sie nicht aus den Augen. Jedes Mal wenn ein Ewiger sie anlächelte oder mit ihr redete, sandte Asher einen Stromstoß aus. Und er genoss es zunehmend zu beobachten, wie sie nacheinander zusammenzuckten und ganz blass wurden. Spätestens, wenn sie begriffen, von wem diese Warnung kam. Dieser Umstand hob Ashers Laune von Minute zu Minute.

Zumindest bis Cetos gedämpftes »Oh, oh« erklang und Asher nach dem Auslöser suchte. Reia. Verdammt.

Wutentbrannt stampfte sie auf Asher zu, der ahnte, dass sie sein Spiel enttarnt hatte. Dennoch ließ er sich nichts anmerken.

»Reia, amüsierst du dich? Und habe ich dir schon gesagt, wie bezaubernd du heute aussiehst?«

»Lass das Süßholzgeraspel, Asher. Ich weiß genau, was du da treibst«, ertönte ihre ernste Stimme, während sie ihm den Finger in die Brust bohrte. »Hör sofort damit auf!«

»Ceto, weißt du, was deine Geliebte meint?«

»Zieh mich da ja nicht mit rein. Verflucht – ich hasse dich, das weißt du, oder?«

Doch Asher grinste nur süffisant, nippte an seinem Getränk und überspielte das, was ihn beschäftigte.

»Mila fühlt sich schlecht. Wie eine Ausgestoßene, weil niemand mehr ein Wort mit ihr wechseln oder überhaupt in ihre Nähe kommen will. Das ist nur deine Schuld.«

Asher seufzte und so etwas wie Scham breitete sich in ihm aus, ebenso wie leichte Schuldgefühle.

»Du machst ihnen Angst. Absichtlich. Hast du dabei nur einen Moment an Mila gedacht? Nicht einmal die Frauen, Asher. Nicht einmal die sprechen mit ihr.«

Reia redete nicht mehr wütend auf ihn ein, sondern besorgt. Asher verstand es, als er Mila mitten im Raum entdeckte – allein. Während alle anderen plauderten, tanzten und lachten. Nur um sie machte man einen Bogen. Und als sie ihren Kopf drehte, ihn direkt ansah, mit ihren großen Augen, die so traurig wirkten, drohte er zu ersticken an den Gefühlen, die ihn überrollten.

»Magst du sie? Dann steh dazu und sei keine Memme! Sag es ihr. Oder lass es. Aber dann, bei der Dunkelheit, hör auf, sie für dich zu beanspruchen!«

»Okay«, brachte Asher hervor.

»Okay, was?«, blaffte Reia, doch in dem Moment konnte sie schon keine Antwort mehr von ihm erwarten. Seine Sicht verschwamm, Rauch bildete sich um ihn und Eifersucht breitete sich wie Gift in ihm aus.

»Was ist denn jetzt los?« Irritiert drehte Reia sich um, um genau das herauszufinden. »Oh«, keuchte sie, als sie Ashers Blick folgte.

»Bitte sag mir, dass du nicht Rólan eingeladen hast«, nuschelte Ceto verzweifelt in seine Hand, die er sich gerade über das Gesicht gelegt hatte.

»Nun ja, anscheinend ist da etwas schiefgelaufen.«

Asher spürte, dass Ceto ihn aufmerksam beobachtete. Es war ihm gleich. Er war kurz davor zu explodieren.

»Reia, Liebling. Wenn du nicht möchtest, dass dein Club in Schutt und Asche gelegt wird, solltest du jetzt da rübergehen und Mila weit weg von Rólan bringen. Okay?«

40

Mila

Wenn sich Mila nur eine nützliche Gabe wünschen dürfte, würde sie eine wählen, mit der man im Erdboden versinken oder schlicht von diesem Ort verschwinden könnte. Doch leider war nichts davon möglich.

Ihr fehlte es nicht zwingend an Selbstvertrauen, aber im Gegensatz zu Reia, die gerade mit Asher und Ceto redete, schwamm sie auch nicht darin.

Niemand auf der Feier wollte etwas mit ihr zu tun haben oder auch nur in ihrer Nähe sein, weshalb sie sich unwillkürlich fragte, was sie hier eigentlich tat und warum sie nicht ging.

»Entschuldigung.«

Mila zuckte kurz zusammen, als eine fremde Stimme hinter

ihr ertönte, sehr nah an ihrem Ohr. Als sie sich umwandte, erkannte sie einen Mann von breiter Statur, mit leicht schiefer Nase und einer Narbe auf der Lippe. Er lächelte sie höflich an.

»Ich hoffe, es ist in Ordnung, dass ich dich anspreche.«

»Ja … ja, natürlich«, erwiderte Mila perplex. »Ich bin Mila.«

Sie hielt ihm die Hand entgegen und er legte seine hinein. Kurz durchzuckte Mila eine Art Stromschlag, aber Rólan schien das nicht gemerkt zu haben, also lächelte sie.

»Bist du eine Freundin von Reia?«, fragte er, als er seine Hand zurückzog und in die Hosentasche schob. Mit interessiertem Blick musterte er sie.

»So könnte man es nennen«, gab Mila vage zurück.

Ihr Gegenüber trat näher zu ihr, starrte sie unverhohlen an. Obwohl sie sich nicht bedroht fühlte, musste Mila sich anstrengen, nicht einen Schritt zurückzutreten.

»Und du? Kennst du Reia gut?«

»Oh ja. Asher ebenso.« Da lag ein Unterton in seiner Stimme, den Mila nicht deuten konnte, aber zu gerne ergründen wollte.

Gerade als sie zu einer weiteren Frage ansetzen wollte, kam Reia schlitternd neben Mila zum Stillstand und stoppte sie.

»Hey, Rólan«, begann sie und zog jede Silbe merkwürdig in die Länge. »Es ist lange her.«

»Reia. Immer wieder eine Freude. Du siehst schöner aus denn je.«

»Ja, ich weiß. Es war wirklich toll, dich kurz gesehen zu haben. Viel Spaß noch auf der Feier.«

Reia war dabei, sie von ihm wegzuziehen, aber Mila verstand nicht, warum.

»Reia, was ist denn los? Du wolltest doch, dass ich mich mit den Leuten hier unterhalte. Habe ich was falsch gemacht?«

Ihre Freundin steuerte das Büfett an und schob sich eine Weintraube in den Mund. »Ja, das wollte ich. Es tut mir leid … Das war Rólan. Er hat sich selbst eingeladen. Es könnte allerdings auch ein Versehen gewesen sein«, gab Reia zu und verzog dabei das Gesicht.

Milas Verwirrung wuchs und sie blickte ihre Freundin nur weiterhin verständnislos an.

»Er ist, nein, er war vor sehr langer Zeit ein wirklich übler Zeitgenosse. Mittlerweile ist es ein wenig stiller um ihn geworden, trotzdem, man sollte ihm nicht trauen. Er lebt im Krater.«

»Deshalb hast du mich so energisch weggezogen?«

In Milas Kopf setzten sich die Gedanken zusammen wie die Teile eines Puzzles. Ihr Blick fand den von Asher. Sie wollte nicht glauben, dass er etwas damit zu tun hatte, aber das Gefühl ließ sie einfach nicht los.

»Hast du mich weggezogen, weil du mich vor Rólan beschützen willst? Oder hat dich jemand vorgeschickt?« Mila kniff die Augen zusammen und wartete, während Reia hustend vor ihr stand. Sie hatte sich an einer Weintraube verschluckt.

»Ich denke, das beantwortet meine Frage. Also, ich würde mich jetzt gerne weiter mit *Rólan* unterhalten. Er ist der Einzige, der mich angesprochen hat.«

Und in dem Moment, als Mila die Worte gesagt hatte, stolzierte sie erhobenen Hauptes zurück. Sie kam keine fünf Schritte weit, da ragte Asher vor ihr auf und sie stieß gegen ihn.

»Wir gehen.«

»Asher, du solltest nicht ...«, begann Reia, verstummte aber sofort wieder, wohingegen Mila wütend wurde. Richtig wütend.

»Wenn du gehen möchtest, geh. Ich nehme an, du kennst den Weg.« Mila funkelte ihn an und hielt seinem Blick stand. Sie wich nicht zurück.

Ashers Finger schlossen sich blitzschnell um ihr Handgelenk. »Ich denke, du solltest mitkommen.«

Einfach so zog er sie mit sich durch die Menge, die ihnen auswich, zu dem schmalen Gang, durch den sie bei ihrer Ankunft getreten waren. Abseits der anderen wehrte sich Mila mehr und mehr.

»Asher!«, rief sie wiederholt. »Ich möchte noch nicht gehen.«

Völlig unerwartet stoppte er und betrachtete forschend ihr Gesicht. »Und wenn mir das egal wäre?«

Sie hörte auf, gegen ihn anzukämpfen. »Dann würdest du meinen Respekt vor dir verlieren. Ich denke, das weißt du.«

Sie sprach die Worte leise aus, ruhig, und rückte näher an ihn heran. Seine Gesichtszüge wirkten strenger als sonst, ernster, und seine Augenfarbe wechselte von Gold zu Schwarz zu Blau.

Bis er sie schließlich freigab und einen Schritt zurücktrat.

»Ich wollte dir nicht wehtun. Verzeih mir«, presste er beschämt hervor und sie glaubte ihm.

»Warum bist du so wütend?«

Mila bekam keine Antwort.

Stattdessen schloss Asher langsam die Lücke zwischen ihnen und verweilte dort, ohne etwas zu sagen. Er stand nur da, sah sie an und einfach so veränderte sich etwas. In der Luft, in seinen Augen, zwischen ihnen. Milas Puls beschleunigte, ihre Atmung folgte, während sie sich in seinem Blick verlor und stumm fragte, was hier gerade vor sich ging. Sie wandte sich nicht ab. Nein, sie wartete und wollte es herausfinden. Es fühlte sich an, als würde er sie berühren, ohne sie anzufassen. Es war Magie, glich einem Zauber.

Ashers Brustkorb hob und senkte sich direkt an ihrem Körper und sie gab dem Impuls nach, ihre Hand daraufzulegen. Endlich die geringe Distanz zu überbrücken. Das Blut rauschte in ihren Ohren, und als sie plötzlich seine Hand auf ihrem unteren Rücken spürte, vergaß sie für einen Moment, wie man atmete. Seine Finger fuhren über ihr Kleid und ihre nackte Haut, langsam die Wirbelsäule hinauf und noch langsamer wieder hinab. Bis sie auf ihrer Hüfte zur Ruhe kamen und seine andere Hand ebenso.

Hitze brannte in Mila. In ihr tobte ein Sturm. Sie löste ihren Blick von seinem, sah auf seinen Mund, der sich öffnete, und schluckte schwer.

Mit einem Ruck zog Asher sie an sich und Mila ließ es geschehen. Als seine Lippen auf ihre trafen, hielt sie sich an ihm fest, um nicht zu fallen.

Asher drückte sie an die Wand, während er sie küsste. Langsam und sanft fuhr er mit seinen Lippen über ihre, und als ihr ein leises Stöhnen entwich, verstärkte er den Druck und vertiefte den Kuss.

Mila verlor und fand sich – bis er sich schwer atmend von ihr löste, seine Stirn an ihre lehnte und mit seinen Händen so vorsichtig Milas Gesicht umfasste, als könnte sie jeden Moment unter seiner Berührung zerspringen.

Seine Unsicherheit war beinahe so greifbar, dass Mila glaubte, es wäre ihre eigene. Er wollte sich zurückziehen, aber sie ließ es nicht zu. Stattdessen hielt sie ihn fest bei sich, krallte ihre Finger in sein Hemd und beugte sich zu ihm vor. Sie lächelte an seinen Lippen, bevor sie einen zarten Kuss auf sie hauchte.

Als Asher seine Augen öffnete, waren sie wie flüssiges Gold, das in einem Topf gerührt wurde. Einzigartig und faszinierend.

»Du hast gefragt, warum ich so wütend war«, murmelte er. »Weil ich eifersüchtig war und weil mir dieses Gefühl fremd ist.« Er küsste sie wieder und wieder, bevor er weiterredete.

»Weil ich mir nicht eingestehen wollte, dass es so ist. Das war nicht der Plan. Nie.«

»Dass was so ist?«, fragte Mila nervös.

»Dass Reia und Ceto recht hatten. Dass ich dich mag. Nein, dass ich anfange, mich in dich zu verlieben.« Er atmete zitternd aus und wieder ein. »Dass es schon passiert ist, *Liebste*.«

41

Mila

Ashers Worte wurden zu einem Echo in ihren Gedanken, wiederholten und vervielfältigten sich, sodass Mila sie niemals vergessen konnte. Ihre Lippen kribbelten, ihr Herz klopfte wie verrückt und sie realisierte noch nicht ganz, was gerade geschehen war. Aber sie bereute keine Sekunde.

»Ich mag dich auch«, brachte sie hervor und musste lachen, weil er so erleichtert aussah. Dabei war es mehr als das. Mehr und mehr hatte sie ihn gemocht, sich vielleicht sogar verliebt. Schleichend. In seine Art, sie anzusehen und sie zu berühren. In seine Art, sie aus der Reserve zu locken und ihr zuzuhören. In seine Wärme, seinen Duft, sein Lächeln. Er gab ihr das Gefühl, alles alleine schaffen zu können, und gleichzeitig das Wissen, dass er da war, falls es ihr nicht gelang.

Ja, vielleicht hatte sie sich verliebt … Nie zuvor hatte sie so empfunden.

»Lass uns zu Reia und Ceto zurückgehen. Wahrscheinlich streiten sie gerade wegen mir.«

Asher löste sich von Mila und trat zurück. Sie fröstelte, weil sie jetzt erst merkte, wie nah sie sich gewesen waren und wie viel Wärme Asher ausgestrahlt hatte.

Er wollte zu den anderen, aber Mila griff nach seiner Hand und stoppte ihn.

»Warte! Lass uns gehen.«

Dass sie das tatsächlich vorschlug, konnte sie kaum glauben. Asher offensichtlich ebenso wenig, denn er hielt perplex inne.

»Sicher?«

Mila nickte nur. Ja, sie war sich sicher. Es gab keinen Grund hierzubleiben.

»Dann sage ich den anderen Bescheid, dass alles okay ist. Warte hier, ja?«

Mila sah ihm nach, als er am Ende des Ganges um die Ecke verschwand, und berührte mit den Fingerspitzen ihre Lippen, auf denen sie noch immer Ashers spüren konnte. Pure Freude durchströmte sie und sie strahlte über das ganze Gesicht. Als dann Aufregung hinzukam, begann sie, unruhig hin- und herzugehen.

»Mila«, ertönte ihr Name.

Es war Reia, die auf sie zueilte und geschockt den Mund aufriss.

»Willst du tatsächlich gehen? Ich dachte, ihr streitet euch und … Warte! Wieso siehst du so dümmlich glücklich aus?«

Mila konnte es selbst kaum glauben, dass sie kicherte.

»Nein«, stieß Reia hervor. »Habt ihr? Ihr habt. Endlich!« Sie jubelte und sagte danach etwas, das wie »Wurde auch Zeit, dass der Junge das hinkriegt« klang.

»Ich bin ein Mensch, Reia«, flüsterte Mila und sprach damit erneut eine ihrer größten Ängste aus.

»Das bist du. Aber du bist besonders. Wir wissen nicht, wie viel Sterblichkeit in dir steckt. Was dcine Macht in dir bewirkt hat oder bewirken wird. Wir müssen abwarten.«

Sie hatte sofort gewusst, was Mila meinte. Die Frage, ob diese Sache zwischen Asher und ihr Sinn ergab, geisterte in ihr herum, ohne dass sie es verhindern konnte. Ob es sich lohnte, wo sie doch sterblich war. Mila würde altern. Dieses Mal lag es nicht an ihrem Fluch. Dieses Mal hatte sie keine Angst davor, dass *er* irgendwann grau werden würde, sondern sie selbst.

»Wie alt ist Asher eigentlich?«

»Diese Frage ist etwas komplizierter, als du denkst. Ashers Körper ist schätzungsweise auf dem Stand eines Mannes Anfang, Mitte zwanzig? Ja, das kommt hin. Seine Seele ist alt. Reicht dir das? Wohl eher nicht.« Es war interessant und belustigend zu beobachten, wie Reia sich wand und ihre eigenen Fragen beantwortete. »Hat Asher dir erklärt, wie unsere Welten wirklich entstanden sind?«

»Ja, er hat es mal erwähnt, aber …« Mila zuckte entschuldigend mit den Schultern.

»Schon okay. Also, das Universum musst du dir wie ein lebendes Individuum vorstellen, es bewegt sich. Und ihm liegt nur ein einziger Impuls zugrunde: ein Gleichgewicht herzustellen und es zu bewahren. Nach und nach verselbstständigte sich dieser Impuls, spaltete sich immer weiter auf. Licht zu Dunkelheit, Leben zu Tod, Gut zu Böse, Sterblichkeit zu Unsterblichkeit und Mensch zu Ewiger. Das ist das grobe Prinzip dahinter. Es ist wie eine Kausalkette, denn ein Gleichgewicht bedingt meist ein anderes. Also hängt alles zusammen wie ein großes Netz, wie eine Waage, die stets ausgeglichen sein muss, weil sonst alles kippt. Tatsächlich waren die ersten Menschen vor uns da. Asher, Ceto und Elarian waren die Ersten aufseiten der Dunkelheit. Er lebt also schon wirklich lange.« Dann begann Reia zu lächeln. »Und ich habe ihn, seit ich ihn kenne, nie so erlebt wie mit dir.«

»Wer war Lyah?« Mila erschrak selbst über ihre Frage. Sie hatte sie nicht stellen wollen, es war ihr einfach rausgerutscht. Bisher hatte sie sich nicht getraut, Asher zu fragen. »Es tut mir leid, das geht mich nichts an. Ich habe nur den Namen … Ich meine, Tariel hat ihn genannt und …«

»Diese Frage muss Asher dir selbst beantworten. Das steht mir nicht zu.« Reia hakte sich bei Mila ein. »Komm, wir suchen unsere Männer. Sonst warten wir hier noch ewig.«

Gerade als Mila mit Reia einen Schritt nach vorne tat,

überkam sie ein seltsames Gefühl. Ein Schatten huschte an ihrer Seite vorbei. Doch als sie den Kopf umgewandt hatte, war niemand dort.

Sie hielt inne.

»Ist alles in Ordnung?«

Mila wartete einen Moment, blieb wachsam, aber sie hatte sich wohl getäuscht. Ihre Sinne mussten ihr einen Streich gespielt haben.

»Ja, alles okay«, entgegnete sie.

Da sah sie eine Gestalt hinter Reia, die ihre Freundin packte. Als Mila schreien wollte, wurde sie nach hinten gezogen und eine Hand legte sich über ihren Mund und ihre Nase. Sie wehrte sich, so gut sie konnte, bis ihre Glieder schwer wurden, ihre Lider ebenso und die Müdigkeit wenige Sekunden später zu übermächtig wurde.

Die Welt entglitt ihr und sie verlor das Bewusstsein.

42

Asher

»Wenn wir Reia noch länger warten lassen und sie dir deswegen die Hölle heißmacht, werde ich der Letzte sein, der sie aufhält. Das verspreche ich dir.« Asher war genervt.

»Ich weiß, ich weiß. Aber ich musste erst alles erfahren. Reia wird Mila bestimmt auch ausfragen, also wird sich ihre Ungeduld in Grenzen halten. Vertrau mir.«

Asher starrte Ceto wortlos an, bis dieser mit den Augen rollte und das Gesicht genervt verzog.

»Ich hab es ja verstanden! Du willst los zu Mila und ich höre auf, komische Fragen zu stellen und zu trödeln. Ich komme schon.«

»Danke«, brachte Asher ehrlich und mehr als dankbar hervor. Er *wollte* zurück zu Mila und mit ihr heimgehen. *Heim.*

Das Wort hatte sich gerade von selbst in seinen Gedanken gebildet, aber es fühlte sich gut an. Er wollte sie im Arm halten, sie küssen und ihr neues Zimmer verdammt noch mal wieder einreißen, weil sie in seinem Bett schlafen sollte.

Ceto schlürfte laut, als er den letzten Rest des grünen Getränks, das Ähnlichkeit mit Schleim aufwies, mit dem Strohhalm aus dem Glas zog.

»Fertig und bereit.« Zuerst klatschte er in die Hände, danach auf Ashers Schulter.

Sie bogen um die Ecke und gingen durch den Torbogen, aber weder Mila noch Reia waren auffindbar.

»Siehst du sie?«, fragte Ceto, der sich zu allen Seiten umdrehte und sogar bis ans Ende des Ganges vordrang.

»Nein.«

Asher hatte ein mieses Gefühl. Aufmerksam blickte er sich um, überlegte, wo sie hingegangen sein könnten.

»Meinst du, sie sind kurz ins Bad? Oder schon vorgegangen?«

»Sieh doch mal nach. Aber vorgegangen sind sie auf keinen Fall.«

Dessen war Asher sich sicher. Er hatte Mila gebeten, hier zu warten, und Reia wüsste es besser, als gegen seinen Willen zu handeln. Irgendetwas stimmte hier nicht.

Ceto eilte davon.

Als er wenige Minuten später wiederkam, war sein Gesicht vor Sorge verzogen. »Ich kann sie nicht finden. Sie sind auch nicht zu Hause.«

Einige Kerzen im Gang gingen aus. Ein Sturm fegte durch den Gang bis nach hinten in den Kellerraum, es bebte und krachte. All das war nichts mehr als Ashers manifestierte Wut. Er würde jedes Teilchen dieser Sphäre und jeden Anwesenden zugrunde richten, wenn Mila nicht bald auftauchte.

Asher schritt in den Hauptraum, die Musik verstummte. Diejenigen, die noch nicht geflohen waren, standen in einer Mischung aus Angst und Unsicherheit da.

»Guten Abend«, grüßte er freundlich, seine Stimme war so dunkel wie die Nacht und so furchterregend wie die Energie, die er durch den Raum sandte, und der Rauch, mit dem er alle Anwesenden einschloss. Der Rauch würde an ihnen emporkriechen und sie ersticken, wenn ihre Antworten ihm nicht gefielen.

»Mein Name ist Asher und ich vermisse etwas, das mir gehört. Wer von euch möchte sich mit mir darüber unterhalten?«

Die letzten Kerzen erloschen und die Dunkelheit verschluckte alles.

43

Mila

Das Dröhnen in ihrem Kopf war so laut, dass Mila ihre eigenen Gedanken nicht mehr hören konnte. Schmerzen schwappten in Wellen durch sie hindurch, ihr Körper tat weh und fühlte sich steif an. Ein fahler Geschmack lag auf ihrer Zunge und ihr Mund war so trocken, dass sie es kaum schaffte zu schlucken. Ein gequältes Stöhnen entwich ihr, als sie den Kopf hob, der nach vorne gesackt auf ihrer Brust gelegen hatte.

Mit zusammengekniffenen Augen atmete sie ein paarmal tief ein, leckte sich über die Lippen und traute sich erst dann, die Augen Stück für Stück zu öffnen.

Wenn das Piepen in ihrem Kopf nur endlich verstummen würde.

Mila trug noch Reias Kleid. Es war leicht verdreckt und an der Seite zerrissen. Sie saß auf einem Stuhl und … ihre Hände waren auf dem Rücken gefesselt. Nach und nach spürte sie, wie die Stricke sich in ihre Haut fraßen und wie taub ihre Finger bereits waren.

Sie musste mehrmals blinzeln. Dieser Raum war ungewöhnlich hell. Die Deckenplatten leuchteten allesamt in grellem Weiß. Mehr gab es hier auch nicht zu sehen. Ein weißer einfacher Raum, nicht besonders sauber. Eine Tür. Und rechts von Mila … Reia. Keuchend stemmte sich Mila gegen die Fesseln, die, wie sie nun feststellte, auch um ihre Mitte geschlungen waren.

Reia wurde langsam wach und sah dabei so orientierungslos aus, wie Mila sich fühlte.

»Reia«, flüsterte Mila immer wieder, bis ihre Freundin zu ihr schaute.

»Wieso bin ich so müde? Wo sind wir hier?«

Reia wollte aufstehen und erst da bemerkte sie es anscheinend. Auch sie war an einen Stuhl gefesselt.

Ihr Gesicht verzog sich vor Wut. »Was ist hier los?«, tobte sie.

Während Reia sich vergeblich abmühte, versuchte Mila, ihre Macht zu rufen, aber nichts geschah. Frustriert schrie sie auf, rüttelte an ihrem Stuhl und zerrte an den Fesseln, die einfach nicht nachgaben. Auch Mila hatte es schon versucht, in sich gehorcht, nach ihrer Kraft gerufen, doch das Gefühl blieb fern. Es war nichts da, wonach sie greifen konnte. Sie wusste nicht, wie es funktionierte.

»Reia«, wiederholte Mila eindringlicher, sodass ihre Freundin es aufgab, sich zu wehren.

»Geht es dir gut?«, fragte sie Mila schließlich, die sich an einem Lächeln versuchte, statt zu antworten. Sie wollte Reia nicht erzählen, wie sie sich fühlte. Wollte sie nicht anlügen müssen.

»Und dir?«

»Bei mir ist alles okay. Außer, dass ich gefesselt bin. Magische Fesseln. Ich fasse es nicht! Wir wurden entführt, oder? Das ist wirklich irrsinnig. Wenn Ceto mich findet, wird er hier alles in Schutt und Asche legen«, lachte sie.

Das Quietschen der Tür erregte ihre Aufmerksamkeit und beide verstummten abrupt.

»Du mieser, widerlicher …«

»Na, na, Reia. Wo sind deine Manieren geblieben?«

Rólan.

Der Ewige trat mit einem weiteren Mann ein, den Mila nicht kannte.

»Ich hätte Asher nicht aufhalten sollen, als er dir den Kopf abreißen wollte«, zischte sie wütend. Aus jeder ihrer Poren triefte Abscheu und Zorn.

»Hinterher ist man immer schlauer, nicht wahr?«

Er lachte und schlenderte gelassen auf Mila zu. Schicke Kleidung, Samt und Seide, das fiel ihr als Erstes auf. Hier im Licht des Raumes konnte sie im Gegensatz zu ihrem ersten Aufeinandertreffen in dem dunklen Keller jetzt deutlich seine Gesichtszüge erkennen.

Sie fand sie weniger sympathisch, was auch daran liegen konnte, dass sie gefesselt an einem Stuhl festhing und er sie begutachtete wie Ware, die er zu verkaufen gedachte. Auch Mila musterte ihn, langsam und sorgfältig, um keine Angst zu zeigen. Vielleicht sogar, um ihn zu provozieren. Sie war nicht irgendein Objekt, über das man bestimmen konnte.

Mila atmete tief ein und veränderte dabei ein wenig ihre Sitzposition, damit die Schnüre ihr nicht zu fest in die Haut schnitten. Sie versuchte es zumindest. Die Kopfschmerzen waren weiterhin da, aber wenigstens nicht mehr so pochend wie zuvor.

»Kerym. Ernsthaft? Seid ihr beide total übergeschnappt?« Reia war fassungslos.

Kerym. So musste der schlanke Ewige mit dem langen grünschwarzen Haar hinter Rólan heißen. Reia kannte beide.

»Erklärst du mir noch mal, warum diese Nervensäge hier ist?«, ertönte Rólans Stimme. Dabei wandte er seinen Blick nicht von Mila ab und sosehr sie es wollte, sie konnte es auch nicht. Sie würde nicht zuerst wegschauen.

»Weil es immer schön ist, Reia wiederzusehen«, säuselte er und zwinkerte ihr zu. Dieses Mal konnte Mila es sich nicht verkneifen, kurz ein angewidertes Gesicht zu ziehen. »Und natürlich, weil die angeheuerten Schatten sie einfach mitgenommen haben. Eine mehr bringt mehr Geld, dachten sie. Außerdem war sie bei dem Mädchen und sie wollten keinen Kampf riskieren. Also haben sie nicht lange überlegt und beide geschnappt«, fügte er hinzu.

»Hörst du das, liebe Reia? Das war ein Versehen. Dafür möchte ich mich an dieser Stelle entschuldigen.«

»Wisst ihr, wo ihr euch diese Entschuldigung hinschieben könnt?«, brauste sie auf, was die beiden Ewigen köstlich amüsierte.

»So viel Temperament! Es waren schöne Zeiten, nicht wahr?«

»Hör auf, Kerym, sonst wird mir schlecht. Und Reia? Streng dich nicht an, deine Ketten und Seile sind mit einem Zauber belegt. Sie absorbieren deine Energie.«

»Ich bin keine Idiotin! Und wenn ich hier rauskomme, wird das für niemanden schön enden. Nur für mich«, zischte Reia wutentbrannt. »Denn ich werde Ceto zujubeln, während er euch Stück für Stück auseinandernimmt.«

»Wenn er uns findet, kann er es gerne versuchen«, erwiderte Kerym und ging auf Reia zu. Er beugte sich vor und roch an ihrem Haar, woraufhin sie den Kopf zurückzog – nur, um ihrem Gegenüber gleich darauf eine kraftvolle Kopfnuss zu verpassen.

»Verdammter Dreck!«

Kerym blutete kurz aus der Wunde an seiner Stirn, aber es heilte sofort wieder. Er rieb sich darüber und seine Fratze zeugte von Unmut.

Mila hatte nicht vorgehabt, zuerst wegzusehen, doch das ließ sie sich nicht entgehen. Sie warf Reia ein anerkennendes Lächeln zu.

Statt darauf einzugehen, wandte Rólan seine Aufmerksamkeit Mila zu. »Mila. Schön, dich wiederzusehen. Leider konnten wir uns heute Nacht nur kurz unterhalten, weil man uns so unhöflich unterbrochen hat.«

Er ließ locker aus der Bewegung heraus einen Stuhl entstehen und setzte sich direkt vor Mila.

»Was willst du von uns?«

»Reia ist aus Versehen hier, du hast es gehört. Und jetzt wohl auch zu Keryms Vergnügen. Und du? Du bist hier, weil ich es wollte.«

»Warum solltest du das wollen? Wir kennen uns nicht.«

»Genau das möchte ich ändern.«

Sein Grinsen war ekelerregend. Jeder Ton aus seinem Mund war Mila zuwider. Und sosehr sie dagegenhielt: Sie spürte die kleinen, kühlen Krallen der Angst, die sich in ihr regten.

»Als eine Sterbliche in meinem Krater gelandet und Asher das erste Mal seit Jahrhunderten an diesen Ort gekommen war, dachte ich, ich träume. Und als dann noch kurz darauf das Gerücht die Runde machte, ein Lichter wäre ebenso dort gewesen, war mir klar, die dummen Schatten und Kreaturen der untersten Ebene mussten Blödsinn erzählen oder halluzinieren. Aber das Gerede brach nicht ab. Ich fragte mich immerzu, warum Asher eine Sterbliche aus meinem Krater holte. Es machte mich neugierig, also stellte ich Nachforschungen an. Ich fand heraus, dass Asher, Ceto und die liebste Reia, hier zu meiner Linken, etwas mit alldem zu tun hatten. Das Beste daran? Meine Informanten haben sich erkundigt, ob irgendwo rein zufällig ein sterbliches Wesen gesucht wird. Und tatsächlich! Jemand hat großes Interesse an dir. Das war ein weiterer Grund für diese kleine Entführung. Eigentlich ist das nicht mein Niveau«, sagte er, was Reia zum Lachen brachte. Er ignorierte sie. »Also. Du wirst bald abgeholt. Und es wurde sehr gut für dich gezahlt. Doch vorher möchte ich noch wissen, warum so viele Ewige an dir hängen.«

Rólan erzählte ausschweifend und in perfekter Manier für jemanden, der sich gerne selbst zuhörte. Tariel musste der sein, der ihre Entführung in Auftrag gegeben hatte. Mila konnte nicht glauben, dass sie mal so etwas wie Sympathie für ihn empfunden hatte.

Während Rólan sprach, bemühte sie sich darum, so auszusehen, als würde sie gespannt lauschen. Dabei war sie auf die Fesseln konzentriert. Sie drehte und wendete ihre Hände langsam, wollte keine Aufmerksamkeit auf sich ziehen. Aber sie musste austesten, ob und wie weit sie ihre Hände und Gelenke bewegen konnte.

Es war frustrierend, denn sie hatte kaum Spielraum. Die Schnüre saßen so eng, dass sich ein dauerhafter Schmerz eingestellt hatte.

»Du stehst unter Reias und Ashers Obhut. Wieso sollten sie das tun? Und wieso sollte eine einfache Sterbliche in unserer

Sphäre verweilen dürfen? Asher hat einen Narren an dir gefressen und ich will wissen, warum. Darum, liebe Mila, willkommen. Bevor ich dich an meinen Auftraggeber überreiche, haben wir ein wenig Zeit, uns richtig kennenzulernen. Wer weiß, vielleicht springt am Ende noch etwas Besseres für mich heraus.«

44

Asher

»Niemand weiß, wo er ist.«

Ceto sah blass aus. Seine Stimmung wechselte im Sekundentakt von furchtbar wütend zu verzweifelt oder traurig und er war somit noch gereizter und unberechenbarer als Asher selbst. Das passierte selten und bewies, wie sehr Ceto Reia liebte. Er war seit einer Ewigkeit an ihrer Seite und er hatte vor, das auch eine weitere zu sein.

»Ich wünschte, ich könnte die Zeit zurückdrehen. Dann würde ich Rólan in Stücke reißen, statt genüsslich einen Cocktail in mich reinzukippen. Wir müssen sie finden.«

»Das werden wir«, erwiderte Asher schlicht, während er mit Ceto zwischen den Trümmern des Clubs stand.

Nach und nach hatten sie alle Ewigen befragt und

Informationen zusammengetragen. Dabei hatten sie vor Wut diesen Teil der Sphäre komplett niedergerissen. Jedes Mal wenn jemand gesagt hatte, dass er nichts wüsste oder gesehen hatte, hatte Asher irgendetwas zerstört.

Es war nichts mehr übrig geblieben.

Und am Ende wussten sie nicht besonders viel. Nur, dass Rólan etwa zur selben Zeit wie Reia und Mila verschwunden war. Es könnte auch sein, dass er schon vorher gegangen sei, sie wussten es nicht. Einer behauptete, Schatten des Kraters bemerkt zu haben. Nur ganz kurz, sodass er zuerst dachte, er hätte sie sich eingebildet.

Der Gedanke daran, dass Rólan sie haben könnte, weckte nicht nur unendliche Wut in Asher, sondern ebenso Angst, und schnürte ihm die Kehle zu. Wenn den beiden etwas geschah – wenn Mila etwas geschah … Dieser miese, kleine Wurm. Asher würde Rólan zerquetschen, wenn er ihn aufgespürt hatte. Und das würde er. Den Schatten ausfindig zu machen hatte jetzt Priorität. Sein Gefühl sagte ihm, dass er mit ihm auch Mila finden würde. Und dann würde Rólan nicht einfach nur sterben. Er würde leiden. So sehr, wie es möglich war. Denn er war ein Monster. Die Dunkelheit in ihm hatte sich in Bosheit, Habgier und Kälte verwandelt. In ein Geschöpf, das keine Gnade kannte, keine Grenzen. Sein Geist war zerfressen. Wenn er die beiden hatte, war alles möglich. Verflucht! Hätte Rólan ihn nicht im Krater gesehen, mit Mila … Wäre Asher nur schneller von dort verschwunden …

Rólan war jetzt ihre einzige Spur. Oder zumindest ein Anfang. Wenn er nicht dahintersteckte, mussten sie mit ihrer Suche von vorn beginnen.

Sie würden dem Krater einen erneuten Besuch abstatten und herausfinden, ob sich wirklich Schattenwesen von dort auf Reias Fest geschlichen hatten.

Asher war nicht er selbst.

Er würde Mila suchen und finden und Reia ebenso. Und dann würde er die Verantwortlichen unter Asche und Rauch begraben.

Hoffentlich ging es ihnen gut. Er betete zu einem Gott, den es nicht gab, dass ihnen nichts passiert war und sie durchhielten, bis Ceto und er bei ihnen waren.

45

Mila

Der Raum glich einem Wartezimmer. Aus irgendeinem Grund kam Mila dieser Gedanke und sie konnte ihn nicht abschütteln. Ein karges, steriles Wartezimmer – dabei wusste man nicht recht, auf wen oder was man wartete, wie lange und wohin es danach ging. Vermutungen aufzustellen brachte sie nicht voran.

Es brachte sie auch nicht hier raus.

»Was hast du jetzt vor?«

»Wir unterhalten uns einfach nett.«

»Mila, sag ihm nichts, rede nicht. Hörst du?«

Reia schrie und pöbelte unentwegt, riss an ihren Ketten und dem Stuhl und kämpfte. Doch das änderte nichts. Sie waren gefangen und kamen nicht fort.

Rólan war mittlerweile sehr genervt von Reia und nicht mehr in der Lage, das zu verstecken.

»Kerym, sorg dafür, dass sie endlich die Klappe hält, sonst mache ich das.«

»Früher war sie weniger anstrengend«, gab er herablassend von sich.

»Früher«, spie Reia aus, »war ich ein naives Dummchen, das zu spät erkannt hat, was du wirklich bist: ein arrogantes, charakterloses Schwein, das über Leichen geht, um zu bekommen, was es will. Ein stinkender Haufen Dreck!« Reia funkelte ihn wütend an und der Ekel war ihr ins Gesicht geschrieben. Doch Mila machte sich Sorgen um sie. Wenn Reia recht hatte, waren die beiden unberechenbar, und sie wollte nicht, dass ihrer Freundin etwas geschah.

Nach ihrem Ausbruch regte sich der Ewige vor Reia zuerst nicht, aber dann schlug er ohne Vorwarnung und mit voller Kraft zu. Mitten in ihr Gesicht.

»Nein!«, schrie Mila und stemmte sich nun ebenso gegen ihre Fesseln. Rief erneut verzweifelt nach ihrer Kraft, nach irgendetwas in ihr, das ihnen helfen konnte. Aber es nützte nichts. Unaufhörlich fluchte Mila, während sie weiter tobte, schrie und an ihren Ketten riss.

Kerym packte Reia an den Haaren, zog ihren Kopf nach hinten und stopfte ihr ein Tuch so tief in den Mund, dass sie kurz würgen musste. Reia konnte nichts mehr sagen.

»Lass sie gehen«, sagte Mila mit fester Stimme zu Rólan.

»Das würde mir nichts bringen. Nur Nachteile. Wir werden sie freilassen, wenn wir dich fortschaffen. Damit Kerym und ich genug Zeit haben, uns ein neues Heim zu bauen, wo Asher uns nicht finden kann.«

»Lass sie gehen«, wiederholte Mila nur, was jedwede gestellte Freundlichkeit aus dem Gesicht des Ewigen wischte.

»Stell mich nicht auf die Probe, Mädchen.«

»Ihr gewinnt Zeit, wenn ihr Reia gehen lasst. Sie ist alles, was Asher und Ceto wollen. Dann werden sie euch in Ruhe lassen. Ich bin nur ein Mensch. Nichts weiter.«

»Netter Versuch. Aber leider muss ich ablehnen. Wir wissen beide, dass nichts davon der Wahrheit entspricht.« Er beugte sich vor. »Also, Mila. Was tust du hier in der Welt der Dunkelheit?«

Sie antwortete nicht.

»Woher kommst du?«

Sie erwiderte nichts.

»Wie hast du von uns erfahren?«

Sie starrte ihn nur an.

»Wieso bist du hier?«

Mit jeder weiteren Frage, die Mila nicht beantwortete, wuchs Rólans Ungeduld. Sie konnte es sehen. An seinen Augen ablesen. Sein Lid zuckte leicht und seine Lippen bewegten sich andauernd, auch wenn er nicht redete. Sein Tonfall wurde ungezügelt, während die Adern an seinen Händen hervorzustechen begannen. Sein dunkles Haar fiel ihm in die

Stirn und er schob es schroffer zurück als zuvor, schneller und genervter.

»Wieso bezahlt jemand so viel für deine Festnahme?«

Mila sagte nichts.

Die Veränderung begann schleichend. Mila schaffte es nicht mehr, richtig zu atmen. Immer weniger Sauerstoff gelangte in ihre Lunge und ihr Hals schnürte sich zu, bis sie nur noch röchelte. Ihre Gedanken waren bestimmt von dem Wunsch und Drang, Luft zu bekommen.

Kurz bevor ihr schwarz vor Augen und das Rauschen in ihren Ohren unerträglich wurde, löste sich der Knoten in ihrer Brust schlagartig.

Wie eine Ertrinkende sog sie die Luft gierig ein.

Ihr Brustkorb stieß bei jedem Atemzug schmerzhaft gegen die Seile. Mila war schwindelig.

»Ist alles in Ordnung?«, fragte Rólan mit gespielter Sorge.

Wut brannte in Mila. Wut und Angst zugleich. Er hatte ihr mit seiner Energie die Luft abgeschnürt.

»Du hast mich wahrscheinlich beim ersten Mal nicht so gut verstanden, daher wiederhole ich mich gerne. Woher kommst du, wie kamst du her und wie hast du von uns Ewigen erfahren? Wieso sucht jemand wie wir nach einer Sterblichen wie dir? Was haben die Ewigen mit dir vor?«

Ihr Atem rasselte, sie funkelte ihn zornig an. Obwohl sie nichts sagen wollte, verließen die Worte ihren Mund. »Ich komme von da, wo ihr mich entführt habt, so bin ich auch hierhergekommen. Und der Rest ist nicht deine Sache.« Ihre Stimme war rau und brüchig, als hätte man Mila lange gewürgt.

»Hätte ich geahnt, wie viel Spaß dieses Gespräch bringen würde, hätte ich mir einen bequemeren Stuhl erschaffen. Vielleicht auch etwas von diesem menschlichen Zeug besorgt, das ihr so gerne esst, wenn ihr etwas Spannendes anseht. Popcorn! Genau. Leider habe ich nichts davon hier und meine Geduld hängt an einem sehr dünnen Faden.«

Wäre Mila nicht so benommen gewesen, hätte sie gelacht oder ihm ins Gesicht gespuckt. Aber seine Kraft hatte sie so überrumpelt, dass sie die Nachwirkungen noch immer spürte.

»Ich werde dich ein letztes Mal fragen«, drohte er, ohne die Stimme zu erheben.

Mila gab ihm nicht eine einzige Antwort. Nichts von dem, was er hören wollte.

Der nächste Schwall Energie, der sie überrollte, war noch heftiger. Er drückte nicht nur ihre Kehle zu, sondern sorgte dafür, dass Milas Kopfschmerzen und ihre Übelkeit sich vervielfachten.

Als Rólan sie dieses Mal freigab, war Mila kurz schwarz vor Augen. Soweit ihr Spielraum im Stuhl es zuließ, beugte sie sich zur Seite und versuchte, ihren Magen zu beruhigen. Aber alles drehte sich. Ihr Innerstes brannte. Einen Moment später übergab sie sich, hustete und sog erschöpft so viel Luft ein, wie sie konnte.

»Fangen wir noch mal von vorne an?«, fragte Rólan ernst, während Kerym hinter ihm leise lachte.

Mila traute sich nicht, zu Reia zu schauen. Sie schämte sich für ihre Schwäche. Und dafür, dass Reia nur wegen ihr hier war.

46

Asher

Keine Spur von Mila. Keine Spur von Reia.

Gerade waren sie im Krater gewesen, hatten ihrem Zorn freien Lauf gelassen, aber selbst dort unten, wo all die niederen Kreaturen lauerten, die so gerne Geschichten erzählten, wusste man nichts. Rólan war nicht im Krater oder in dessen Nähe zu finden, was die Theorie, er würde hinter der Entführung stecken, weiter aufrechterhielt.

Dennoch war der Krater eine Sackgasse.

Frustriert schrie Asher auf, griff nach den Flaschen in seinem Regal und schmiss sie nacheinander gegen die Wand. Das Glas zerbrach in Dutzende Stücke, regnete auf den Boden und der Wein rann wie Blut von den Wänden hinab.

»Sie sind schon Stunden fort. Stunden!«

»Ceto, ich schwöre dir, wenn du das noch einmal sagst, fessle ich dich und lasse dich hier! Je nachdem, wie wütend ich bin, werde ich dich zusätzlich verprügeln, damit du die Klappe hältst. Dann suche ich allein nach Reia und Mila«, brauste er auf und ein Grollen erfüllte seine Gemächer.

»Entschuldige. Ich mache mir auch Sorgen.«

Asher war mehr als gereizt und Cetos nervöse Ader machte die Situation nicht erträglicher. Sie hatten keine Spur, keinen Anhaltspunkt. Es war schlicht unmöglich, die unzähligen Sphären und Gemächer zu durchkämmen. Ihre Welt war zu groß. Es würde zu lange dauern. Zeit kosten, die sie nicht hatten. Er verfluchte sich dafür, Mila nicht erneut mit einem Suchzauber belegt, erst gar nicht daran gedacht zu haben. Wie hatte er so leichtsinnig sein können?

»Ich sag es nicht gern, aber ich denke, wir brauchen Hilfe.«

Asher reagierte nicht sofort, ließ sich die Möglichkeiten durch den Kopf gehen, wog ab, was passieren könnte. Wie viel Zeit sie bereits verschwendet hatten.

»Und wen möchtest du um Hilfe bitten?« Asher konnte nicht verhindern, dass seine Stimme beinahe verbittert klang. »Tariel?«

»Nein. Ich dachte an Elarian.«

47

Mila

Reia und Mila waren allein.

Rólan und Kerym hatten aufgegeben. Zumindest hätte Mila sich das gerne eingeredet, aber es war eine Lüge. Reines Wunschdenken, nicht mehr.

Sie hatten den Raum verlassen, weil Rólan sie schmoren lassen wollte und sich mit Sicherheit einen neuen Plan ausdachte. Oder schlicht neue Möglichkeiten, Mila zum Reden zu bringen.

Denn sie hatte nichts gesagt.

Egal, wie oft und wie lange er ihr die Luft genommen, wie heftig er mit seiner Kraft zugedrückt hatte oder wie oft sie sich hatte übergeben müssen. Auch nicht, als er ihr das Gefühl gegeben hatte, von innen heraus zu verbrennen, sodass sie einen Schrei nicht mehr hatte zurückhalten können. Nur wenige

Momente länger und Mila hätte ihn angefleht aufzuhören. Vielleicht hätte sie dann geredet. Irgendwann waren Grenzen nicht nur überschritten, sondern gebrochen. Und Milas bröckelten.

Sie gönnte sich einen Moment der Ruhe, schloss die Augen und blendete aus, dass sie fror, ihre Finger taub waren und ihre Kehle staubtrocken. Wenigstens roch es nicht mehr nach ihrem Erbrochenen. Man war so gütig gewesen und hatte es mithilfe von Magie beseitigt. Rólan hatte dabei so etwas gesagt wie: »Unsere Gäste sollen sich hier wohlfühlen.«

Als Mila unerwartet Würgegeräusche und nicht zu identifizierende Laute vernahm, schlug sie die Augen sofort wieder auf. Reia.

»Bah, war das widerlich. Vor allem, weil ich Kerym kenne. Ich glaube nicht, dass dieses Tuch an irgendeiner Stelle keimfrei war.«

Sie hatte es geschafft, ihren Mund frei zu bekommen. Ihre Stimme zu hören, war Balsam für Milas Seele. Ohne Vorwarnung schossen ihr Tränen in die Augen.

»Oh, Mila. Es tut mir so leid.«

Mila schluchzte. Sie wusste nicht, warum sie ausgerechnet jetzt zusammenbrach. Jetzt, wo eine Welle der Ruhe sie überrollte.

»Es ist meine Schuld, dass wir hier sind. Dass du hier bist. Wenn er herausfindet, dass …«

»Still! Rólan ist zwar ein Arschloch und ein Sadist, einen Dummkopf würde ich ihn jedoch nicht schimpfen. Behalte deine Gedanken bei dir, so schwer es ist. Halte durch. Asher und Ceto werden uns finden.«

Mila nickte zaghaft und rutschte trotz der Fesseln ein paar Millimeter auf dem Stuhl hin und her. Ihr Hintern war eingeschlafen.

Ein dumpfes Geräusch erklang plötzlich hinter ihrem Rücken. Seltsam. Sie bewegte ihre Arme, soweit es ging – und da war es wieder. Linke Seite. Was …

Mila riss die Augen auf, sah Reia an und wusste nicht, wie sie ihr klarmachen sollte, welchen Schatz sie besaß. Einen, an den sie zwar nicht rankam, aber der da war. Wie hatte sie das nur vergessen können?

Sie öffnete ihre Lippen, holte Luft und … verstummte. Denn das Quietschen der Tür ertönte und Rólans widerliches Grinsen erschien erneut vor ihr.

»Habt ihr mich vermisst? Kerym kommt bestimmt später nach, keine Sorge, Reia. Oh, wie ich sehe, bist du wieder in der Lage zu sprechen.« Er schlenderte auf sie zu, packte sie grob am Kinn und zwang sie, ihn anzusehen. »Ich gönne dir eine kurze Pause. Lass mich das nicht bereuen. Hast du verstanden?«

Mit einem Ruck ließ er Reia los und Mila wusste, was nun kam.

»Mila, wollen wir unser Gespräch fortsetzen?«

Ob eine Stunde vergangen war oder ein Tag, vermochte Mila nicht zu sagen. Es war ihr gleich. Sie wusste nicht länger, wo der Schmerz anfing und aufhörte. Auch Reias Worte konnten sie nicht trösten.

Die zwei Ewigen ließen sie nicht mehr alleine, sodass sie Reia nicht mitteilen konnte, was an der Kette um ihren Arm hing. Dass sie Mim und Pan mitgenommen hatte, obwohl Reia es nicht gewollt hatte. Dass sie in dem Turmalin gefangen waren, an den sie nicht herankam, weil ihre Handgelenke gefesselt waren.

Eben hatte Mila eine so heftige Welle des Schmerzes überrollt, dass sie ohnmächtig geworden war. Ein paar heftige Ohrfeigen von Rólan hatten sie zurückgeholt. Schmerz auf Schmerz. Mila keuchte.

»Du bist wirklich stur, kleine Sterbliche. Stur und dumm.« Mila biss die Zähne zusammen und funkelte ihn wütend an, soweit ihr die Kraft dafür blieb. »Du willst nicht reden? Das ist in Ordnung. Ich bin zu der Erkenntnis gekommen, dass sich dieser Umstand auch nicht so schnell ändern wird. Wahrscheinlich würde ich dich eher umbringen. Sterbliche sind so zerbrechlich«, brachte er angeekelt und entnervt hervor, während er sich von seinem Stuhl erhob. Plötzlich lächelte er Mila an. Dieses Lächeln bescherte ihr eine Gänsehaut. »Deshalb dachte ich, wir probieren mal etwas Neues aus.«

Kerym stellte sich neben Reia, die die Szene genau beobachtete. Rólan blieb vor Mila stehen, die Arme vor der Brust verschränkt.

»Fang an.«

Und auf dieses Kommando legte Kerym los.

Reias Schreie würde Mila nie vergessen.

»Aufhören! Lasst sie in Ruhe!«, rief Mila und kämpfte mit letzter Kraft vergeblich gegen ihre Fesseln.

48

Asher

»Wenn es nicht um Mila und Reia ginge, würde ich dich augenblicklich auslachen. Das ist dir bewusst, oder?« Asher fuhr sich mit der Hand über den Nacken, dehnte seinen Hals leicht, bevor er ein gequältes Stöhnen ausstieß. »Elarian. Ich kann nicht fassen, dass ich das überhaupt in Betracht ziehe.«

»Er ist unser Bruder.«

»Das war er. Vor sehr, sehr langer Zeit. Danach wurde er zu einem Wesen zwischen allen Welten, das mehr als jedes andere nach Macht strebte. Du weißt so gut wie ich, dass es besser ist, sich von ihm fernzuhalten.«

»Wir haben keine Wahl.«

»Die hat man immer«, hielt Asher dagegen. »Aber wir haben keine Zeit, um einen anderen Weg zu finden«, fügte er hinzu.

»Denkst du, er wird uns helfen?«

»Bei ihm ist das keine Frage des Wollens oder der Freundlichkeit. Wenn der Preis gut genug ist, wird er es tun.«

»Was sollen wir ihm anbieten?« Ceto blickte seinen Bruder mit strengem Blick an, voller Sorge um Reia.

»Alles. Wir bieten ihm alles an, was er will.«

Ceto presste die Lippen aufeinander und klopfte Asher auf die Schulter. »Dann lass uns gehen. Letzten Gerüchten zufolge hält er sich in Neheva auf.«

»Neheva. Erinnerst du dich daran?«

»Natürlich. Diese Sphäre ist die einzige ihrer Art.«

»Er hatte schon damals zu viel Talent und zu viel Kraft. Ich hoffe, wir bereuen es nicht, ihn um Hilfe zu bitten. Und ich hoffe, der Preis für ihre Rettung wird nicht Mila selbst sein.«

»Das wird nicht passieren. Er darf auf keinen Fall herausfinden, wer sie ist. *Was* sie ist.«

Ceto hatte recht. Aber Asher hatte Angst, dass es unvermeidlich war. Er ging ihre Optionen immer wieder durch, doch er musste sich eingestehen, dass dies ihre einzige Möglichkeit war. Wenn er eine Chance haben wollte, Mila zu finden, musste er Elarian aufsuchen. Sie hatte sich in sein Herz geschlichen. Langsam, aber stetig. Und er fragte sich kurz, ob alles wie vorher sein könnte, wenn sie nicht zurückkäme. Der Gedanke zerriss etwas in ihm, ließ es zersplittern und zerfallen. Niemals. Wenn er Mila nicht wiederfand, würde er selbst das Gleichgewicht zerstören.

»Auf nach Neheva.«

49

Mila

Mila schrie und zappelte, sie war nahezu heiser, aber es war ihr gleich, denn Reia durfte nicht ihretwegen leiden.

Doch genau das passierte gerade. Sie wurde geschlagen, sogar ausgepeitscht. Reia wurde mit Magie, Feuer und Wasser gequält. Mit Halluzinationen. Immer wieder und wieder.

Bis Rólan den Arm hob und Kerym seine Kraft zurückzog. Reia sackte förmlich in sich zusammen und Mila mit ihr.

»Möchtest du mir etwas sagen?«

Ihr Blick war auf Reia gerichtet. Und während Mila Tränen über die Wangen liefen, festigten sich die Wut und der Trotz in ihr. »Fahr zur Hölle!«

»Oh, da sind wir schon.«

Die Folter nahm kein Ende und so wenig Mila ihm Antworten

geben wollte, so wenig wollte sie, dass ihre Freundin litt. War es das wert? War Mila es wert?

Voller Verzweiflung riss sie an den Fesseln und presste ihre Lippen aufeinander, dachte nicht nach. In ihr blieb nichts als der Wunsch, Reia zu helfen.

Es war kalt und es wurde kälter. Und in Mila wurde die Kälte zu etwas, das sie wärmte. Explosionsartig durchströmte sie das Gefühl – ihre ureigene Kraft, von der sie schon geglaubt hatte, sie nicht mehr finden zu können. Aber sie war da und mit jeder Welle des Schmerzes, der Reia standhalten musste, wuchs sie. Zorn und Angst nährten sie. Trauer und Verzweiflung trugen ihren Teil bei. Als alles in Mila unsagbar still wurde und sie spürte, wie ihre Kraft durch ihre Poren drang, ließ sie los. Nicht wissend, was sie tat, welche Energie sie besaß. Sie vertraute einfach darauf, dass es das Richtige war.

Es war das erste Mal, dass dabei um Mila herum dunkler Nebel entstand. Dicht über dem Boden wabernd breitete er sich aus und glitt auf Kerym zu, der sofort zurückwich und sie überrascht musterte.

Reia war still. Sie war unendlich still.

Als Mila den Blick hob, reckte sie ihr Kinn. Der Nebel verformte sich, kroch weiter und weiter, bedeckte den Boden und erstickte das Licht. Und da waren sie wieder: die goldenen Risse und Flüsse. Sie erfühlte ihren Puls. Ebenso fühlte sie die Kälte in sich, das Nichts, das sie beschützte, anstatt sie zu verschlucken.

Mila konzentrierte sich auf den Sog ihrer Kraft, atmete den Duft von Asche und alter Erde ein und nahm die Energie, die sie mit jeder Faser ihres Seins spürte, in sich auf.

»Mila«, murmelte Rólan ehrfürchtig. »Eine bessere und schönere Antwort hättest du mir nicht geben können. Vor allem keine, die so aufschlussreich gewesen wäre.« Entzückt beobachtete er sie. »Deine Augen. Unheimlich faszinierend. Beinahe so sehr wie die Tatsache, dass du mit dem Äther der Welt verbunden bist und Zugang zu ihm findest. Ich dachte, du wärst bloß ein Mensch. Wie töricht von mir, nicht alle Möglichkeiten in Betracht gezogen zu haben. Es wird wohl Zeit, dir auch magische Ketten zu besorgen.«

Er grinste diabolisch und trat näher an Mila heran.

»Nun wäre es doch wirklich überaus interessant zu wissen, welche Kräfte du noch besitzt und wo sie herkommen. Außerdem«, setzte er an und materialisierte ein Messer in seiner Hand, »sollten wir als Nächstes dringend die Frage deiner Sterblichkeit klären.«

Die Energie in ihr begann zu schrumpfen, sich zurückzuziehen, als sie Reias ungläubigen Blick bemerkte. Mila hatte sich verraten.

Rólan zerschnitt zuerst das Kleid an ihrem Oberschenkel, riss es nach unten auf, bevor er langsam die Klinge auf ihre Haut drückte. Er ließ sich Zeit damit, sie über ihre Haut zu ziehen, tief und fest. Mila biss die Zähne zusammen. Sie hatte keine Ahnung, was er da tat und was er sich davon erhoffte. Ihr

Bein brannte und sie spürte die warme Flüssigkeit, die daran entlangrann.

Sie war … nicht ganz rot. Sie schimmerte golden. Mila konnte ihren Augen nicht trauen.

»Halb ewig, halb endlich. Du bist wahrlich etwas Besonderes. Ich kann verstehen, welche Faszination du auf die Ewigen ausüben musst.«

Anschließend glitt er mit dem Messer über Milas Kleid an ihrem Oberkörper hoch, mit der Spitze über ihre Kehle bis zu ihrer Wange, in die er die Klinge gerade so fest drückte, dass sie nicht blutete.

»Welche Geheimnisse sich wohl noch in dir verstecken? Glaub mir, wir werden es gemeinsam herausfinden.«

Sein lautes Lachen ließ Mila erschaudern. Ruckartig zog er das Messer weg und rief Kerym zu sich.

»Bring ihnen Wasser und etwas zu essen. Nicht viel. Und danach lass unserem Käufer eine Nachricht zukommen. Sag ihm, das Angebot steht nicht mehr. Die Ware ist unverkäuflich.«

Bei den letzten Worten drehte er sich zu Mila um. Sein Anblick war ihr zuwider, jeder Teil von ihm verursachte Übelkeit in ihr. Jetzt, da ihre Kraft wieder verschwunden war, kam sie sich dumm und naiv vor. Sie hätte sich zurückhalten müssen.

»Mila?«, flüsterte Reia schwach. »Danke.«

»Du hast keinen Grund, mir zu danken.«

Reia lächelte. »Doch, den habe ich.«

»Ihr zwei seid reizend«, unterbrach Rólan sie. »Ich freue mich, dass wir noch mehr Zeit miteinander verbringen werden.«

Das Letzte, das Mila hörte, bevor die Müdigkeit sie niederdrückte, war das widerliche Lachen, das von Rólans Freude zeugte.

Asher, wo bist du?

Ich bin bei dir. Halte durch.

Danksagung

Man soll im Leben Neues wagen, sagt man. Und das habe ich auf meine Weise mit diesem Buch getan. Nach acht Büchern war dies das erste Buch, das ich weder in der Ich-Perspektive noch im Präsens geschrieben habe. Das hatte ich mir nie zugetraut. Ich hatte Angst, ich könnte der Geschichte so vielleicht nicht genug Leben einhauchen. Aber ich habe es versucht und bin nun unendlich glücklich damit. Daher gilt mein erster Dank dem *Loewe Verlag,* Sarah und Susanne, die mich dazu ermutigt haben. Danke für das Lektorat, Sarah, deine Ideen und deine Entschlossenheit. Und eine dicke Umarmung an Alexander Kopainski, der das unglaubliche Cover gezaubert hat.

Bücher schreiben und sie mit euch teilen zu dürfen ist eines der schönsten Dinge in meinem Leben. Danke, dass einige von euch mich schon so lange begleiten, danke, dass manche von euch es vielleicht ab jetzt tun. Ihr *Leser, Blogger* und auch *Buchhändler* seid unbezahlbar.

Von Herzen danke an die Menschen, die mir zur Seite stehen, mir geholfen haben, sich mit mir gefreut oder mir Mut zugesprochen haben.

Danke an meine *Agentur erzähl:perspektive* für das Vertrauen und die wundervollen Gespräche, für jedes gemeinsame Leiden und Lachen. Danke Klaus, du bist großartig.

Danke an meine kleine *Schreibcrew:* Marie Graßhoff, Laura Kneidl, Bianca Iosivoni, Nicole Böhm und Laura Labas. Ihr seid wundervolle Menschen mit riesigem Herzen und noch mehr Talent. Marie, ich muss hier ergänzen: Du warst sehr oft während des Schreibens mein Antrieb und meine Motivation. Dank dir wurde dieses Buch zu dem, was es ist.

Danke an meine *Testleser,* die mich beflügelt und alles kritisch beäugt haben. Es hat viel Spaß gemacht mit euch! Kerstin Götschin, Susanne Köster, Diana Degen, Lena Kahnau, Nessi Callsen, Jana Schwamborn, Miriam Küpper, Rachel Hildebrandt, Adriana Meier, Wiebi Peters, Anna Hein, Martina Gierstl, Rika Nemes, Hannah Pliestermann und Marion Geier.

Danke an *gute Freunde und Kollegen,* die immer da sind: Stefanie Hasse, Jennie Lenz, Jil Bayer, Olga Reimchen, Sina Mayhack, Linda Schipp und natürlich viele mehr.

Mein größter Dank gilt meiner *Familie* und meinem Verlobten. Ich weiß nicht, wie ich das alles ohne euch geschafft hätte. Ich liebe euch!

Abschließend kann ich nur sagen: Ich hoffe, dass ihr Mim und Pan so sehr in euer Herz geschlossen habt wie ich. Schreibt mir gerne, ich freue mich über jede Nachricht. Jede wird gelesen und zu Herzen genommen. Verzeiht es mir, dass ich manchmal zu langsam antworte. Ich gebe mir Mühe.

Eure Ava

E-Mail: avareed@outlook.de
Instagram: avareed.books
Facebook & YouTube: Ava Reed
Blog: avareed.de